Trouble auf Wolke 6 1/2

Alica H. White
Allyson Snow

© © Copyright: 2019 - Allyson Snow, Alica H. White

Herstellung und Verlag: BoD – Books on Demand, Norderstedt.

ISBN: 9783749484416

Cover created by © Michaela Feitsch / Premade Cover & more

Lektorat, Korrektorat: Kooky Rooster

Bibliografische Information der Deutschen Nationalbibliothek: Die Deutsche Nationalbibliothek verzeichnet diese Publikation in der Deutschen Nationalbibliografie; detaillierte bibliografische Daten sind im Internet über dnb.dnb.de abrufbar.

Über den Wolken ...

»Ruuuben!«

Obwohl die Wolken einiges an Lautstärke schluckten, ließ ihn der schrille Ton zusammen-zucken. Ruben stöhnte fast unhörbar und sandte ein Stoßgebet an seinen Chef. Bitte, lass seine Fachvorgesetzte einfach an spontaner Demenz erkranken. Oder schick ihr einen Schmetterling vorbei, der sie ablenkt.

»Ruuuuben!«

Verflixt. Schmetterlinge schafften leider nicht die erforderliche Flughöhe, um Engel ablenken zu können. Wo waren nur Rubens Ohrenstopfen?

»Ruben!!! Wo steckst du schon wieder?!«

Gleich war es mit der Beschaulichkeit vorbei, die Stimme kam unaufhaltsam näher. Eilig ließ sich Ruben tiefer in seinen watteweichen Hängemattenersatz sinken. Doch es war leider nur eine dieser weißen Federwolken, die keinen ausreichenden Sichtschutz boten. Er fluchte leise, denn seine Flügelspitzen ragten verräterisch über die Wolken-watte hinaus. Mit möglichst wenigen Bewegungen sah er sich nach einem besseren Versteck um. Die einzige Alternative war eine graue, aufgetürmte Nimbostratus. Völlig ungeeignet für ein kleines Powernapping. Wer wollte schon in einer inkontinenten Schlechtwetterwolke pennen?

»Ach, hier bist du! Schon wieder am Faulenzen!«, schimpfte Kassandra.

Ruben zuckte zusammen und verkniff sich ein Seufzen. Hier im Himmel konnte man sich aber auch nirgends richtig verstecken.

Kassandra durchstieß seinen weichen Kokon, packte ihn

am Arm und zog ihn auf die Beine. »Wie oft habe ich dir gesagt, dass du dich nicht so tief in die Wolken hängen sollst? Es gibt schon genug Unwetter auf der Erde.«

Hallo?! Mach mal die Augen auf, dachte Ruben im Stillen. »Das hier ist nur eine kleine Federwolke. Ich bin doch nicht für die Unwetter zuständig! Ich will hier nur in Ruhe chillen«, verteidigte er sich.

»Schluss mit Chillen!«, fauchte Kassandra. Aus ihrem Mund entwichen Blitze, wie immer, wenn sie verärgert war.

»Ich hab aber ein Recht auf eine Pause«, grummelte Ruben.

»Wo steht das denn? In den Zehn Geboten?«, zischte sie.

Ruben hob den Zeigefinger. »Am siebten Tage sollst du ruhen.«

Kassandra winkte ab. »Ach, papperlapapp, das gilt nur für den Fall, dass neue Welten erschaffen werden. Hast du eine neue Welt erschaffen?«

Sah er aus, als würde er sich noch mehr Arbeit ans Bein binden wollen? »Natürlich nicht.«

»Dann hast du auch kein Recht auf Sonderurlaub«, erklärte Kassandra mitleidslos.

Noch immer umklammerten ihre dürren Finger Rubens Arm. Ruben bog sie langsam auf, einen nach dem anderen. »Jeder braucht doch mal 'ne Pause!«

Er war gerade beim Mittelfinger angekommen, als sie seine Hand wegschlug und ihn stattdessen am Kragen packte. »Ich kann nichts dafür, dass hier so viel zu tun ist. Wie oft denn noch?! Ein ganz klarer Fall einer proportionalen Zuordnung.«

»Musst du dich immer mit deinen Mathekenntnissen so wichtigmachen?«, maulte Ruben.

»Warum nicht?«, fragte Kassandra. »Es ist wichtig. Du

gibst ja auch mit deinen Sprachkenntnissen an.«

»Die brauche ich, um meinen Job zu machen«, verteidigte sich Ruben energisch.

»Ich auch«, gab sie schnippisch zurück.

Ruben schnaubte. »Um vorm Chef anzugeben.«

»Na und?« Kassandra zuckte mit den Schultern. »Es ist wichtig, um unseren Erfolg darzustellen.«

»Sag ich doch: angeben. Um *deinen* Erfolg darzustellen. Wenn du wenigstens diese blasierten Fachausdrücke lassen würdest.«

»Blasiert? Das ist doch ganz einfach. Die Anzahl der Menschen auf der Erde nimmt zu, während der Anteil derer, die in Sachen Liebe Mist bauen, nicht kleiner wird. Lineare Regression, eine ›Je mehr, desto mehr‹-Zuordnung. Klar?«, schnaubte Kassandra und rollte wild mit den Augen. Kein Wunder, dass sie immer schlechter sah.

Warum zerknitterte sie eigentlich den Kragen seines Hemdes? Das war frisch gebügelt. Außerdem lief er schon nicht weg. Vor Kassandra in die Hölle zu flüchten, klang zwar verführerisch, aber dieses penetrante Weib trieb ihn nicht ins Fegefeuer. Auch wenn Kassandra verflucht nah dran war. Ruben riss sich aus ihrer Umklammerung und zupfte sein Hemd zurecht.

»Okay, also du denkst, dass die Menschen immer mehr werden, aber nicht schlauer?«

Ihre viel zu großen Lippen kräuselten sich zu einem spöttischen Lächeln. »Bingo.«

»Um das zu wissen, brauche ich keine Mathematik.«

»Du willst nicht verstehen, worauf ich hinauswill.« Kassandras Nasenflügel weiteten sich. »Vergiss es einfach.«

»Sehr gut, dann kann ich ja weiter chillen«, grummelte Ruben und drehte sich weg, um schnell das Weite zu suchen.

»Untersteh dich! Wir bekommen einen neuen Fall«, zischte sie und packte ihren Mitarbeiter am Flügel.

»Au! Du reißt mir schon wieder die Federn aus. Das ist doch hier kein SM-Studio.«

»Es ist aber auch nicht der Siebte Himmel. Du trägst hier eine Verantwortung.«

»Ein neuer Fall? Schon wieder?« Ruben rieb sich über die müden Augen. »Der letzte war so anstrengend! Die Frau wusste ja noch nicht mal, wie man sich die Pickel wegschminkt und mit Männern flirtet. *Ich* musste es ihr vormachen. Den einen Kerl musste ich bewusstlos schlagen, ehe er mir noch die Hosen runterzerrte. Du hast selbst gesagt, es werden immer mehr Fälle, die wir betreuen müssen. Ich brauch jetzt wirklich eine Pause. Nur einen Sonnenaufgang lang. Auf ein paar Minuten wird es doch nicht ankommen!«

»Das geht aber nicht. Wie oft soll ich dir das denn noch erklären?«, schimpfte Kassandra. Erneut schlugen Blitze aus ihrem Mund. Sie zuckten um sie herum, versengten die Haare an Rubens Handrücken und ein besonders vorwitziger Blitz kokelte seine Flügelspitze an. Aua!

Die beständig steigende Energie ließ mehrere Federwolken zu einer Gewitterwolke zusammenballen. Dunkel und bedrohlich türmte sie sich vor den beiden auf und wogte über sie hinweg. Der Wind frischte auf. Zugegeben, es war beeindruckend, und ja, Ruben wich respektvoll einen Schritt zurück. Zu Menschen, die beim Reden spukten, hielt man ja auch Abstand. Es fiel ihm schwer, bei diesem Gedanken nicht angeekelt das Gesicht zu verziehen.

Stattdessen straffte er die Schultern und starrte seiner Chefin ungerührt in die glühenden Augen. »Dann will ich geregelte Arbeitszeiten. Verhandle endlich mit dem Big Boss! Ist mir egal, wie du das durchsetzt.«

»Im Himmel gibt es keine Stempeluhren«, giftete seine Chefin unbeirrt weiter.

»Wie wär's denn dann mit einem neuen Mitarbeiter?«, schlug Ruben vor.

»Bei dem Fachkräftemangel? Wie stellst du dir das vor? *Du* bist für die harten Fälle zuständig! Es ist *dein* Job! Und wenn du den engagiert machst, dann läuft's!«, donnerte Kassandra. »Nur muss man dich immer erst mal treten, damit der werte Herr endlich in die Puschen kommt!«

»Von wegen. Irgendwann wird hier gar nichts mehr laufen und daran bist *du* schuld!«, presste er hervor.

»Hör *du* endlich auf zu meckern. Die Wolke vibriert schon. Sonst gibt's wegen dir auch noch ein Unwetter«, schnauzte seine Chefin.

»Mit diesem ganzen Gekeife produzierst *du* ein Jahrhundert-Unwetter. Ist dir das überhaupt klar?«, wetterte Ruben zurück und machte eine wegwerfende Handbewegung. »Aber wahrscheinlich gefällt es dir, wenn du in den Nachrichten der Menschen auftauchst. Sturm-warnung, bitte bleiben Sie im Haus, Kassandra hat wieder ihre monatlichen Leiden. Ach nein, sie ist ja schon in den Wechseljahren. Deswegen werden auch die Sommer so heiß, wegen der Hitzewe–«

Kassandra knirschte mit den Zähnen und dazu gehörte bei ihr eine Menge. »Halt die Klappe!« Ihre Augenbrauen zogen sich bedrohlich zusammen und ihr Oberkörper kippte nach vorne. Sie stieß ihren Fingernagel immer wieder gegen Rubens Brust. »*Du* bist respektlos! Ich hätte dir das ›Du‹ nie anbieten dürfen. Das war schon immer ein großer Fehler.«

Ruben prustete verächtlich. Als ob er beim ›Sie‹ mehr Respekt gehabt hätte. »Dann hättest *du* auf der letzten Weihnachtsfeier nicht so viel Met trinken dürfen. Da hast du praktisch jedem das ›Du‹ angeboten. Dem Barkeeper ist der Krug aus der Hand gefallen, als du ihm einen Heiratsantrag gemacht hast. Der arme Kerl konnte nicht schnell genug rennen, als er begriff, dass du dich auf ihn setzen wolltest.«

Es war ein interessantes Phänomen, wenn sich Kassandra für etwas schämte. Auf ihren Wangen bildeten sich rote Flecken, die immer größer wurden, sich über die Nase ausbreiteten, die Stirn hinaufkrochen, bis ihr gesamter Kopf glühte wie eine Tomate.

»Dafür konnte ich nichts, diese germanischen Götter sind echt versoffen«, nuschelte sie.

Ruben hob blasiert die Nase und schüttelte den Kopf. »Tsss. Immerhin hättest du es kommen sehen können.«

»Theoretisch schon, wenn man nicht von Thor eingewickelt wird.«

»Du meinst, seinen Bad-Boy-Charme?«, fragte Ruben süffisant und verkniff sich gerade rechtzeitig das schadenfrohe Grinsen.

»Blödsinn, mach du es doch besser«, antwortete Kassandra schnippisch.

»Kein Bedarf.« Ruben zuckte die Schultern. »Aber du passt doch eigentlich ganz gut zu Thor.«

»Das ist jetzt nicht dein Ernst!«

Ruben liftete erstaunt die Augenbrauen. »Dann sei doch einfach dankbar für deinen integren Assistenten, der dich damals sicher zurück auf deine Schlafwolke gebracht hat, und lass mich endlich auch mal ein bisschen schlafen.«

Kassandra lachte zynisch. »Integer? Du? Benimm dich lieber wie ein *brauchbarer* Assistent und heb deinen Hintern.«

»Und da heißt es immer: Ausruhen kann man sich, wenn man tot ist ...«, brummte Ruben. »Der wahre Himmel liegt auf Erden.«

»Als Arbeitsloser, oder was? Du bist hier aber auch nicht im Himmel, mein Lieber, sondern in dessen Vorgarten. Sei froh, dass du hier gelandet bist! Letztens ist einer von deiner Sorte, ein Münchner, direkt in den Himmel gekommen. Wäre er nicht schon tot gewesen, hätte er sich bestimmt zu Tode gelangweilt.«

Ruben seufzte. Dem konnte er nicht viel entgegensetzen, denn die Geschichte vom Münchner im Himmel hatte er auch gehört. Die Engel kicherten heute noch hinter vorgehaltener Hand darüber. Ruben seufzte. Diese anstrengende Frohlockerei in den ewigen Sphären hatte dem grantigen Bajuwaren den letzten Nerv geraubt.

»Aber ein bisschen gemütlicher könnte es hier schon zugehen«, maulte Ruben. »Du neigst eindeutig zu operativer Hektik. *Deinen* ganzen Ehrgeiz muss am Ende *ich* ausbaden. Wer macht denn hier die ganze Arbeit?«

»Vorsicht, mein Lieber!«, warnte Kassandra. »Wenn du mein Assistent bleiben willst, solltest du kleinere Brötchen backen, sonst stelle ich dich wieder zum Harfenputzen ab. Du weißt genau, dass man als Göttin besser sein muss als die männlichen Kollegen.«

»Wofür willst du besser sein? Big Boss wirst du sowieso nie werden, auch wenn dir das Delegieren noch so liegt. Als griechische Gottheit ist für dich nicht mehr als Fachbereichsleitung drin. Finde dich damit ab!«

»Wenn der Allmächtige delegiert, will ich wenigstens die besten Aufgaben erwischen! Das muss doch auch in deinem Sinne sein!«

»Wie wäre es dann mit Verstärkung für mich?«, fragte

Ruben. Wenn er nur oft genug nörgelte, bekam er, was er wollte, und sei es auf der nächsten Weihnachtsfeier.

»Verstärkung? Wie oft denn noch: nein! Außerdem mindert es die Effektivität der Performance.«

Schade. »Dann mache ich jetzt wenigstens eine Zigarettenpause.« Ruben drehte ihr den Rücken zu, doch Kassandra zog ihn an der Schulter wieder zurück.

»Engel rauchen nicht!«

»Okay, dann ein Schlückchen Nektar … oder Ambrosia?«

»Den gibt es erst nach Feierabend. Davon wirst du doch immer so müde, damit hast du ja jetzt schon zu kämpfen. Und jetzt komm schon, sonst such ich mir einen neuen Assistenten«, tadelte Rubens Fachvorgesetzte und wedelte ungeduldig mit den Händen.

»Du weißt, dass das mittlerweile keine Drohung mehr ist.«

»Ruben! Hol jetzt endlich die Gadgets!«, forderte sie barsch.

»Alle? Weißt du, was für eine Schlepperei das ist?«, fragte Ruben entsetzt und spielte mit der angekohlten Flügelspitze. Das war eine Angewohnheit, die ihn immer heimsuchte, wenn er überfordert war. »Das ist nicht dein Ernst.«

»Ausnahmslos alle!«, wies ihn Kassandra gnadenlos an. »Und dann erzähle ich dir, was ich über den Fall weiß.«

Ruben setzte ein falsches Lächeln auf. »Ich kann's kaum erwarten.«

Die Blitze hatten sich gelegt, dafür drang jetzt Rauch aus Kassandras Ohren, als hätte sie eine kubanische Zigarre verschluckt. Ruben seufzte innerlich, er kannte seine Chefin zu genau. Wenn das geschah, brauchte es nur noch den kleinsten Auslöser, um sie zur Detonation zu bringen. Ein

Ausbruch, der den Erdenbewohnern unerwartete Hagelschauer bescherte. Wer dürfte sich dann um die unerwarteten Neuzugänge der Erschlagenen kümmern? Er natürlich!

»Der Erfolg der Mission soll nicht an der Ausrüstung scheitern. Das ist auch in deinem Sinne.« Mit einem »Es ist ja so schwer, heute gutes Personal zu bekommen!«, schwebte sie davon.

Pah, zu bedauerlich, dass man hier im Himmel nicht am Stuhl der Vorgesetzten sägen konnte. Ruben wäre es ein Fest, Kassandras Hochmütigkeit ins Wanken zu bringen. Bei ihrem Gewicht brauchte es eh nicht viel, damit alles unter ihr zusammenbrach.

... muss der Ärger wohl grenzenlos sein

Fenja fröstelte. Trotz der zugezogenen Vorhänge zog es aus irgendeiner Ecke wie Hechtsuppe. Nur das Teelicht unter dem Tischkessel und die Kerzen auf der Kommode hinter Fenja gaben ein wenig Licht und Wärme ab.

Xenia, die Hexe, verschmolz beinahe vollständig mit der Dunkelheit. Nur in ihren unzähligen Ketten und den kleinen, gierig leuchtenden Augen, spiegelte sich der Kerzenschein. Die alte Frau rührte leise vor sich hinmurmelnd im Topf herum. Der Geruch nach verbrannten Tannennadeln, Honig und Teppichreiniger durchzog den Raum. Das Blubbern der Flüssigkeit, die sich in dem Topf befand, mischte sich mit ihrem Raunen zu einem unverständlichen Gewirr. So ging das jetzt schon seit mindestens einer halben Stunde. Raunen, Geblubber, Kälte und Muff, der Fenja fast ersticken ließ. In jedem fünftklassigen Hollywoodfilm waren die Hexen spannender.

Zwar versuchte Xenia mit ihrem verlotterten Aussehen, der schwarzen Katze und einer durch Räucherstäbchen verpesteten Luft, jedes Klischee zu erfüllen, aber der winzige Kessel auf dem Teelicht hatte Fenja stutzig gemacht und sie war kurz davor gewesen, ihr Geld zurückzuverlangen.

Gut, mit Teelichtern und etwas Geduld bekam man auch Essen warm und keine Feuerwehr wollte alle nasenlang in den neunten Stock eines zehngeschossigen Altbaus eilen müssen, bloß, weil wieder mal der Feuermelder anschlug. Aber Fenja fragte sich dennoch, ob das hier wirklich die zweihundert Mücken wert war.

Je mehr undefinierbares Zeug diese Alte in die Flüssigkeit warf, umso mulmiger fühlte sie sich. Angst vor der eigenen Courage. Warum war sie noch mal hier? Das war doch kein Mann wert, oder? Fenja schloss die Augen. Doch! Dieser Mann war es wert!

Hinter Fenjas Lidern erschien das schöne Gesicht ihres Geliebten. Kaspers blaue Augen erinnerten sie an einen Bergsee bei schönstem Sommerwetter. Der geschwungene, sinnliche Mund fesselte ihren Blick jedes Mal. Sie hatte nie einen hübscheren Mann getroffen. Aber er war nicht nur attraktiv, sondern auch klug. Er wusste zu allem etwas zu sagen, und wenn sie nicht gerade ihr Bett zu Schrott vögelten, erklärte er ihr die Welt. Politik, Aktien, Physik. Seine Meinung zu den neuesten Entwicklungen in Europa. Es gab nichts Schöneres, als ihm zuzuhören, seiner rauen Stimme, die ihr bei jedem Wort ein Ziehen zwischen den Schenkeln bescherte.

Fenja stellte sich vor, wie er sie küsste. Sie spürte seine weichen Lippen, die zarte Berührung, die mit jeder Sekunde leidenschaftlicher wurde. Sie war besessen von seinem Geschmack, süchtig nach diesem Duft. Sein Hemd glitt ihm über die Schultern abwärts und legte den gestählten Oberkörper frei. Sanft strich sie über die weiche Haut, fühlte die harten Muskeln. Er zog sie an sich, fuhr mit seinen starken Händen ihren Rücken entlang und unter ihr Shirt. Die Gänsehaut, die von dieser Berührung ausging, zog sich bis zum Steißbein.

Fenja seufzte wohlig, wünschte sie sich doch gerade seine Hände herbei, die ihren Po kneteten. Er sagte etwas, aber sie war viel zu sehr von dem Pochen zwischen ihren Beinen abgelenkt. Sie verstand ihn nicht. Fenja schüttelte den Kopf und wieder gab er etwas von sich: »Miau.«

Hä? Überrascht riss Fenja die Augen auf. Wieso miaute ihr schöner Geliebter? Sie zuckte zusammen, als sich verfilztes Fell an ihrem Bein rieb.

»Sscht, geh weg«, zischte Fenja.

Die Katze hakte ihre Krallen in Fenjas Jeans, bevor sie sich hochmütig abwandte, um unter dem Tisch zu verschwinden, bis nur noch ihre glühenden Augen im Schatten leuchteten. Die alte Hexe starrte mit weit aufgerissenem Mund in die kochende Flüssigkeit. Speichel rann ihr Kinn entlang, die Augen geschlossen wiegte sie ihren dürren Körper vor und zurück. War das normal? Bekam die Alte ausgerechnet jetzt einen Herzinfarkt? Oder einen Schlaganfall? Nein, sie bewegte die Lippen in einem unablässigen Gemurmel.

Erleichtert schloss Fenja wieder die Lider und dachte erneut an ihren Liebsten. Sie hatte vom ersten Augenblick an gewusst: Dieser Mann war perfekt für sie. Er besaß nur einen Makel, einen winzigen – er war verheiratet. Wie könnte ein solcher Mann auch Single sein? Natürlich lief ein Mann wie Kasper A. Dam nicht als Freiwild in Kopenhagen herum. Fenja war seiner Frau dankbar. Dankbar dafür, dass sie all die Jahre gut auf ihn aufgepasst hatte, bis er Fenja begegnete.

Aber jetzt war sie an der Reihe. Kasper liebte Fenja, allerdings wollte er seine Frau nicht verlassen. Nicht jetzt. Sie machte gerade eine schwere Zeit durch. Sie hatte ihren Job verloren, den sie eigentlich gar nicht brauchte, weil Kasper Geld genug für zwei verdiente, und ihre Mutter war gestorben. Kasper wollte ihr mit der Trennung nicht den nächsten Schlag versetzen. Das bewies nur sein reines Herz und seine Sanftmütigkeit, Fenja nahm es ihm nicht übel. Sie hatte einen anderen Weg gefunden, wie sie nachhelfen konnte.

Sie erschrak, als die verfluchte Katze auf ihrem Schoß landete und ihr den haarigen Schwanz ins Gesicht drückte. Bäh, so wollte sie bestimmt nicht liebkost werden! Nachdrücklich schob sie das Tier von ihrem Schoß.

Die Alte erhob sich, stolperte über die fauchende Katze und rempelte gegen den Tisch. Nur Fenjas beherzter Zugriff rettete den Tischkessel davor, heruntergefegt zu werden. Xenia sog erschrocken die Luft ein, presste sich eine Hand auf die Brust und murmelte: »Verflixte Brut Satans.« Dann griff sie nach einer Phiole und füllte mit einer Kelle etwas von der zischenden Flüssigkeit in das Gefäß. »Also, ungefähr die Menge eines Teelöffels kippst du ihm in ein Getränk. Am besten Kaffee, denn der Trank ist etwas bitter.« Die Alte lächelte schief. »So ungefähr eine Viertelstunde später setzt die Wirkung ein. Die Frau, die ihn dann verführt, wird seine Gedanken vollkommen beherrschen. Er wird geradezu besessen von dir sein. Überlege dir also gut, ob du das willst.«

»Ja, ja, natürlich.« Fenja riss ihr die warme Phiole aus den knorrigen Fingern. Die Ratschläge konnte sich die Alte schenken. Fenja wusste genau, was sie tat. Er sollte genauso besessen von ihr sein, wie sie von ihm. Und, er sollte sich von seiner Frau trennen!

»Moooment!« Mit einer schnellen Handbewegung stoppte Ruben die Holografie.

»Warum unterbrichst du die Aufzeichnung?«, fuhr Kassandra ihn an. »Es gibt hier keine Fragen! Also weiter, und zwar grígora!«

»Musst du eigentlich immer so mit deinem Altgriechisch rumprahlen?«, fauchte Ruben. »Das ist sicher noch so eine Sache, mit der du den Chef zur Weißglut treibst. Der ist doch Lateiner«, maulte er. »Außerdem klingt es auf der Erde wie Donner. Du weißt ganz genau, dass der Big Boss gesagt hat, du sollst dich zusammenreißen.«

Kassandras wütender Blick ließ ihn einen kurzen Moment erstarren.

»Koróido!« Trottel. Ein kalter Hauch umströmte bei diesem Wort Rubens Ohren. Das gab auf der Erde sicher wieder eine Sturmbö. Ja, wenn sie böse war, machte sich Kassandras Kinderstube bemerkbar. Deshalb verstand er mittlerweile die altgriechischen Schimpfwörter und die gängigen Befehle seiner Chefin. Sie war leicht in Rage zu bringen – zumindest in Rubens Augen – und er war sich nicht sicher, ob Götter derart schimpfen durften.

Ruben holte tief Luft. Er war ein Mann. Der Teufel sollte ihn holen, wenn er diesem keifenden Wesen von Chefin nicht die Stirn bieten konnte. Gleichberechtigung einmal anders herum, der Equal Pay Day sollte auch im Himmel eingeführt werden. »Ich bin kein Trottel!«, schnaubte er entrüstet.

»Nicht? Warum hast du dann die Holografie abgebrochen?«, zischte Kassandra. »Oder willst du zur Sexfantasie zurückspulen?«

Ruben spürte, wie sein sonst so kühler Kopf heiß wurde. Die Gedanken dieser Fenja waren furchtbar unanständig. Ihr Seufzen allein bei dem Gedanken, wie ihr Liebster sie berührte … Die Zeiten, in denen Ruben Frauen derart den Kopf verdreht hatte, waren viel zu lange vorbei. Ständig in Kassandras Nähe zu sein, konnte einem ja nur den Sex-

Appeal ruinieren.

»Warum sollen wir uns das Zeug weiter ansehen?«, fragte Ruben. »Sie ist kein Fall für uns. Du predigst doch selbst immer, dass Manipulation ein K.-o.-Kriterium ist. Wenn sie diesen Typen mit einem Zaubertrank rumkriegen will, hat sie es nicht verdient, in den Siebten Himmel zu kommen.«

»Wenn uns der Chef dieses Filmchen zukommen lässt, wird es schon seinen Sinn haben.« Kassandra zuckte mit den Flügeln. »Er meinte, ich könnte daraus noch etwas lernen. Das ist ein Lehrauftrag.«

»Lehrauftrag«, spuckte Ruben das Wort verächtlich aus. »Bei dieser Frau sind doch Hopfen und Malz verloren, das pfeifen selbst die Spatzenengel von den Wolken. Die kommt nie über die Hölle hinaus!« Also, *er* fand seine Argumente einleuchtend.

»*Wenn* bei jemandem Hopfen und Malz verloren ist, dann bei dir, mein Lieber!«, fauchte seine Chefin. »Wiederhole die K.-o.-Kriterien, grígora.«

Ruben grummelte. Was sollte dieses ständige Abfragen der Gebote zur Glückseligkeit? »Sag mir lieber, warum ich so einen sinnlosen Auftrag erfüllen soll. *Du* hast die Gabe der Weissagung«, gab Ruben zurück.

»Genau, ich weiß schon, was da kommt. Außerdem weiß ich, dass dir dein aufsässiges Verhalten noch mal das Genick brechen wird, und dann ist für dich die Hölle näher als die ewige Glücksseligkeit.«

»Das werden wir ja sehen.«

Kassandra wedelte mit der Hand in Richtung Holografie. »Mach schon weiter, sonst streiche ich dir deinen Met für heute Abend.«

Himmel, dieses Gekeife erzeugte sicher mal wieder das schönste Unwetter auf der Erde. Thor und Kassandra waren ein Traumpaar. Bei dieser Vorstellung musste Ruben lachen.

»Was kicherst du so blöd? Willst du den Met für die ganze Woche gestrichen haben?«

Ruben konnte das Grinsen immer noch nicht unterdrücken. »Nein, ich bestehe auf Wolkenarrest«, gackerte er.

»Das könnte dir so passen. Also, einen Monat lang keinen Met für dich.«

Ein Kloß blockierte plötzlich Rubens Hals. Warum konnte er bei seiner Chefin nie den Mund halten? Wie sollte er diesen Narrenkäfig hier bloß ohne seinen geheiligten Feierabendmet überleben?

»Nein! Halt! Ich fang ja schon an!«, versicherte er eilig.

»Dann nenn mir doch zur Sicherheit noch mal die K.-o.-Kriterien, mein Lieber.« Kassandra kreuzte triumphierend die Unterarme und lächelte süßlich.

»Lügen, Mord, Vorteilsnahme, Ehebrechen, Voodoo, Verfluchen und andere Manipulationen bringen niemandem die ewige Liebe«, ratterte er herunter.

»Dann weißt du ja auch, warum du mein Gehilfe bist, und dir auf ewig der Siebte Himmel verweigert wird.«

»Wieso auf ewig? Davon hat der Allmächtige nichts gesagt. Wenn ich gelogen habe, waren es nur winzige Notlügen.«

»Ja, Notlügen wegen Notgeilheit«, fauchte Kassandra. »Wie viele Frauen hast du auf der Erde durch deine Schwindeleien in dein Bett gelockt? Wie vielen Ehemännern hast du Hörner aufgesetzt?«

»Die waren doch auch nicht besser …«

»Sünden werden nicht besser, wenn sie von allen begangen werden!«

»Ich kann doch nichts für meinen unwiderstehlichen

Charme. Habe ich auch nur eine der zweihunderteinundsiebzig Frauen gezwungen, mich zu lieben? Nein. Vielleicht hätte ich mich auf eine beschränken sollen, aber wer sagt einem das schon vorher?«, protestierte Ruben.

»Die Bibel?«, warf Kassandra süffisant ein. »Der Menschenverstand?«

Pah. Ruben hatte früher weder das eine noch das andere besessen. Er konnte bis heute nicht richtig lesen. Warum sollte er es auch lernen, wenn ihm Kassandra jede verflixte Anweisung entgegenkreischte? Was gäbe er darum, mal einen einzigen Auftrag schriftlich zugewiesen zu bekommen. Es wäre zwar anstrengend, die Buchstaben in Worte wandeln zu müssen, aber die Ruhe dabei wäre himmlisch und ein Schriftstück würde den Respekt gegenüber seiner Arbeit zeigen.

»Ich kann meine Schuld hier abarbeiten ... hat er gesagt«, verteidigte sich Ruben trotzig. Wer wollte schon auf ewig Kassandras Assistent sein? Kassandra stellte locker Xanthippe in den Schatten. Da war es ihm herzlich egal, wie übel ihr damals von Apollon mitgespielt worden war.

»Ohne ein gutes Zeugnis von mir kannst du hier verschimmeln«, drohte Kassandra ungerührt.

»Der Allmächtige weiß schon, warum er dir immer diese schrägen Fälle zuschanzt«, murrte Ruben.

»Weil er weiß, dass wir das Team mit der besten Performance sind.« Mit einem Schlag wurde ihre Stimme um mehrere Oktaven tiefer und sanfter. Sie streichelte sein kantiges Kinn mit dem ewigen Dreitagebart. »Komm schon. Du bist mein klügster und bester Assistent. Wir beide, wir machen das schon.«

Rubens Augenbrauen zogen sich zusammen. Auf diese Schmeichelei fiel er nicht herein. Er war der einzige

Assistent, der es so lange mit Kassandra ausgehalten hatte. Er liebte nun einmal die Herausforderung, nach der er schon im Leben süchtig gewesen war. Kassandra war eine harte Nuss und dieser Auftrag würde es nicht minder sein. »Was führst du im Schilde? Mich manipulierst du nicht mit deiner Schönheit. Ich bin nicht so naiv wie Apollon.«

»Naí! Schönheit ist ein Fluch, lass dir das gesagt sein. Man wird zwar mit den wertvollsten Geschenken überhäuft, aber nur, weil einem die Kerle an die Wäsche wollen. Wie schnell ihre Anbetung in bitterste Verachtung kippt, wenn man die kostbaren Gaben zwar annimmt, aber Körbe verteilt.«

»Zu Recht! Denn das nennt man dann nämlich Ausnutzen, oder auch Vorteilsnahme. Apollon war zu Recht sauer, schließlich hat er dich geliebt.«

»Und du bist zu Recht mein Assistent. Eine weitere Strafe für mich. Da halten die Kerle zusammen.« Kassandra öffnete die Faust Richtung eingefrorenes Hologramm. Ein heller Strahl setzte die Figuren wieder in Bewegung.

Die Szene wechselte. Ein Mann bezog eine Gardinenpredigt vom Allerfeinsten. »Du bist *mein* Ehemann! Du wirst dich von diesem Luder trennen! Auf der Stelle!« Die Forderung unterstrich die holde Gattin mit einem harten Schlag in seinen Nacken. Der Mann duckte sich wie ein Würstchen im Glas. »Natürlich. Wie du willst, Liebling. Sie hat mir sowieso nie etwas bedeutet. Aber bitte, schlag mich nicht mehr«, jammerte er.

Die Frau schnaubte und holte tief Luft. Ihr gewaltiger Busen hob und senkte sich. »Das kann ich dir nur raten, sonst stehst du in kürzester Zeit auf der Straße! Ohne eine beschissene Krone! Vater wird dich auch entlassen«, keifte das Frauenzimmer. War es Zufall, dass sie verblüffende Ähnlichkeit mit Xanthippe hatte?

»Was? Soll das etwa der Mann sein, den diese Fenja verzaubern will? Das ist doch der größte Schlappschwanz, den ich je gesehen habe«, sagte Ruben entsetzt.

»So schlapp wird sein Schwanz schon nicht sein, wenn er eine reiche Frau zur Ehe überreden konnte«, erklärte Kassandra.

Ruben zuckte die Schultern. »Vielleicht hast du Recht.«

»Oh! Dass ich das noch erleben darf! Ein Mann gibt mir recht!«, verkündete Kassandra pathetisch und hob die Hände in die Höhe.

Seine Chefin war ihm manchmal peinlich. »Hast du schon mal überlegt, warum dazu sonst nie jemand bereit ist?«, erwiderte Ruben leicht angepisst.

»Halt den Mund und konzentrier dich. Fenja ist jetzt mit dem Zaubertrank auf dem Weg zu diesem Wicht – Kasper A. Dam, so heißt er. Wenn man ihr die Option auf den Siebten Himmel erhalten will, muss jemand sie davon abhalten.« Kassandra blickte Ruben herausfordernd an. »Oder wie siehst du das?«

»Waaaas? Ich? Du meinst, *ich* soll …«

Kassandra stöhnte. »Was passt dir denn jetzt schon wieder nicht?«

»*Dafür* habe ich die ganzen Gadgets hierherschleppen müssen?«

»Ja.«

»Du kannst froh sein, dass ich keine Bandscheiben mehr habe!«, knurrte Ruben.

»Du musst vorbereitet sein.« Die Chefin zog die Stirn kraus.

»Also, wenn ich eins kann, dann ja wohl Frauen bezirzen«, behauptete Ruben. »Dazu brauche ich kein einziges von diesen technischen Geräten hier.«

»Typisch Mann, prall gefüllt mit Selbstüberschätzung. Wenn ich auf meine Fähigkeit zur Weissagung zurückgreifen darf, schlage ich vor, du bedienst dich wohl *doch* besser der Gadgets. Je mehr, je besser«, gab Kassandra zu bedenken.

»Typisch Frau, traut einem Mann nichts zu«, maulte Ruben beleidigt.

»Und wieder einmal verhallen meine Rufe«, schnaubte Kassandra frustriert. »Da kann ich noch so viele Führungsseminare belegen, wenn sich die Mitarbeiter Wolken in die Ohren stopfen, ist alles verloren.«

»Warte ab, Chefin. Ich werde das Fräulein von ihrem unmoralischen Plan abhalten. Du wirst stolz auf mich sein.«

»Unterschätze niemals eine liebende Frau«, warnte Kassandra.

Ruben ballte die Fäuste und drückte seinen Brustkorb nach vorn. »Unterschätze niemals deinen Assistenten!«

»Nichts wäre mir lieber, als wenn es diesmal auf Anhieb klappen würde«, schnaubte Kassandra. »Das würde meiner Statistik unheimlich guttun. Also versau es nicht. Wir treffen uns zur Erfolgsanalyse.«

»Mach ich, Chefin. Du kannst dich auf mich verlassen.«

»Schön wär's«, seufzte Kassandra.

Kann denn Liebe tödlich sein?

»Lass ab von deinem schändlichen Tun!«

Entsetzt starrte Fenja den zerlumpten Mann an, der auf dem Boden hockte und den Zipfel ihres Mantels umklammerte. Sein plötzlicher Griff hatte sie beinahe aus dem Gleichgewicht gebracht. Zum Glück war sie nicht auf ihn gestürzt, sondern nur gegen die Mauer getaumelt. Der Becher, mit dem er bettelte, war umgefallen und ein paar Münzen herausgekullert. Sein Schild, auf dem er um Spenden bat, lag geknickt daneben. Fenja war versehentlich draufgetreten.

»Schande über dich. Verführerin.«

Zwischen seinem strähnigen weißen Haar blitzten Fenja klare, helle Augen entgegen, so blau wie das Wasser im Kopenhagener Hafen. Himmel, nicht einmal Kasper hatte solch blaue Augen. Zum Glück war der Rest von Kasper wesentlich ansprechender als dieser zerlumpte Geselle. Irgendwie roch dieser Kerl komisch. Nicht wie ein ungewaschener Mann, der neben Müllkippen pennte, wie man erwarten würde, sondern süß, wie eine Nascherei … Ach, das bildete sie sich gewiss nur ein. Widerwillig sah sie auf seine Faust, die noch immer ihren Mantel gepackt hielt.

»Würden Sie bitte meinen Mantel loslassen?«, fragte sie. Zu ihrem eigenen Ärger überschlug sich ihre Stimme. Fenja zog die Augenbrauen zusammen, um mit mehr Autorität noch einmal zu fordern: »Lassen Sie sofort meinen Mantel los!«

»Metze! Nimm dem rechtmäßigen Weibe den Mann nicht. Sündenpfuhl. Die Hölle wird dich holen.«

Fenja schrak zurück. Woher wusste der Penner das?

Hatte er Kasper und sie zusammen gesehen? Kannte er Kasper?

Mit zitternden Fingern kramte Fenja ihr Portemonnaie aus der Handtasche. Sie streckte dem abgerissenen Kerl einen Zehn-Kronen-Schein hin. »Hier, kaufen Sie sich etwas zu trinken!«

Doch der Obdachlose grinste nur dreckig. »Kauf dich damit lieber von deinen Sünden frei.«

Fenja riss an ihrem Mantel und der Penner öffnete die Faust. Plötzlich ohne Halt stolperte Fenja und prallte gegen eine Straßenlaterne. Sie schlug sich den Ellenbogen an. Der Schmerz und die Scham über die Begegnung trieben ihr die Tränen in die Augen. Warum verhöhnte der Landstreicher sie so? Weil sie einen Mann liebte? Dann käme nahezu jede Frau in die Hölle, ob verheiratet oder nicht. Kaspers Ehefrau war nicht die Richtige für ihn. Sie war eine bösartige, fette Pute. Fenja war ihr einmal begegnet und es war nicht nur die Liebe zu Kasper, die ihre Ablehnung gegenüber diesem Weib geschürt hatte, sondern dieses hohe, gackernde Lachen, sowie die kleinen zusammengekniffenen Augen über den dicken Wangen, dunkel und heimtückisch. Diese Frau genoss es, ihren Ehemann wie einen Lakaien zu behandeln. »Kasper, hol mir dies. Kasper, hol mir das. Kasper, hol mir einen Schal. Ich brauche noch einen Drink, schließlich muss ich heute Nacht neben dir liegen.« Fenja war dabei übel geworden. Kasper hatte eine solche Frau nicht verdient. Niemals.

Fenja hingegen liebte Kasper mit jeder Faser ihres Herzens. Sie war seine Seelengefährtin. Sie fühlte es. Sie gehörten zusammen und mit Xenias Hilfe würden sie auch endgültig und für immer zusammen sein. Ihre Zukunft würde wunderschön werden. Kasper ließ sich scheiden und führte Fenja zum Altar. Sie hatten bereits über Kinder gesprochen. Seine Frau wollte keine. Kasper und Fenja hingegen schon. Musste man noch mehr sagen?

Fenja drückte ihre Handtasche an sich und wollte dem Obdachlosen eine gewaschene Erwiderung entgegenschleudern. Doch die Stelle, wo der Mann gesessen hatte, war leer. Kein Schild lag mehr dort, auch der Becher und die Münzen waren fort. Nur sein Geruch, süß wie Honig, hing noch in der Luft. Wo war er so plötzlich hin? Er konnte unmöglich in den drei Sekunden, die sie sich an die Laterne geklammert und gegen die Tränen angeblinzelt hatte, seine Sachen gepackt haben und weggelaufen sein. Nun, scheinbar doch. Sie hatte sich schließlich nicht geträumt, noch halluziniert. Oder doch?

Fenja zog die Schultern hoch und spähte über die Straße, erst nach links, dann nach rechts. Blaue, rote, gelbe und grüne Häuserfassaden reihten sich hinter den Gehwegen aneinander. Unter einer Kastanie parkte der blaue Lieferwagen der Post. Der Bote rannte aus einem der Häuser, sprang hinein und düste davon, um das nächste Paket auszuliefern. Sonst war der Gehweg bis auf zwei alte Männer mit ausgebeulten Jutebeuteln leer. Die nächste Abzweigung befand sich erst in hundert Metern. Wenn der Penner weggerannt wäre, müsste sie ihn noch sehen. Doch sie konnte ihn nirgends entdecken. Das war seltsam. Fenja rieb sich über die Stirn und schüttelte den Kopf über sich selbst. Sie sollte ihn einfach vergessen.

Diesmal setzte sie ihren Weg wesentlich vorsichtiger und langsamer fort. Die Vorfreude auf den Abend war verflogen. Sie fühlte sich bloßgestellt und schändlich. Wie konnten ihr die Worte eines Obdachlosen nur so zusetzen? Sie tat nur das, was getan werden musste. Sie half Kasper auf die Sprünge. Es war zu ihrer aller Besten. Kasper war nicht glücklich mit seiner Frau und sie nicht mit ihm.

Mit Fenja konnte er es sein.

Er würde es sein.

Ruben streifte die zerrissenen Klamotten ab, schüttelte die Federn aus und streckte sich. Das Leben als Penner war ganz schön unbequem, selbst für fünf Minuten. Hoffentlich hatte ihn sein himmlischer Geruch nicht verraten. Er hatte es einfach nicht über sich gebracht, sich vorher in einer Mülltonne zu wälzen.

Kassandra stand vor dem Hologramm, die Hände in die Hüften gestemmt und eine steile Falte zwischen den Augenbrauen. Pah, da regte sie sich über ihre Falten auf, zog allerdings so ein Gesicht. Aber Apollon stand ja anscheinend auf die Mariannengräben in ihrem Antlitz.

»Bist du bereit, dir anzusehen, welche Performance du diesmal abgeliefert hast?«, fragte sie süffisant.

Hm, so unzufrieden, wie sie die Lippen aufeinanderpresste, waren seine Bemühungen wohl nicht von Erfolg gekrönt. Das war … enttäuschend. Penner mit biblischen Drohungen funktionierten doch sonst auch immer.

»Sag mir nicht, dass sie es getan hat«, stöhnte er.

»Gut, ich sag's dir nicht«, schnaubte Kassandra. »Besser du setzt dich.«

Das musste sie ihm nicht zweimal sagen! Eilig formte sich Ruben aus einer vorbeischwebenden Federwolke einen bequemen Sessel mit Fußablage. Und gleich einen zweiten, der mehr wie ein Bürostuhl aussah, als seine Chefin ihn fordernd anblickte.

»Okay, es kann losgehen«, sagte er tapfer und faltete die Hände vor dem Bauch.

Kassandra nickte, setzte sich mit wichtigem Gesichtsausdruck und startete die Holografie.

Fenja bereitete den Abend sorgfältig vor. Sie zündete die Kerzen an und verteilte Rosenblätter auf dem liebevoll gedeckten Tisch. Sie hatte Kaspers Lieblingsgericht gekocht. Alles sollte perfekt sein. Alles *war* perfekt.

Der Tisch konnte mit einem Fünf-Sterne-Lokal mithalten. Sie hatte das Licht gedämmt und der Geruch von Schweinebraten mit Schwarte, einer dänischen Spezialität, die Kasper so gern mochte, zog durch die Wohnung.

Fenja richtete gerade noch einmal das Besteck, als es klingelte. Sie zog die Schürze aus und eilte in den Flur. Vor dem Garderobenspiegel fuhr sie noch einmal durch ihr gewelltes Haar. Fenja hatte zwei Stunden für eine Frisur gebraucht, die eine natürliche Lockenmähne ergeben sollte. Sie hatte sich etliche Haare ausgerissen, weil sich einer der billigen Lockenwickler nicht mehr hatte lösen lassen. Aber Kasper war es wert.

Lächelnd öffnete sie die Wohnungstür. Kasper trat ein und küsste sie flüchtig, kaum spürbar, auf die Wange. Ein bitteres Gefühl der Enttäuschung kroch ihre Speiseröhre hoch, doch seine raue Stimme versöhnte sie. »Guten Abend, Darling. Ich habe uns eine Flasche Champagner und Amarettini mitgebracht.«

Sein Lächeln war breit und strahlend und doch war etwas

an ihm seltsam. In Kaspers Augen funkelte nicht die übliche Begierde. Er schien abwesend, fast schon kalt. Vor Fenjas innerem Auge wandelte sich sein Gesicht zu einer verzerrten, bösartigen Fratze. Sie bildete sich ein, die Stimme des Obdachlosen zu hören, der sie erneut aufforderte, von ihrem schändlichen Tun abzulassen. Himmel, sie wurde noch verrückt.

Sie schüttelte den Kopf. Kasper bemerkte es nicht. Er stellte die Champagnerflasche achtlos im Flur auf die Kommode unter dem Spiegel. »Ach ja, und hier deine Karten.« Er zog zwei Tickets aus der Tasche und legte sie neben die Flasche.

Mit einem jubelnden Aufschrei schlang ihm Fenja die Arme um den Hals und küsste ihn auf die Wange. Einmal, zweimal, ach fünfmal.

Kasper zog die Schulter hoch und den Kopf ein, wehrte ihre stürmische Freude ab. Er lächelte leicht. »Keine Ahnung, warum du dir die Ausstellung unbedingt ansehen willst. Die Bilder sind die reinste Schandtat. Wer bezahlt für zwölf bunte Kreise? Das konnte ich im Kindergarten schon besser.« Kasper deutete auf die Tickets und die Abbildung der Concentric Circles von Wassily Kandinsky.

Fenja kicherte. »Kunstbanause.«

»Wenn diese Kringel wenigstens ein Bild ergeben würden, wie eine Figur oder eine Landschaft«, spottete Kasper.

Fenja kniff ihn spielerisch in den Bauch. »Also wirst du mich nicht zur Ausstellungseröffnung begleiten?«

»Nur tot!«, rief Kasper aus und wandte ihr den Rücken zu.

Schade. Das war das einzig Bedauerliche an Kasper. Er besaß nicht den geringsten Sinn für Kunst. Die Drucke von

Wassily Kandinsky oder Paul Klees, die Fenjas Wände schmückten, hatten ihm noch nie gefallen.

Fenja nahm die Flasche und als sie die Küche betrat, sah sie ihn in den Topf lugen. Unweigerlich lächelte sie. Wenn er in ihre Töpfe spähte, erinnerte er sie immer an einen zu groß geratenen Jungen. Einen, der einfach nur geliebt werden wollte.

Sie stellte die Flasche auf den Tisch, schlang die Arme von hinten um Kasper und drückte das Gesicht gegen seinen Rücken. Sanft streichelte sie seinen Bauch und fuhr mit den Händen über den Stoff hinab bis zu seinem Gürtel.

Er sog scharf die Luft ein und drehte sich in ihren Armen herum. »Erst essen«, forderte er und küsste sie auf die Stirn. Dann löste er ihre Umarmung.

Wieder kochte die Enttäuschung bitter wie Galle in Fenja hoch. Aber sie schluckte sie herunter. Es sollte ein schöner Abend werden und vielleicht war er in Gedanken einfach noch bei seiner Arbeit. An manchen Tagen fiel es ihm schwer, abzuschalten.

Kasper setzte sich auf den Stuhl und sie servierte ihm das Essen, dann setzte sie sich selbst. Er griff nach dem Besteck. Ohne aufzusehen oder ihr wie üblich mit einem Luftkuss zu danken, schaufelte er das Essen in sich hinein. Fenja sah ihm dabei zu und der Kloß in ihrem Magen wurde immer größer. Sie selbst stocherte nur lustlos in dem Braten und dem Rotkohl herum. Das Rezept hatte sie von ihrer Mutter, es roch köstlich, doch Kaspers eisige Ignoranz verhagelte ihr den Appetit.

»Wie war es denn auf der Arbeit?«, fragte sie leise.

Kasper schob sich ein großes Stück Schweinebraten in den Mund. Ein bisschen Soße rann über sein Kinn. »Gut.«

»Gab es Ärger?«

»Nein.«

Das war alles. Einfach nur ›Nein‹ und dann wieder Schweigen.

»Es ist ein schöner Tag. Die Sonne hat für März schon viel Kraft«, versuchte Fenja erneut, ein Gespräch in Gang zu bringen.

»Kann sein.«

Fenja lächelte bemüht. »Ich hätte mal wieder Lust, zum Nyhavn zu gehen.«

»Zu viel Wind, der Hafen stinkt immer nach Fisch.« Kaspers Stimme klang schleppend, distanziert, und wenn er den Blick hob, dann sah er überall hin, zum Herd, aus dem Fenster, auf die Wand, nur nicht zu ihr. Liebte er sie nicht mehr? Wollte er mit ihr Schluss machen?

Sie rief sich zur Räson. Bis gestern war zwischen ihnen noch alles gut gewesen. Sie hatten sich bis zum Morgengrauen geliebt. In den zwölf Wochen, die sie sich nun kannten, hatten sie sich nie gestritten. Warum sollte er also mit ihr Schluss machen? Nein, es war sicher etwas anderes, das ihm die Stimmung verhagelte. Vielleicht doch etwas auf der Arbeit und er wollte sie nur nicht damit belasten. Sein Nacken schien verspannt zu sein. Er bewegte sich ruckartig und steif.

Kaum hatte er das Essen beendet, stellte sie die Teller in die Spüle und trat hinter ihn. Mit sanftem Druck begann sie, seinen Nacken zu massieren. Kasper stöhnte und seine Finger strichen federleicht über ihre Hand.

»Geh ins Wohnzimmer«, hauchte sie ihm ins Ohr. Er nickte und stand auf. Schnell schenkte sie den Champagner ein und folgte ihm. Auf dem Tisch standen Erdbeeren, eine Ergänzung zum sündigen Nachtisch, den sie im Sinn hatte. Den Champagner stellte sie daneben, dann setzte sie sich auf seinen Schoß.

Sie angelte nach einer Beere und hielt sie Kasper an die Lippen. Er lächelte müde, öffnete aber brav den Mund. Langsam biss er ab und kaute bedächtig. Dann hielt sie die Erdbeere vor ihre eigenen Lippen. Kasper sah mit halb geschlossenen Lidern zu. Langsam nahm sie einen Bissen und kaute genießerisch darauf herum. Die Süße der Beere schmeichelte ihrem Gaumen.

Kasper zog ihren Kopf zu sich und küsste sie leidenschaftlich. Tief drang seine Zunge in ihren Mund und schickte ihr einen wohligen Schauer durch den Körper. Ihr Atem ging schnell, als er wieder von ihr abließ. Er beugte sich mit ihr nach vorn, was ihr ein albernes Kichern entlockte, und nahm eines der Champagnergläser, um es ihr zu reichen.

»Zur Abkühlung«, sagte er und griff nach dem anderen.

Ein Lächeln auf den Lippen stießen sie mit der klaren, perlenden Flüssigkeit an und sahen sich tief in die Augen. Dann setzten sie die Gläser an. Fenja genoss das kühle Kitzeln der Kohlensäure auf ihrer Zunge. Mit einem Zug leerte sie das Glas und das Prickeln breitete sich in ihrem Magen aus.

Auch Kasper entspannte sich. Er atmete tief aus, der Strom seines Atems kitzelte sie an der Brust. Um seine müden Augen bildeten sich die Lachfältchen, die sie so liebte. Wenn er heute nach Hause ging, dann um sich von seiner Frau zu trennen. Damit er allein ihr gehörte. Aber dazu musste sie ihm noch das Mittel verabreichen. Am besten jetzt, nach dem Sex hatte er es meistens eilig.

»Möchtest du einen Espresso?«, säuselte Fenja.

Kasper zog überrascht die Augenbrauen hoch, aber er nickte. Fenja rutschte von seinem Schoß und eilte in die

Küche. Auf den Zehenspitzen wippend wartete sie ungeduldig darauf, dass die Maschine die kleinen Espressotassen füllte. In eine gab sie einen großzügigen Schluck des Trankes. Wenn ein Teelöffel bereits half, dann waren zwei gewiss noch besser, oder? Bei seiner heutigen Laune ging sie lieber auf Nummer sicher.

Gerüstet mit ihrer unfairen Waffe kehrte sie ins Wohnzimmer zurück. Kasper hatte den Kopf auf die Lehne des Sofas gelegt und die Augen geschlossen. Sachte stieß sie ihn an und hielt ihm den Espresso unter die Nase. »Das macht müde Männer munter.«

Fenja zwinkerte, aber Kasper sah nur auf die Tasse. Wieder setzte sie sich auf seinen Schoß und öffnete die obersten Knöpfe seines Hemdes. Lasziv fuhr sie mit den Händen darunter.

Ein Triumphgefühl erfasste sie, als Kasper die braune Flüssigkeit trank. Bei jedem kleinen Schluck, den er machte, küsste sie ihn auf den Hals und auf die Schulter, fuhr über seine Brust und streichelte seine Haut.

Als er die Tasse absetzte, erhob sie sich und öffnete die Knöpfe ihrer Bluse. Stück für Stück entblößte sie die schwarze Spitzenkorsage. Dann schob sie den Rock hinunter. Seine Augen weiteten sich. Oh ja, sie wusste, dass er Strapse mit schwarzen Strümpfen und passenden Heels liebte.

Kasper stand auf und küsste sie. Begierig wanderten seine Hände über ihren Leib. Sie strich über die Beule in seinem Schritt, öffnete den Reißverschluss und zog ihm die Hose samt Unterwäsche über die Hüften. Seine volle Pracht sprang ihr entgegen. Zärtlich nahm sie ihn in die Hand und streichelte ihn.

Kasper ließ sich auf das Sofa fallen und drängte sich ihren

Berührungen entgegen. Mit langsamen Bewegungen verstärkte sie seine Erregung, beobachtete zufrieden, wie er ihre Liebkosungen genoss. Sie spielte mit ihm, reizte ihn, ohne ihm eine Aussicht auf Erlösung zu gönnen. Sie stellte seine Geduld auf die Probe – und die ihre. Denn in ihrem Unterleib tobte die Sehnsucht danach, ihn in sich zu spüren.

Sie wollte ihn. Hier und jetzt.

Fenja stieg über seinen Schoß und senkte sich auf seiner Härte. Er füllte sie aus, schürte ihre Erregung ins Unermessliche. Ihr entfuhr ein lautes Stöhnen. Kraftvoll stieß er immer wieder in sie. Begleitet von Lustlauten gaben sie sich den leidenschaftlichen Bewegungen ihrer Gefühle hin. Erst langsam, dann immer schneller und gieriger.

Fenja krallte sich in seine Schultern. Sein Körper bog sich ihr entgegen, als er mit einem lauten Stöhnen kam. Ein letzter harter Stoß, der auch sie in einen erlösenden Rausch schickte, aus dem sie zitternd wieder zu sich kam. Ihr Puls raste, unter ihren Fingern spürte sie den Schweiß auf seiner Haut und sein Herzklopfen. Stumm lehnten sie ihre Stirn aneinander, bis sich ihr Atem beruhigt hatte.

Nach einigen Minuten küsste Kasper sie auf die Schläfe. »Dein Espresso ist jetzt kalt.«

»Ich liebe kalten Kaffee«, erwiderte Fenja lächelnd. »Und ich liebe dich.«

Kasper zog die Tüte Amarettini heran, riss sie auf und hielt ihr einen vor den Mund.

Fenja ließ sich den Keks in den Mund legen und biss darauf. Dankbar für diese zärtliche Geste, gab sie ihm ein Küsschen.

Der sanft-bittere Geschmack, der ihr so vertraut war, wollte jedoch nicht vergehen. Sie zerkaute den Keks, aber der Geschmack verursachte Übelkeit. Galle stieg in ihr hoch und sie rang nach Luft. Als würde sich ein eiserner Ring um ihren Hals legen, schnürte sich ihre Luftröhre zu. Sie hob die zitternden Hände zu ihrem Hals. Sie brauchte Luft. Warum konnte sie nicht atmen?

Ihr panischer Blick fiel auf Kasper. Seine sonst so warmen Augen sahen sie kalt an. Hatte er etwa …? Ihre Sicht verzerrte sich und wurde schwarz.

Sie streckte die Hand nach ihm aus, aber sie konnte ihn nicht erreichen. Sie wollte sich an ihm festhalten, doch sie verlor den Halt. Da war niemand, der sie auffing. Keine liebenden Arme, die sie hielten. Leere und Verzweiflung. Fenja spürte, wie ihr Körper noch einmal verkrampfte, bevor der Schmerz und das Bewusstsein sie verließen.

Fassungslos starrte Ruben auf das Hologramm. Ihm fehlten die Worte.

Fenjas ach so toller, hinterhältiger Geliebter starrte ins Leere, bevor ein Ruck durch ihn ging. Seine Augen weiteten sich, er griff sich an die Kehle und rang um Luft, als litte er mit Fenja.

»Nein«, presste er hervor. »Nein! Du darfst jetzt nicht sterben. Ich liebe dich doch! Mein Liebling, ich spende dir meinen Atem!« Kasper fiel auf die Knie und beugte sich über die regungslose Fenja. Er presste die Lippen auf die der Toten und versuchte stundenlang – was Kassandra Gott sei Dank vorspulte – seine Luft in ihre Lungen zu pressen.

»Was für ein Schuft«, murrte Ruben. »Und vor allem: Was für ein Idiot. Sie ist tot. Will er sie aufblasen wie eine Sexpuppe, oder was soll das werden?«

»Bitte, bitte, wach doch wieder auf«, flehte Kasper zwischen den Atemzügen immer und immer wieder. Ein sinnloses Unterfangen, denn der Sauerstoff konnte bei einer Cyanidvergiftung zwar ins Blut, aber nicht in die Zellen gelangen. Mittlerweile waren Fenjas Haare nass von seinen Tränen.

»Wenn sie nicht tot wäre, wäre es spätestens jetzt mit der Liebe vorbei«, kommentierte Ruben. »Wer will schon einen solchen Waschlappen?«

Kassandra warf ihm einen schiefen Blick zu, aber sie ließ sich tatsächlich nicht zu einer Erwiderung hinreißen. Schade, er wäre gern mit ihr über diesen Volltrottel hergezogen.

»Ich rufe einen Krankenwagen. Die können dir besser helfen«, murmelte Kasper irgendwann schluchzend und fing an, in seinen Anzugtaschen herumzukramen. Gerade, als er sein Handy in der Hand hielt, klingelte dieses. »Was willst du Weib? Ich hab jetzt keine Zeit!«, schrie er ins Telefon.

»Beweg endlich deinen Arsch hierher, du Taugenichts. Ich hab doch gesagt, du sollst mit ihr Schluss machen!«, schallte es so laut durchs Telefon, dass es sogar für Ruben und Kassandra zu hören war.

Kasper hielt nicht einmal den Hörer von sich weg. Es war, als wollte er sich selbst bestrafen. »Warte, ich komme«, antwortete er knapp und legte auf.

»Dann kann ich endlich mit dir Schluss machen, du dumme Furie.« Er steckte das Telefon wieder ein und starrte auf Fenja hinunter. Ein weiteres Mal beugte er sich über sie, strich ihr Haare aus der Stirn und küsste sie inbrünstig auf jene. »Verzeih mir, Liebling. Ich war blind und tötete die Falsche.«

Ah ja …

»Was ist das denn jetzt wieder für ein gequirlter Mist?« Ruben schlug sich vor die Stirn und sprang so schwungvoll hoch, dass die Sesselwolke hinter ihm davonschwebte. Das war ja selbst für Hollywood zu kitschig. »Wenn ich das richtig sehe, haben sich die beiden gerade gegenseitig aufs Kreuz gelegt.«

»Genau«, brummte Kassandra und zog die Augenbrauen hoch.

Ruben marschierte an ihr vorbei, drehte sich um und lief wieder zurück. Die Wolken federten unter seinen energischen Schritten. Herrgott. »Der Kerl hat sie umgebracht! Wie kannst du dabei so ruhig bleiben?«

»Du hast ja sogar hingesehen«, flötete Kassandra.

War das Ironie oder Sarkasmus?

»Direkt, nachdem er sie noch einmal zu seinem Vergnügen benutzt hat. Ha, er ist jetzt von einer Toten verzaubert. Möge der Fluch lange wirken«, ätzte Ruben aus reiner Schadenfreude. Nekrophilie war eine weitere Todsünde, geschah diesem Volltrottel nur recht.

»Genau. Und weil ihr so übel mitgespielt wurde, hat der Allmächtige Mitleid und will ihr wenigstens die Chance auf die einzig wahre Liebe nicht verwehren«, erklärte Kassandra und erhob sich ebenfalls.

»Natürlich, da muss man helfen. Ich werde mein Bestes geben, Boss.«

»Schön wär's! Und noch schöner, wenn du deinen Job ordentlich machen würdest. Hast du dir mal überlegt, wohin uns dein Minimalismus jetzt geführt hat? Dafür braucht man wahrlich keine seherischen Kräfte.«

»Na ja, er hat von dem Kaffee mit dem Zaubertrank getrunken.«

»Genau, und was ist die Konsequenz?«, fragte Kassandra mit erhobenem Zeigefinger.

Wieso musste diese Frau immer so oberlehrerhaft den Finger heben? Ruben verkniff sich ein Augenrollen. »Wir müssen dieser verdammten Hexe Xenia endlich das Handwerk legen! Die Alte entwickelt immer neue Zaubertränke für oder gegen menschliche Schwächen. Die Folgen sind ihr völlig egal. Sie interessiert sich nur für das Geld. Seit Neuestem vertreibt sie ihren Mist sogar im Internet, getarnt als Pharmafirma.«

»Falsch! Wenn sie es nicht macht, dann macht es ein anderer. Da hilft nur eine Änderung in der Gesetzgebung des Allmächtigen. Aber mal ehrlich, ein elftes Gebot? *Du sollst keine Zaubertränke brauen?* Forget it!«

Ruben verschränkte die Arme vor der Brust. »Ich sag ja immer, wir brauchen mehr Demokratie.«

»Wir sind eine Familie! Die himmlische Familie braucht keine Demokratie.«

»Familie? Sind wir die Mafia? Firma trifft es eher. Das beweist ja auch dein ganzes Gerede von Performance und dem ganzen dünnen Zeug.«

»Dünnes Zeug?«, fragte Kassandra. »Ich kenne keinen, der so leidenschaftslos ist wie du. So wirst du es nie eine Etage höher schaffen!«

»Alle erfolgreichen Firmen haben seit Neustem flache Hierarchien.«

»So neu ist das auch wieder nicht. Der Trend kehrt sich schon wieder um. Und ich bleibe dabei: Eine Firma braucht keine Demokratie. Das würde sie sehr schnell ruinieren. Eine erfolgreiche Firma braucht eine durchsetzungsfähige Führungspersönlichkeit mit Visionen.«

»Vielleicht will ich es ja auch gar keine Etage höher

schaffen! Ich möchte nur etwas mehr Ruhe«, knurrte Ruben mit trotzigem Gesichtsausdruck.

»Also, mein Lieber, dir ist da etwas Wesentliches entgangen. Du wirst nur glücklich und zufrieden, wenn du dich mit den Zielen deiner ›Firma‹ identifizierst. Corporate Identity, wenn du so willst«, erklärte Kassandra und machte beim Wort Firma Gänsefüßchen in die Luft. »Dafür verlange ich vollen Einsatz von meinen Mitarbeitern. So, und jetzt habe ich keine Lust mehr auf Diskussionen.«

»Pffft, meine Ziele … und dann ist man Tag und Nacht nur noch damit beschäftigt, für den Ruhm und die Ehre Anderer zu arbeiten.« Um seine Worte zu unterstreichen, schnappte sich Ruben eine Wolke, die bereits wie eine Liege geformt war, und ließ sich draufplumpsen. Betont lässig verschränkte er die Hände im Nacken.

Kassandra runzelte die Stirn. »Der Erfolg der himmlischen Mächte wird auch dich glücklicher machen!«, verkündete sie und hob beide Arme wie ein Geistlicher.

»Alles hohle Phrasen!«, maulte Ruben. »Damit kannst du jemand anderen zum Narren halten. Ich lebe nicht mehr im Mittelalter.«

»Na dann eben nicht!«, grummelte Kassandra und ließ frustriert die Arme wieder sinken. »Dann muss ich dich eben wieder an deinen Vertrag erinnern. Du hast deine Arbeitskraft der guten Sache zur Verfügung zu stellen. In diesem Fall Fenja.«

»Das darf aber meine Gesundheit nicht gefährden.«

»Was für eine Gesundheit? Du bist doch schon tot!«

»Die seelische natürlich! Die wird bei diesen zweifelhaften Jobs sehr wohl gefährdet! Was ist, wenn Fenja *mir* solches Zeug unterjubeln will?«

»Also, jetzt reicht's mir aber langsam. Ich verlange ein

akzeptables Ergebnis, ansonsten wirst du zur Gadgetinventur abgestellt! Niemand ist unersetzbar!«, schimpfte Kassandra.

Ruben fuhr hoch. Er hatte keinen Bock auf diesen Job! Aber auf Gadgetinventur hatte er noch weniger Lust. Da zählte man bis in alle Ewigkeit fingernagelgroße Flüsterknöpfe. Mist, verfluchter.

»Also, was ist? Können wir jetzt endlich weitermachen?«, zischte die Chefin.

Ruben nickte ergeben. Kassandra hatte ihn mal wieder kleingekriegt. Sie hatte die besseren Argumente und ja, sie saß am längeren Hebel. Es war sinnlos, mit ihr weiter zu diskutieren.

»Danke! Nun, wie geht es weiter?«, fragte Kassandra und wippte ungeduldig mit den Füßen.

Ruben zuckte die Schultern. »Der Kasper A. Dam wird ihr jetzt ewig nachheulen, dabei hat er sie doch selbst umgebracht.«

»Richtig ... und?«

»Geschieht ihm recht!«

»Und? Was noch?« Kassandra kreuzte die Arme und trommelte mit ihren Fingern.

»Sie kommt nicht in den Siebten Himmel, obwohl sie ihn liebt«, fuhr Ruben fort und hob nun ebenfalls seinen Zeigefinger.

»Endlich! Auch Männer haben mal eine Erleuchtung!«, grummelte Kassandra.

»He!«, beklagte sich Ruben. »Das ist schon wieder diskriminierend.«

»Und? Soll ich jetzt etwa Mitleid haben?« Kassandra stemmte die Fäuste in die Hüften.

»Eine Frage: Sind wir eigentlich für jedes Spatzenhirn auf

der Erde verantwortlich?«, fragte Ruben und klimperte spielerisch mit den Augenlidern.

»Nein«, stöhnte Kassandra und schüttelte heftig den Kopf. »Nur für die, die mit ihren Fortpflanzungsorganen denken.«

Ruben rieb sich nachdenklich am Kinn. »Aber diese Fenja ist stur! Ich habe sie doch gewarnt! Seit dieser Martin mal seinen Mantel geteilt hat, weiß doch jeder, dass man Bettler nicht so einfach abtun sollte.«

Kassandra legte den Kopf schief. »Wie immer hast du es dir etwas zu leicht gemacht, mein Lieber. Die Dänen sind evangelisch, die haben keine Heiligen und kennen diese Bettlerstory wahrscheinlich gar nicht. Du hast ja nicht mal darüber nachgedacht, welches Gadget du benutzen könntest.«

Ruben schnappte nach Luft. »Ich habe es mir *einfach* gemacht? Dann geh *du* mal da runter! Ein Scheißjob ist das!«, schnaubte er, kreuzte die Arme und drehte sich weg.

»Ich kenne einige, die sich für diesen *Scheißjob* die Finger lecken würden. Gib's doch einfach zu, du hast es versaut! Mir bleibt überhaupt nichts anderes mehr übrig, als zum Äußersten zu greifen.«

»Nein! Das kannst du nicht machen!« Rubens Gesicht wurde aschfahl. Er öffnete den Mund, als würde er keine Luft mehr bekommen, und griff sich an die Kehle.

»Und ob ich das kann! Ich bin hier der Boss!«

»Nicht schon wieder! Ich kündige!«, krächzte er.

»Meinetwegen! Aber bedenke, deine Kündigungsfrist beträgt hundert Jahre.«

Bei dem Gedanken bekam Ruben noch schwerer Luft. »Knebelverträge sind das!«, presste er verzweifelt hervor.

»Heul dich an Petrus' Rockzipfel aus, aber vorher machst

du deinen Job!«

»Das Übliche?«, seufzte Ruben.

»Diese Frau ist nicht das *Übliche*«, gab Kassandra zurück. Sie tippte mit dem Finger gegen ihre Nasenspitze. »Du könntest mit Fenja Zeitsprünge in ihrem Leben machen. Allerdings halte ich das für unklug. Ich wette, diese Frau hat Zeit ihres Lebens nur menschliche Komposthaufen kennengelernt.«

»Dann schicke ich Fenjas Seele zurück in ihren Körper?«, fragte Ruben hoffnungsvoll. Alles war besser als Zeitsprünge im Leben eines Menschen. Oder gar eine Zeitschleife! Diese ständige Wiederholung der Geschehnisse war anstrengend und würde ihn noch ins Burn-out-Syndrom treiben.

»Ja«, sagte Kassandra und Ruben stieß erleichtert die Luft aus. »Die Zeit läuft weiter. Sie bleibt als Untote auf der Erde, bis sie ihre wahre Liebe gefunden hat.«

Ruben konnte sich ein Grinsen nicht verkneifen. Dieser Auftrag würde einfach werden. Keine komplizierten Regeln, die man beachten musste, oder dem Schützling erklären. Es gab kaum Schlimmeres, als einer gerade verstorbenen Seele komplexe himmlische Zusammenhänge erklären zu müssen, bis auch das dümmste Spatzenhirn die richtigen Konsequenzen zog. Und wie lange dauerte das? Ewig! Menschen waren nicht sehr intelligent.

»Aber …«, tönte Kassandra.

Och nö …

»Sie wird am Ende eines jeden Tages sterben!«

»Was?«, fragte Ruben entsetzt.

»Jeden Tag bekommt sie einen neuen Versuch, auf Wolke Sieben zu kommen. Schafft sie es nicht, stirbt sie.«

»Aber …«, setzte Ruben an.

»Kein Aber.«

»Doch! Das ist herzlos!« Einmal zu sterben war bereits ein Schock, aber jeden verdammten Tag? Das konnte man doch keiner Seele antun! Ruben könnte schwören, in Kassandras Augen blitzte der blanke Sadismus auf.

Ihre Lippen kräuselten sich. »Ich kenne dich, Ruben. Du fängst an zu trödeln, wenn dir niemand Feuer unterm Hintern macht.« Jetzt bleckte sie die leuchtend weißen Zähne zu einem betont lieblichen Lächeln. »Spätestens bei ihrem dritten Tod wird sie dir den engelsgleichen Hintern anzünden, damit du in Bewegung kommst.«

»Ich trödle nie«, fauchte Ruben.

Kassandra schnaubte. »Es ist zu euer beider Besten …«

»Ha!«, entfuhr es Ruben, aber Kassandra hob einfach die Stimme.

»… Ich vermeide nur, dass du dort unten ein paar Minuten Pause einlegst, weil du so unfassbar überlastet bist!«

Kassandra legte ihm die Hand auf den Arm. Am liebsten wäre er zurückgewichen. Ihr liebliches Lächeln konnte sie sich in den wolkenumhüllten Hintern stecken. Es war so ehrlich wie die Gemälde eines Kunstfälschers!

»Es muss sein. Du bekommst auch den Gadget-Spionagesatz Eins dazu. Streng dich an, dann ist es schnell vorbei.«

Ruben verbarg das Gesicht in den Händen. »Sie wird jeden Morgen hysterisch aufwachen!« Nein, er wollte nicht! Und dann auch noch dieser Spionagesatz Eins, der Kassandra die volle Kontrolle über ihn gab. Er war doch nicht blöd, das Zeug nutzte ihr mehr als ihm. Konnte er sich nicht doch in die Hölle absetzen?

»Es liegt alles an dir und deiner Performance!«, herrschte

ihn Kassandra an. »Wie stehe ich sonst da, vor dem Allmächtigen, mit so einer schlechten Bilanz?«

Was? Kassandra machte es sich *leicht*. Sie machte Druck, aber *er* sollte die ganze Arbeit machen. Sie hatte ja keine Ahnung, wie lange man brauchte, um einer Frau zu erklären, was in einem Männerkopf vor sich ging! Aber ach, jede Diskussion war sinnlos. Kassandra zog aus ihrem Gewand einen Stock hervor, der wie ein Zauberstab aussah, und schlug ihn einmal auf die Hand. Sofort entwichen ein paar lila Herzen.

»Erzengel Uriel! Bitte hilf diesen verpeilten Wesen, aus ihren Fehlern zu lernen und die Prüfung zu bestehen!« Bei diesen Worten schwang sie die Spitze des Stabes mehrfach zu einer liegenden Acht, die durch die entweichenden Herzchen sichtbar blieb.

»Lass Fenja erwachen und sterben. So lange, bis sie die wahre Liebe erkennt!«, beendete Kassandra das Ritual und zog den Stab nach unten, sodass das nebulöse Gebilde wie eine riesige Schleife aussah. Ruben seufzte. Das Geschenk zu dieser Nebelschleife war ein großer Kackhaufen!

Keep calm and listen to the music

Guten Morgen, guten Morgen
Guten Morgen, Engelein
Dieses Spiel hast du verhauen
Doch du darfst nicht sauer sein

Guten Morgen, Engelein
Ich weck dich auf und komm herein
Nein du darfst nicht sauer sein
Dieser Typ ist bloß ein Schwein
Einfach alles könn' wir sehen
In unserm Himmel, in unserm Himmel
Doch nun ist es geschehen
Du baust Mist nur wegen 'nem Pimmel

Fuck. Was war nur passiert? Fenjas Lider fühlten sich unsäglich schwer und verklebt an. Sie konnte sie einfach nicht heben.

Ihr Hals brannte, ihr war übel und jemand schien ihr ins Ohr zu singen. Jemand mit einer angenehmen Stimme, aber der Text war so nervig, dass sie am liebsten dieses verdammte Radio zerschlagen hätte! Es konnte nur ein Radio sein! Aber sie hatte gar keins neben dem Bett stehen. Sie lag doch in ihrem Bett, oder?

Fenja zwang sich, die Augen zu öffnen. Verschwommen sah sie ihr eigenes Schlafzimmer. Den großen Kleiderschrank aus dunklem Holz und das Tuch, das unter die Zimmerdecke gespannt war und das Kasper so liebte, weil es ihr Bett wie eine sinnliche Spielwiese aus dem Orient aussehen ließ. Warum schwankte alles, als hätte man das gesamte

Zimmer auf ein Schiff verladen? Hatten Kasper und sie gestern zu viel getrunken?

Du denkst die allerschönsten Stunden
In deinem Leben, in deinem Leben
Hast du nur mit ihm gefunden
Du hast geträumt, so ist das eben

Gott, schon wieder dieses Lied. Es kam aus der linken Ecke des Zimmers. Fenja drehte den Kopf, aber da war kein Radio, das dieses unsägliche Lied plärrte. Neben ihr auf dem Bett saß ein Mann mit einer Harfe!

Fenja schreckte hoch und wich zurück. Doch, da war das Bett zu Ende. Ihre Hand tastete ins Leere – sie schrie auf und … krachte auf den Boden.

»Lort!«, fluchte sie inbrünstig.

Die Harfenklänge hörten auf und das Gesicht des Mannes erschien über der Bettkante. »Dänische Schimpfwörter haben wirklich etwas für sich. Ihr beschimpft euch aufs Übelste und es klingt einfach nur niedlich. Wer kann schon böse sein, wenn man als Sølvblad bezeichnet wird? Es ist zu süß.«

Fassungslos starrte Fenja ihn an. Wer war das? Sølvblad hieß ›Arschloch‹. Was war daran bitte süß? Und wie kam er überhaupt in ihr Schlafzimmer? Hatte Kasper sie gestern Abend versetzt und sie war in eine Bar gegangen, um sich zu trösten? Wenn ja, dann konnte sie sich zu ihrer Auswahl gratulieren.

Der dunkle Bartschatten in dem braun gebrannten Gesicht betonte sein helles blondes Haar und die strahlend-blauen Augen. Fenja hatte immer gedacht, es gäbe keine blaueren Augen als die von Kasper. Dieser Mann trat den

Gegenbeweis an. Aber da waren noch die von dem Obdachlosen gewesen. Wurde sie neuerdings von blau- äugigen Männern verfolgt?

»Ich kann verstehen, dass dieser Ehebrecher erst auf dich abfuhr, um dich dann loszuwerden. Du bist sexy. Doch lei- der wollen Männer Frauen, die blasen können *und* klug sind. Eine kluge Frau bedrängt einen Mann nie. Das zwingt ihn nur, zu lügen.«

»Was? Wer?« Zu ihrer Schande musste Fenja gestehen, dass sie wirklich nicht sehr intelligent klang, aber verflucht, sie hatte keine Ahnung, was eigentlich passiert war.

»Kasper A. Dam. Der Typ, der sich gestern bei dir durch- gefressen hat.«

Fenja blinzelte. Stimmt. Sie erinnerte sich. Kasper war gestern zum Essen gekommen und er war nicht sonderlich freundlich zu ihr gewesen. Sie hatte Angst gehabt, er könnte sie nicht mehr lieben. Dann hatte sie ihm den Liebestrank verabreicht. Sie hatte ihn verführt, in ihrer neuen Unter- wäsche. Fenja sah an sich herunter. Himmel, in der Reiz- wäsche, die sie immer noch trug!

Sie spürte, wie ihr das Blut in die Wangen schoss. Grinste der Kerl sie deswegen so an? Was hatte *er* eigentlich damit zu tun? Sie konnte sich nicht erinnern, ihn gestern einge- laden zu haben, oder dass sie und Kasper gestört worden waren. Sie hatten Sex gehabt, sie hatten sich geliebt und dann hatte ihr Kasper einen Amarettini gegeben und dann … Gottverdammt, was war dann passiert? Ihr war schlecht geworden. Fenja griff sich an die Kehle, als die Erinnerung an das quälende Gefühl zu ersticken in ihr auf- stieg.

Der Typ über ihr grinste noch etwas breiter. »Ah, doch nicht so dumm, du erinnerst dich.«

»Das erklärt immer noch nicht, wer du bist«, erwiderte sie lahm. War er ein Sanitäter? Polizist? Ein Notarzt? Er trug aber nicht die Kleidung eines Notarztes. Sie konnte nur ein Stück seines Hemdes sehen, aber das sah nicht nach einer Uniform aus. In dem tiefen Ausschnitt zwischen Stoff und Leder kräuselte sich blondes Brusthaar. Ein Verrückter mit Lederfetisch?

Der Fremde rollte sich von ihrem Bett und hob die Harfe hoch. Gott, was für Perversitäten hatten sie mit dem Instrument in ihrem Bett getrieben? Jetzt sah sie auch den Rest von ihm. Er trug ein dunkelbraunes Lederwams, dessen breite Schultern in Form eines V auf die Taille zulief, darunter beulte sich eine Hose wie zwei dicke Luftpolster um seine Oberschenkel. Die Lederstiefel gingen bis über seine Knie. Er musste vom Karneval einer Irrenanstalt geflohen sein, ganz sicher.

Ihren starrenden Blick erwiderte er, ohne auch nur mit der Wimper zu zucken. »Ich bin Ruben und werde dir helfen, auf Wolke Sieben zu gelangen. Zumindest werde ich es versuchen, auch wenn ich selbst nicht auf mich wetten würde. Du scheinst mir nicht gerade ein Blitzmerker zu sein.«

Was redete er denn da? Wolke Sieben? Und warum zum Teufel schwenkte er diese dämliche Harfe so?

»Wir hatten doch keinen Sex mit dem Ding, oder?«, würgte Fenja heraus.

Ruben ließ die Harfe sinken und blickte irritiert von dem Instrument zu Fenja. »Wenn ich Bock hätte, mehr Zeit als nötig für dich zu verschwenden, würde ich dich bitten, mir zu zeigen, wie *das* funktionieren soll.«

»Zieh die Hose aus und ich zeige dir, wie man mit den Saiten jemanden beschneiden kann«, fauchte Fenja. Mal sehen, ob er dann immer noch so herablassend die Nase über sie rümpfte! Was fiel ihm überhaupt ein? Er war bei ihr eingebrochen, dafür könnte sie ihn verprügeln und es ginge als Notwehr durch. Aber Grundgütiger, dafür müsste sie gegen ihn ankommen. Er war zwar nur einen halben Kopf größer als sie, aber er besaß ein breites Kreuz und es würde sie nicht wundern, wenn das Leder kräftige Muskeln verbarg. Diese Lederfetischisten trainierten doch alle wie blöd.

Ruben zog die Augenbrauen hoch, lehnte das Instrument gegen das Bett und trat einen Schritt vor. In ihre Richtung! Fenja rappelte sich auf und wich zurück. Fieberhaft sah sie sich nach etwas um, das sie als Waffe verwenden konnte. Aber in ihrem Schlafzimmer gab es nicht viel, mit dem man um sich schlagen konnte! Warum war sie keine der Frauen, die vorsorglich einen Baseballschläger unter dem Bett liegen hatten? Es gab nicht mal ein Buch, das sie werfen konnte. Sie las nun einmal nicht im Bett. Entweder sie schlief oder sie hatte Sex. Auf ihrem Schminktisch gab es nur Make-up-Dosen und auf dem Boden lag lediglich eine Strumpfhose. Sie müffelte vielleicht ein wenig, aber nicht genug, um damit einen Mann K.o. zu … stinken. Mit jedem Schritt, den Ruben auf sie zutrat, wich sie einen zurück, bis sie mit einem dumpfen Knall gegen die Türen des Kleiderschrankes prallte.

Ruben verschränkte die Arme vor der Brust. Die Lederärmel schoben sich zurück und entblößten kräftige, behaarte Handgelenke. »Ich bin dafür, du ziehst dir etwas an. Sonst hält dich jeder noch für eine Hure, und Nutten finden nun mal eher schwer ihr Glück. Man vögelt sie, aber man liebt sie nicht.«

»Bei einem Zuhälter wie dir kein Wunder!«

Ruben schnappte entrüstet nach Luft. Fenja wusste selbst

nicht, warum sie noch diskutierte und nicht versuchte, sich an ihm vorbeizumogeln. Vielleicht, weil es ohnehin keinen Sinn hätte. Er brauchte sie nur zu packen und sie wäre ihm ausgeliefert. Aber er stand einfach da, mit dem Ausdruck blanker Empörung im Gesicht. Dieser Kerl machte sie wahnsinnig! Wer zum Teufel war er? Egal, wie fieberhaft sie in ihren Erinnerungen kramte. Das Letzte, woran sie sich erinnern konnte, war die schreckliche Übelkeit, die Atemnot und Kaspers seltsamer Blick. Ein Blick, der ihr kalte Schauer über den Rücken jagte, während der Blick dieses musik-besessenen Irren hier eher für das Gegenteil sorgte. Himmel, sie wurde schon völlig irre!

Ruben kratzte sich das stoppelige Kinn. »Vielleicht ist Kasper doch kein so großer Arsch. Jeder würde dich über kurz oder lang loswerden wollen.«

Fenja kniff die Augen zusammen. »Wie meinst du das?«

Mit einem Grinsen trat Ruben noch näher an sie heran. Fenja drückte sich gegen den Schrank. Er hob die Hand. Wenn er sie anfasste, würde sie ihm den Finger abbeißen!

Doch die winzige Berührung an ihrer Wange hinterließ ein Kribbeln auf ihrer Haut, das so angenehm war, dass sie diesen Plan vorerst verschob.

»Dein Kasper hatte genug von dir«, flüsterte Ruben spöttisch. »Und er hat dich nicht einfach nur abserviert. Er hat dich gleich umgebracht.«

Das Kribbeln wurde stärker. Es kroch von ihrer Wange über die Nebenhöhlen zu ihrer Stirn, breitete sich in ihrem Kopf aus und ließ ihr Gehirn für einen Moment taub werden. Kasper hatte genug von ihr. Er hatte sie abserviert. Aber sie umgebracht?

»Ich bin nicht tot!«, presste Fenja hervor.

»Doch, bist du.«

»Bin ich nicht!« Das würde sie doch merken!

»Find dich damit ab, er hat dich vergiftet, weil er die Nase voll von deinem Genörgel hatte.«

»Und deswegen hockst du mit einer Harfe neben mir auf dem Bett und starrst meine halb nackte Leiche an?«, fauchte sie und schlug seine Hand weg. Dein Grinsen werde ich dir auch noch wegschlagen, dachte sie und holte aus. Aber er duckte sich rechtzeitig. Er lachte schallend, trat jedoch auch einen Schritt zurück.

»Der Anblick ist nun mal hübsch. Auf Wolke Sechseinhalb sind leider nur wenige scharfe Bräute unterwegs. Kassandra ist eine griechische Schönheit, aber man müsste sie schon knebeln, um sich auf ihren Anblick konzentrieren zu können.«

Fenjas Gehirn war zwar schon taub, aber jetzt gaben auch die letzten Zahnrädchen den Geist auf. Sie verstand kein einziges Wort! »Kassandra?«, wiederholte sie.

»Ja, meine Vorgesetzte. Sie hat mir auch diesen blöden Auftrag hier aufgehalst.«

»Auftrag?«

»Du hörst wirklich nicht zu, was? Ich soll dich auf Wolke Sieben bringen. Durch dein selbstsüchtiges Verhalten schaffst du es nicht von selbst dorthin.«

Bitte was? *»Selbstsüchtiges Verhalten?!«*

Ruben verzog das Gesicht und steckte einen Finger in sein Ohr. »Herrgott, kreisch doch nicht so. Jemanden mit Liebestränken abhängig zu machen, zählt nach Paragraf 2485 der himmlischen Liebesgesetze unter Selbstsüchtigkeit.«

»Paragraf 2485?«

Ja, es mochte sein, dass sie wie ein stumpfsinniger Papagei klang, aber gerade Ruben brauchte nicht mit

Steinen zu werfen! Wenigstens war *sie* nicht völlig irre. Himmlische Liebesgesetze? Harfen? Durchnummerierte Wolken, die sie nur mit seiner Hilfe erreichen konnte? Fenja lachte auf. Ja, natürlich. Und vermutlich konnte sie diese nur erreichen, wenn sie sich von *ihm* in den Siebten Himmel vögeln ließ. Der Kerl war ganz offensichtlich ein Geisteskranker, der von ihr besessen war.

»Ich fühle mich geehrt«, erklärte sie mühsam beherrscht, »dass du dich in mich verliebt hast, aber ich liebe Kasper. Ich bin sicher, du wirst irgendwann eine Frau finden, die dich so liebt, wie du es verdienst.«

Im besten Fall war diese Frau genauso durchgeknallt wie er selbst. Für einen Moment schien er tatsächlich sprachlos zu sein. Er starrte sie an, klappte den Mund auf und schloss ihn wieder. Dann fing er an zu lachen.

»Ich habe mich seit achthundert Jahren nicht mehr verliebt.«

Jetzt war es amtlich: Der Kerl hatte sie nicht mehr alle. Mit aller Kraft stieß Fenja ihn beiseite und rannte an ihm vorbei. Sie warf sich gegen die Tür des Schlafzimmers, riss sie auf und taumelte nach draußen in die Küche. In der Spüle stand immer noch das benutzte Geschirr. Kasper war hier gewesen, das hatte sie also schon mal nicht geträumt. Fenja spähte in den Topf und ihr schlug der widerwärtige Geruch von kaltem Essen entgegen, das man besser in den Kühlschrank gestellt hätte. Den Schmorbraten hatte sie also auch nicht halluziniert.

Sie sah sich weiter um. Die Tür zum Wohnzimmer stand einen Spalt offen. Sie zögerte. War Kasper etwa noch da?

Vorsichtig spähte Fenja durch den Türspalt. Das Blut gefror ihr in den Adern. Hinter der Couch ragte ein Kopf hervor. Ihrer! Auf dem Boden, zwischen Sofa und Tisch, lag

… sie!

Plötzlich meinte sie, sich selbst nicht mehr zu spüren, nicht mehr in ihrem Körper zu sein. Denn dieser lag doch vor der Couch. Oder?

War sie es, die ins Wohnzimmer trat und sich langsam wie eine Schnecke an das Geschehen herantastete? War das ihr Geist? Schubste sie vielleicht dieser vermaledeite Kerl?

Nein, sie fühlte keine Berührung. Gerade spürte sie überhaupt nichts! Nur Grauen. Die Augen der Leiche starrten ins Leere und trugen doch immer noch den Ausdruck der Angst in sich. Ihre Haut war zwar rosig, aber der Mund stand unnatürlich weit offen. Die Frau hier schlief nicht.

Nein, das konnte nicht sein. Fenjas Beine zitterten. Sie sackte in sich zusammen, doch der schmerzhafte Aufprall auf den Boden blieb ihr erspart.

Ruben fing sie auf, legte den Arm um ihre Taille und drückte sie an sich.

»Das ist doch ein Scherz, oder?«, wimmerte Fenja.

»Nein, ist es nicht. Du bist tot. Das ist dein Körper. Was ich hier halte, ist nur deine Seele. Kasper hat dich umgebracht.«

Rubens mitleidsloser Tonfall versetzte ihr den nächsten Schlag. Sie wollte ihm nicht glauben. Sie war nicht tot! Kasper hatte sie nicht umgebracht! Er hatte eine andere umgebracht. Eine, die ihr verdammt ähnlich sah und zufällig die gleichen Dessous trug! Aber Kasper würde niemals jemanden umbringen!

»Willst du einen Beweis, dass er es wirklich war?«

»Nein.«

»Oh gut, dann sehen wir uns doch das Ereignis noch mal zusammen an«, grinste Ruben. Er ließ Fenja los und sie schwankte, fühlte sich wie betäubt. Sie verstand nicht das

Geringste. Sie war tot, aber irgendwie auch nicht.

Ruben fummelte aus der Tasche seines Wamses eine metallisch schimmernde Scheibe heraus und legte sie in Fenjas DVD-Player. Ihr Fernseher schaltete sich automatisch ein und sie musste sich selbst dabei zusehen, wie sie den verfluchten Tisch deckte. Ruben spulte vor, bis Kasper zur Tür reinkam. Fenja sah ihr eigenes, unzufriedenes Gesicht beim Essen, dann knutschten sie und landeten auf der Couch.

Hier stoppte Ruben den Schnellvorlauf und starrte versonnen auf das Bild. Die noch sehr lebendige Fenja am Bildschirm warf unter Kaspers Küssen auf ihren Hals den Kopf in den Nacken.

»Du willst dir jetzt nicht ernsthaft ansehen, wie ich mit ihm Sex habe?«, zischte Fenja.

Ruben zuckte zusammen. »Es gehört dazu.«

»Es gehört überhaupt nicht dazu!« Fenja entriss ihm die Fernbedienung und überspulte die Pornoszene. Ha! Jetzt kam die Nummer mit dem Espresso und da war auch der Amarettini. Sie hatte Kasper nie gesagt, dass sie das bittere Zeug nicht ausstehen konnte.

Sie sah sich selbst erstarren, sah, wie sie sich an die Kehle griff und das Gesicht verzerrte. Fassungslos musste sie zusehen, wie sie zuckend zu Boden fiel, während Kasper dämlich auf sie herabgrinste. Dann ging ein Ruck durch ihn. Er jaulte auf wie ein angeschossener Hund und versuchte mit aller Kraft, sie wiederzubeleben, wobei ihm vom Heulen der Rotz aus der Nase lief.

So viel dazu, dass Kasper sie nicht umgebracht haben konnte. Dieser Mistkerl!

»Vaskeklud, Skiderik«, schrie Fenja wutentbrannt den Fernseher an und warf die Fernbedienung gegen den Bildschirm. Sie prallte ab und traf Ruben am Knie. »Aua!«

»Ich werde diesen Scheißkerl umbring—«

In diesem Moment legte sich eine kräftige Pranke auf ihren Mund. Ruben! Er presste sie an sich. »Bist du immer so laut? Die Nachbarn hören dich noch. Du bist zwar untot, aber immer noch für alle gut wahrnehmbar.«

Ach ja? Das war doch hervorragend, dann konnte er also auch spüren, was sie tat! Fenja bekam einen seiner Finger zwischen die Zähne und biss zu.

Ruben knurrte »au«, nahm aber nicht die Hand von ihrem Mund, also drehte sie den Kopf und versuchte erneut, ihn zu beißen.

»Hör auf damit«, zischte Ruben. »Ich lass dich los, wenn du nicht mehr schreist. Wir dürfen kein Aufsehen erregen. Du existierst im Moment zweimal!« Langsam lockerte er seinen Griff. »Wirst du leise sein?«

Oh, sie würde ihm leise das Knie in den Schritt rammen, wenn er sie noch einmal so packte! Widerwillig nickte sie und tatsächlich, er nahm die Hand aus ihrem Gesicht.

»Du bist echt süß, wenn du sauer bist. Hättest du nur mal eher erkannt, dass Kasper ein Waschlappen und das Balg einer Hure ist. Dann müsstest du da jetzt nicht durch.«

»Uægte barn!«

Bastard! Ruben prustete und seine Lippen verzogen sich zu einem Grinsen.

Im Ernst? Er fand das alles lustig? Kasper hatte sie umgebracht! Zumindest, wenn diese Leiche da echt war. Und wenn nicht, heulte Kasper gerade einer anderen toten Frau hinterher! Fenja wusste nicht, was schlimmer wäre, aber sie wusste, dass sie eines hasste: Diesen kostümierten Irren, der nichts als Spott für sie übrig hatte. Mit aller Kraft holte sie aus und schlug dem Mistsack ins Gesicht.

Was immer das hier für ein beschissenes Spiel war, sie würde nicht mitspielen! Sie riss sich los, versuchte es zumindest. Ruben versetzte ihr einen harten Stoß, schubste sie zu der Leiche. Nein, sie wollte nicht näher an dieses scheußliche Ding heran! Erneut stieß Ruben sie in den Rücken.

Fenja stolperte, fiel und für einen Moment bildete sie sich sogar ein, goldene Funken zu sehen. Den Aufprall spürte sie nicht. Das Nächste, das Fenja sah, war ihr billiger Kronleuchter, dessen goldenen Folie an einigen Stellen schon abgeblättert war. War sie für einen Moment bewusstlos gewesen? Hatte sie das alles nur geträumt? Oh, bitte, lass es nur ein Traum gewesen sein.

Aber da tauchte Rubens Gesicht über ihr auf. »Willkommen zurück in deinem Körper.«

Instinktiv riss Fenja ein Bein hoch, rammte Ruben den Fuß in die empfindlichsten Teile, wälzte sich herum und kam taumelnd auf die Beine.

Sie würde zur Polizei gehen und Kasper, diesen verdammten Bastard, ans Messer liefern! Nein, besser noch, sie würde *beide* Mistkerle ans Messer liefern!

Den einen wegen versuchten Mordes (oder tatsächlichen? Herrgott, sie verstand nicht das Geringste!), den anderen wegen Einbruch. Sie rannte in ihr Schlafzimmer, zerrte einen Mantel aus dem Schrank und raste an Ruben vorbei. Der Junge lernte dazu. Er stellte sich ihr nicht in den Weg.

Fenja sprintete aus der Wohnung und warf sich im Treppenhaus den Mantel über. Auf dem Weg nach unten brach sie sich beinahe den Hals. Himmel, konnten Tote sich überhaupt noch den Hals brechen?

War sie wirklich tot? Nein, sie konnte nicht tot sein! Das alles war nur ein sehr seltsames Spiel!

Hervorragend! Ganz toll! Da gab man diesem Weib den Körper zurück und was machte es damit? Zermalmte ihm die edelsten Teile und haute ab.

Ruben ließ sich stöhnend aufs Sofa sinken und presste die Hände in den Schritt. Au, tat das weh.

»Himmel an Ruben! Himmel an Ruben! Melde dich gefälligst, du Versager«, fauchte ihm Kassandra ins Ohr. Ruben legte die Hand auf den himmlischen Flüsterknopf und zog ihn ein Stückchen heraus, um so die Lautstärke etwas zu regulieren.

»Was ist jetzt schon wieder, Boss?«, grummelte er. »Warum brüllst du so?«

Im Treppenhaus war Fenjas Aufschrei zu hören, dann das Knallen der Haustür im Schloss. Die erste Runde ging dann wohl an sie. Dieser Auftrag würde ein Desaster werden. Nur weil Ruben den großen Verführer geben konnte, verstand er die Frauen noch lange nicht. Mühsam hatte er sich schon früh die Erfahrung erarbeitet, dass er sie mit der Erfüllung von Wünschen und Sehnsüchten locken musste, um an sein Ziel zu kommen. Er versteckte seine Botschaften seither mit großem Erfolg in seinen Liedern, doch durchschaut hatte er damit die weibliche Seele noch lange nicht. Außerdem hörte ihm diese Furie sowieso nicht zu, wie es schien!

Es war beruhigend, dass selbst heutige Männer noch immer an der Herausforderung Frau scheiterten. Ruben war erfolgreich darin, Männer zu coachen, aber das war kein Kunststück. Man konnte ihnen sachlich erklären, was Sache war. Bei den Frauen versagte er regelmäßig. Am einfachsten wäre gewesen, wenn er Fenja mit Kasper zusammengebracht hätte, aber der Trottel hatte sich mit dem Mord selbst disqualifiziert.

Wenigstens ließ der Schmerz in seinem Schoß endlich nach. Für einen Moment hatte Fenja – wieder eins mit ihrem Körper – wie eine Göttin gewirkt. Umtanzt von goldenen Funken, erstrahlt unter der schwindenden Leichenblässe erblühte sie in ihrer alten Schönheit. Ob sie überhaupt gemerkt hatte, dass sie wieder in ihrem Körper war?

»Ruben! Kreuzdonnerwetter!«, brüllte es schon wieder in sein Ohr.

Ruben schnalzte mit der Zunge. »Ich glaube nicht, dass der Allmächtige es so gut findet, wenn du fluchst.«

»Ich glaube nicht, dass ich es so gut finde, wenn du mich belehrst.«

Ruben verdrehte die Augen. »Was gibt's?«, stöhnte er.

»Wie willst du einer Frau helfen, wenn du ihr sagst, dass sie ein Dummkopf ist?«

»Ich habe nur die Wahrheit gesagt«, brummte Ruben. Was konnte er dafür, dass Fenja damit nicht umgehen konnte? Außerdem war Bewusstmachung der erste Schritt zur Besserung! Das wusste jeder Therapeut. Selbst die schlechten und untervögelten!

»Ich denke, deine Eroberungen haben sich früher bis unter die Decke gestapelt. Wie hast du das angestellt? Hast du sie niedergeschlagen? Betäubt?«

»Ich habe sie mit meinem Äußeren geblendet und mit meinen Liedern verführt.«

Ruben humpelte ans Fenster und sah auf die Straße hinunter. Fenja stolperte gerade aus dem Haus und krachte beinahe mit einem Fahrradfahrer zusammen. Diese Frau war noch nicht mal eine halbe Stunde untot und schon raubte sie ihm den Nerv.

Damit nicht genug, Kassandra plärrte ihm schon wieder ins Ohr.

»Wieso benutzt du nicht das Gadget, das ich dir mitgegeben habe?« Ihr markerschütternder Befehlston ließ ihn abermals zusammenzucken. Warum wurden Frauen immer so schrill, wenn sie sich aufregten?

»Den Gedankenleser? Das Ding kneift immer so ekelig. Mein Gadget ist die Harfe.«

»Die funktioniert aber nur, wenn du mit der Musik den Nerv der Frau triffst. Nimm's mir nicht übel, aber du musst dich langsam damit abfinden, dass deine Musik nicht so gut ankommt. Der Gedankenleser könnte dir vieles erleichtern.«

Diesen sanften Ton schlug Kassandra immer an, wenn sie Ruben einwickeln wollte. Er wusste, dass ihre Geduld nie lange anhielt. Doch die Gedanken der Frauen zu lesen, war für ihn gruselig und verwirrend. Ihre wilden Gedankensprünge verursachten ihm Schwindel. ›Sehe ich gut aus?‹ ›Oh, da ist ein hübscher Kerl, aber nein, ich trau mich nicht.‹ ›Autsch, mein Nagel ist schon wieder eingerissen!‹ ›Wo ist mein Handy? Das lag doch gerade noch eben im Bad?‹ ›Wann bekomme ich eigentlich meine nächste Regel? Nächste Woche oder die übernächste?‹ ›Schuhe kaufen ist Balsam für die Seele.‹ ›Hab ich die Haustür abgeschlossen?‹ ›Ob man die Stoppeln an meinen Beinen schon sieht? Hab ja erst gestern rasiert. Ach, wird schon keiner sehen.‹ ›Die Anschaffung der teuren Gesichtscreme lohnt sich auf jeden Fall. Man muss sich doch auch mal selbst etwas Gutes tun.‹ ›Oh, das Lied im Radio ist toll. Wenn ich ihn anspreche, könnte das unser Song werden.‹ ›Oh, er sieht her, schnell wegsehen!‹ ›Nur diese Handtasche noch, dann habe ich genügend für alle Gelegenheiten.‹ Oder noch schlimmer: Ihre Gedanken drehten sich nur um die Arbeit und ob sie diese gut genug machten. Oder ob das Geld reichte. Was geschah, wenn sie ihren Job verlieren sollten? Wer bezahlte dann die Pflege der Eltern?

Kurzum, Ruben konnte die Gedanken der Frauen nicht nachvollziehen, doch das wollte er seiner Chefin nicht unbedingt auf die Nase binden. »Sei froh, dass ich dieses altertümliche Gadget, den himmlischen Flüsterknopf, trage. Früher bin ich damit zu sehr aufgefallen, aber Gott sei Dank haben jetzt viele so ein Ding im Ohr. Ich finde, das ist mehr als genug.«

»Der himmlische Flüsterknopf ist mitnichten altertümlich, sondern absolut notwendig, wie man mal wieder sieht. Er ist traditionell und solide, was man von deinem Liedgut nicht behaupten kann.«

»Mein Liedgut? Wer will denn, dass die Anwärter mit einem Morgenlied motiviert werden, weil es ins Unterbewusstsein dringt? Ich bestimmt nicht! Ich habe das Lied nur dem Zeitgeist angepasst.«

»Dem Zeitgeist angepasst? Das Ding gehört auf den Index! Das ist doch nicht jugendfrei!«

Deswegen gefiel es ihm auch wesentlich besser als der langweilige Quatsch, den Kassandra zusammentextete. »Seit wann kommen Kinder in den Siebten Himmel?«, hielt Ruben dagegen. »Im Übrigen könnte es dir nicht schaden, mal eine Fortbildung in Jugendsprache zu machen. Dann wüsstest du, dass heutzutage noch ganz anders geredet wird. Bald verstehst du nur noch Bahnhof und dann ist deine Sehergabe unbrauchbar.«

»Das Wort ›Pimmel‹ verstehe ich sehr wohl!«, behauptete

Kassandra. »Und ich weiß, dank dir, auch, was chillen ist.«

Oh, wow. Er hatte ihr in all den Jahrzehnten tatsächlich etwas beigebracht? Vielleicht sollte er demnächst doch wegen einer Gehaltserhöhung in Form von gefüllten Metkrügen fragen.

»Weißt du auch, was Ameisentitten sind?«, fragte Ruben.

»Äh …«

Ruben lachte triumphierend, zwang sich aber schnell zu einem Husten. »Siehst du. Deine Businesskurse decken nicht alles ab. Du bist der Nullchecker. Wie willst du die Jugend verstehen? Ich sehe dein blödes Gesicht richtig vor mir. So, und nicht anders, werden die Menschen in der Zukunft miteinander reden. Gerade, weil du schon ein paar Jahre länger Dienst schiebst, musst du unbedingt Fortbildungen machen. Du hinkst hinterher, Bitch!«, sprudelte es unkontrolliert aus ihm hervor.

»Dein Ton lässt mal wieder zu wünschen übrig, mein Lieber«, erwiderte Kassandra streng. »Wer ist hier der Boss? Und überhaupt, was hat das jetzt mit dem Umdichten zu tun? Bitte keine ordinären Worte verwenden, das sieht der Allmächtige nicht gerne. Nebenbei gesagt brauchen himmlische Verse sowieso *nicht* umgedichtet werden, die sind nämlich zeitlos und immer gültig.«

»Also als Checkerbraut kann man dich wirklich nicht bezeichnen. Was glaubst du wohl, warum so viele Barden damals nie einen Stich bekamen? Weil sie den Zeitgeist nicht aufgenommen haben«, quasselte Ruben. Irgendwann würde Kassandra schon den Faden verlieren, auch wenn sie sich wacker schlug.

»Siehst du! Siehst du! Schon wieder so ordinär!«, rief sie aus.

»Oh nein, meine Liebe! Die Redewendung kommt aus

dem Mittelalter, als noch Ritterturniere abgehalten wurden und man sich gegenseitig vom Pferd schoss. Also mitnichten ordinär. Aber wenn wir gerade so schön plaudern: Auf jeden Fall solltest du dich vom Altgriechisch verabschieden, das lässt alle nur noch gähnen.«

»Genug geschwafelt!«, zischte Kassandra.

»Siehst du, geht doch!«, rief Ruben erfreut. »Wenn du willst, kannst du dich sehr wohl zeitgemäß ausdrücken.«

»Halt jetzt endlich den Mund! Wenn du dein Gadget benutzt hättest, dann wüsstest du, dass Fenja dich für verrückt hält.«

»Ist mir auch so nicht entgangen. Sie hat sich ja nicht mal das Lied bis zu Ende angehört«, entrüstete sich Ruben.

»Das wundert dich?«

»Ehrlich gesagt, ja. Kleiner Tipp: *Guten Morgen Engelein, halte ein und lebe fein*, hätte bei ihr zu Brechreiz geführt«, mutmaßte Ruben.

»Das wundert dich wirklich?«

»*Bleibe treu und lebe rein* … halleluja!«, spottete er.

»Dann wundert es dich sicher auch, dass sie auf dem Weg zur Polizei ist. Du musst endlich deinen Job machen und ihr erklären, dass du ein Coachengel und sie eine Basic-Engel-Anwärterin ist. Die Ordnungshüter werden sie in die Klapse stecken.«

»Ach! Immer deine Kassandrarufe … Klapse? Wieso benutzt du so ein modernes Wort?«

»Ruben! Jetzt habe ich aber die Nase voll! Konzentrier dich auf deinen Job und folge ihr. Es ist mir egal, was du ihr ins Ohr säuselst, Hauptsache, du bringst sie auf den rechten Pfad.«

Ob ihr bewusst war, dass sie ihm gerade einen Freibrief für versaute Texte erteilt hatte? Ruben konnte sich ein Grinsen nicht verkneifen. Mit sanfter Stimme lenkte er nun ein: »Okay, okay, jetzt mach dich mal locker! Ich bin ja schon dabei.«

»Lass die Harfe hier, sonst sperren sie dich auch gleich weg!«

»Ist ja schon gut!«, knurrte Ruben und setzte sich schwerfällig in Bewegung. Ihm war der Job auf der Straße zuwider. Die Welt da draußen war schnelllebig, voller unbekannter Fallen und Gefahren. Da konnte er noch so viele Fortbildungen machen, er kam nicht mehr hinterher.

»Und vergiss nicht, dass du nicht schweben darfst. Du bist sichtbar!«

»Jawohl, Chefin!«, antwortete Ruben und salutierte. »Alles nach deinen Wünschen.«

»Schön wär's«, seufzte Kassandra.

Ruben eilte aus der Wohnung, rannte die Treppe hinunter und sah sich auf der Straße nach Fenja um. Was tat man nicht alles, um die eine Furie zur Vernunft zu bringen, während die andere einen ständig mit ihren Diskussionen von der Arbeit abhielt.

Schlafende Schönheiten ...

Fenja taumelte die Straße entlang. Immer wieder knickte sie in den Heels um und fluchte leise. Der Schmerz trieb ihr die Tränen in die Augen, aber sie wollte nicht langsamer gehen. Am Ende holte sie der Verrückte noch ein.

Kühler Wind fuhr ihr unter den Mantel und erinnerte sie daran, dass sie nur Strapse und eine Korsage darunter trug. Völlig egal. Sie konnte nicht noch einmal zurück in ihre Wohnung zu diesen durchgeknallten Typen. Wenigstens pustete die frische Luft ein wenig ihr Gehirn durch.

Dass sie tot sein sollte, war völliger Humbug. Aber etwas ließ sich definitiv nicht abstreiten: Die Leiche war kein Fake gewesen.

Fenja wusste nicht, was dieser dumme Streich sollte, ihr einreden zu wollen, sie wäre gestorben. Aber eine Frau war tot! Eine Frau, die ihr ziemlich ähnlich sah. Sie hatte keine Ahnung, wie sie in ihre Wohnung gelangt war, aber Fenja konnte allen Göttern und ihrem Schutzengel danken, dass die Fremde an ihrer Stelle gestorben war.

Fenja wollte sich ein Taxi heranwinken, doch sie hatte kein Geld dabei. Mist, dann eben zu Fuß. Eilig lief sie die Straße entlang. Die Schuhe quetschten ihre Zehen. Gott, wenn sie das nächste Mal einen Mann verführte, dann in Sneaker.

Als sie das Polizeirevier erreichte, stolzierte sie nicht mehr auf den hohen Absätzen, sondern humpelte. Ihre Ferse und die kleinen Zehen waren aufgerieben und brannten wie die Hölle. Strähnen klebten ihr im Gesicht und ihr lief die Nase.

Sie drückte die Tür auf und blieb schwer atmend vor dem

Tresen stehen.

»Ich …«, keuchte sie, »möchte … eine … Anzeige … erstatten!«

Ein hagerer Polizist saß hinter dem Tisch und hob gelangweilt den Kopf. Mehrere rote Punkte zierten sein Gesicht und auf manchem dieser Punkte thronten dicke Eiterköpfe. Gute Güte, wurden neuerdings schon Schüler als Praktikanten an den Empfang der Polizei gesetzt?

»Worum geht es?«

»Einen Mord«, entfuhr es Fenja. Ha, jetzt platzte dem Kerl vor Schreck fast ein Pickel. Er fuhr hoch, winkte ihr, ihm zu folgen, und eilte voraus. Sie hatte Mühe, ihm hinterherzuhumpeln. Als wäre ihm der Teufel auf den Fersen, stürmte er zwischen Reihen an Pulten hindurch, wich Papierkörben aus und blieb schließlich abrupt vor einem Schreibtisch stehen. Fenja stöhnte. Der Schuh rieb an ihrer wunden Ferse.

»Diese Dame möchte sich selbst wegen Mordes anzeigen.«

Hä? War der Bengel bescheuert?

»Ich will mich nicht selbst anzeigen«, fauchte Fenja. »Ich will *einen* Mord anzeigen! In meiner Wohnung liegt eine tote Frau, die so aussieht wie ich. Ich bin in meinem Schlafzimmer aufgewacht, als ein blonder Typ mit Eisaugen neben mir auf seiner dämlichen Harfe herumgezupft und irgendwas mit Engeln gesungen hat. Herrgott ist das heiß hier drin!«

Fenja riss die Knöpfe ihres Mantels auf und schob ihn beiseite. Endlich Abkühlung. Sie fächelte sich noch ein wenig Luft zu.

Warum glotzten alle so? Das Pickelgesicht stierte ihr auf die Brust und der Beamte, der hinter dem Schreibtisch saß, riss die Augen so weit auf, dass sie hervortraten.

»Was?!«, fragte Fenja, dann fiel es ihr wieder ein. Mist, die Unterwäsche! Ihre Körpertemperatur erhöhte sich spontan um weitere zehn Grad. Fühlte sich so die Hölle an? Ihr schwindelte. Rasch raffte sie den Mantel wieder zusammen.

»Sind Sie eine Prostituierte?«, fragte der Mann hinter dem Schreibtisch streng.

»Nein!«, protestierte Fenja. »Sie würden ebenfalls im Stringtanga aus der Wohnung rennen, wenn Sie in Ihrem Wohnzimmer eine Leiche finden!«

»Setzten Sie sich.«

Na also. Fenja ließ sich auf den billigen Stuhl plumpsen, der unter ihrem Gewicht ächzte. Aber vielleicht war das auch der Polizeibeamte, der gerade umständlich ein mitgenommenes Formular aus einer Schublade herausholte und es glatt strich. Hatte der das als Untersetzer für seine Kaffeetasse genommen? Mit den Ringen und Kaffeeflecken konnte man doch kaum die Schrift erkennen.

»Bekleckern Sie Leichen bei der Autopsie auch mit Kaffee?«, fragte Fenja spitz.

Der Inspektor verdrehte die Augen und griff nach einem Kugelschreiber. »Wie heißen Sie?«

»Fenja Knudsen.« Langsam kroch der Stift über das Papier und malte ihre Namen sorgfältig darauf. Die Hand, die den Stift hielt, zeigte bereits die ersten Altersflecken, und auf dem gesenkten Kopf des Polizisten sprossen eine Menge graue Haare.

Wo zur Hölle war sie hier gelandet? Am Empfang ein völlig überforderter Auszubildender und jetzt ein Beamter, der sich bereits im Rentenmodus befand. Nur so konnte sie sich das Schneckentempo erklären, mit dem er die Buchstaben auf das Blatt Papier malte. Sollte sie fragen, ob er mit dem Namen fertig wurde, ehe bei der Leiche in ihrem Wohnzimmer die Verwesung einsetzte?

Ach, was soll's … »Und wie heißen Sie?«, fragte Fenja spitz. »Langsamschreiber?«

»Ich kann Sie wegen Beamtenbeleidigung einbuchten«, drohte der Inspektor. »Also, wo ist die Leiche?«

»In meiner Wohnung.«

»Und wo ist Ihre Wohnung?«

Wieso klang *er* eigentlich so, als wäre *sie* beschränkt? Sie hatte schon in der ersten Klasse schneller geschrieben als dieser Kerl. Der im Übrigen Jonas Jacobsen hieß. Als er endlich einmal seine Kaffeetasse wegstellte, um mit einer Hand zu schreiben und mit der anderen das Papier festzuhalten, erhaschte Fenja einen Blick auf sein Namensschild.

»61 Enghavevej.«

»Keine schlechte Gegend, also eine Edelnutte.«

»Ich bin keine Hure«, fuhr Fenja ihn an, aber der Kerl hob nicht einmal den Kopf.

»Also, was ist jetzt mit der Leiche?«

»Haben Sie nicht zugehört? Sie liegt in meinem Wohnzimmer! Sie sieht genauso aus wie ich! Kasper hat sie vergiftet.«

»Wer ist Kasper?«

»Mein Freund … Ex-Freund! Er wollte seine Frau nicht verlassen, also habe ich ihm einen Liebestrank in den Espresso gemischt. Ich meine, was soll das denn? Er liebt mich, ich liebe ihn. Er ist nur zu feige, seine Frau zu verlassen. Er will ihr nicht wehtun, aber diese Schnepfe wird nie eine gute Phase haben«, sprudelte aus Fenja heraus. »Wir hatten den schönsten Sex in unserer Beziehung.« Okay, das war ein wenig übertrieben, aber immerhin starrte der

Inspektor jetzt sie an und nicht mehr die Kaffeeflecken auf dem Papier. »Und dann wache ich in meinem Schlafzimmer auf und neben mir sitzt ein Typ mit einer Harfe und singt was von Engeln, Himmel und Pimmeln!«

»Mit einer Harfe …«

»Ja. Er sagt, er würde mich auf Wolke Sieben bringen. Dieser Typ hat sie nicht alle. Ich will nicht wissen, seit wie vielen Wochen dieser liebeskranke Psychopath mich schon verfolgt!«

»Wolke Sieben?«

»Das ist ein Pseudonym für Sex«, fauchte Fenja. Warum dachte dieser Typ nicht mit? Er zuckte bei ihrer unverblümten Erklärung, aber wenigstens hörte er auf, alles wie ein bekiffter Papagei zu wiederholen.

»Er erzählte mir, ich wäre tot und Kasper hätte mich vergiftet. Er hat sogar Kasper und mich … also die Tote … beim Sex gefilmt. Aber das ist nicht meine Leiche. Ich meine, sie sieht mir sehr ähnlich. Auf den ersten Blick kann man uns durchaus verwechseln. Aber ich habe nicht solche Cellulite wie sie. Wäre sie öfter zum Spinning gegangen, würde sie eine hübschere Leiche abgeben.«

Fenja hätte den Rest ihrer Bekleidung darauf verwetten können, dass sich der Inspektor nur mit Mühe eine weitere Nachfrage verkniff. Er biss sich auf die Unterlippe und griff zum Telefon, um eine Nummer zu wählen.

»Kannst du mal vorbeikommen? Ich habe hier jemanden, der eher in deinen Verantwortungsbereich fällt.« Während er sprach, starrte er Fenja ununterbrochen an. Auch, als er auflegte.

»Schicken Sie jetzt jemanden in meine Wohnung?«, fragte Fenja.

»Auf jeden Fall. Und Sie bringen wir in der Zwischenzeit

sicher unter.«

Misstrauisch kniff Fenja die Augen zusammen. Sie wusste nicht genau, was es war, aber etwas an dem Tonfall des Inspektors machte sie nervös. Er klang zu ruhig. Möglich, dass Polizisten sich jeden Tag zum Frühstück Bilder von Leichen reinzogen, aber ein wenig Mitgefühl hätte sie schon erwartet. Sie war schließlich nur knapp dem Tod entronnen! Was man von der bedauernswerten Frau in ihrem Wohnzimmer nicht behaupten konnte.

Zwei Männer bahnten sich einen Weg zwischen den Pulten hindurch. Sie trugen weiße Uniformen und sahen aus, als würden sie jemanden für die Irrenanstalt abholen. Unweigerlich keimte in Fenja Mitleid für diese arme Seele auf. War man einmal in der Klapse, kam man so schnell nicht wieder raus.

Vielleicht waren die Herren sogar wegen des senilen Inspektors da. Dieser lehnte sich in seinem Stuhl zurück und starrte sie immer noch an. Er war vermutlich gar kein Polizist, sondern ein verrückter Hochstapler. Was hatte sie bloß verbrochen, plötzlich von Irren umzingelt zu sein?

Die beiden Männer stoppten tatsächlich an ihrem Schreibtisch.

»Das ist sie«, sagte der Inspektor und zeigte geradewegs auf Fenja.

Einer der Männer packte sie am Arm.

»He«, protestierte Fenja. »Lassen Sie mich los.«

»Beruhigen Sie sich. Bei uns können sich Ihre angeschlagenen Nerven erholen.«

»Angeschlagene Nerven?« Ja, sie kreischte. Na und? Die beiden Typen waren an ihrem Tinnitus selbst schuld. Sie wollte nicht in die Psychiatrie!

Erneut versuchte sie, sich loszureißen, da spürte sie einen

kleinen brennenden Stich an ihrem Ellenbogen. Sie taumelte gegen einen der Männer, dann schwanden ihr die Sinne.

In die Gummizelle zu kommen, war für Ruben eine Kleinigkeit, er konnte durch Wände gehen. Er musste nur aufpassen, dass ihm niemand dabei zusah.

Da lag sie nun vor ihm, seine neue Klientin. Zum allerersten Mal betrachtete er sie richtig. Sie gehörte zu den schönsten Frauen, die er je betreut hatte. Friedlich schlafend lag sie auf der Pritsche, ihre goldenen Beach-Waves bildeten einen Kranz um das holde Gesicht. Sie sahen aus wie eine leuchtende Aura und kamen ihm vor wie ein Heiligenschein.

Ruben lächelte selig. Ja, dank seiner ständigen Studien wusste er, dass Dauerwellen jetzt Beach-Waves genannt wurden, und dass sie jetzt wieder schmuck und kleidsam waren. Zu seiner Zeit hatte es so was noch nicht gegeben, da gab es nur Mutter Natur oder man musste die künstliche Pracht mit erhitzten Tonlockenwicklern erzeugen. Ihm war immer wurscht gewesen, wie diese Haartracht entstanden war, einer solchen Lockenpracht hatte er schon immer Bewunderung gezollt.

Ruben drückte gegen den Knopf in seinem Ohr. »So, Chefin, bin jetzt drin.«

»Was? Wo?«, murmelte Kassandra. Durch den himmlischen Flüsterknopf konnte Ruben es rumpeln hören, als wäre etwas runtergefallen.

»Bist du etwa eingeschlafen?« So was Dummes. Jetzt hatte er schlafende Hunde geweckt.

»Wundert dich das? Bei der Hast, mit der du deine Aufgaben erledigst?«, maulte sie verschlafen.

»Sie liegt hier, auf einer harten Pritsche, dieser wunderschöne Engel. Und sie schläft«, flüsterte er.

»Ruben!« Kassandras scharfer Ton schmerzte im Ohr und ließ seinen Kopf vibrieren.

»Jaha?«

»Sieh sie nicht so an.«

»Woher weißt du, wie ich sie ansehe?«

»Hast du vergessen, wer ich bin?«

»Wer weiß schon, wer er ist«, säuselte Ruben gedankenverloren. Er hockte sich neben die Pritsche, stützte das Kinn auf die Hände und konnte den Blick einfach nicht von dieser schlafenden Schönheit abwenden. Sie sah so friedlich und sanft aus. Fenjas Lippen waren viel voller, wenn sie sie nicht zornig zusammenkniff. Damals, auf der Erde, als er noch Barde gewesen war, hatte er oft das Vergnügen gehabt, schlafenden Frauen zuzusehen.

Sein Liedgut war zwar eher bescheiden, doch er hatte die richtige Playlist. Sein himmelsgleiches Aussehen hatte das Übrige getan, sodass er fast immer zum Stich kam. Ihm entfuhr ein tiefer Seufzer. Was war das für eine tolle Zeit gewesen, damals, frei wie der Wind – und später vogelfrei. Man behauptete, er wäre zu frech gewesen.

Von seinem Platz im Himmel aus hatte er seine vielen ungeplanten Nachkommen immer beobachtet. Er war zufrieden mit sich und seinem Leben gewesen. Seine Nachkommen hatten sich fleißig vermehrt und den Menschen über die Generationen hinweg jede Menge schlechte Musiker beschert – die jedoch dank ihres guten Aussehens ein wunderbares Luxusleben führen durften. Einige von ihnen waren sogar ohne sein Coaching im Siebten Himmel gelandet, worauf er besonders stolz war.

»Lassen wir sie doch noch ein bisschen schlafen, sie sieht so friedlich aus«, schlug Ruben vor.

»Ruben! Was steht in Paragraf 38364 Absatz 492 der Coachengelverordnung CEV?«

»Die professionelle Distanz zu den Klienten ist zu wahren«, ratterte Ruben herunter.

»Sehr gut – geht doch. Also? Was ist die Konsequenz daraus?«

›Dass ich lügen muss‹, dachte Ruben.

»Nein!«, schrie es derart laut durch den Flüsterknopf, dass seine Sinneshärchen im Innenohr einen Sturmschaden bekamen. Unseligerweise hatte er vergessen, dass Kassandra mit dem Flüsterknopf auch seine Gedanken lesen konnte. Ein Tinnitus machte sich bei ihm breit. Das ging definitiv zu weit.

»So, das hast du jetzt davon, jetzt höre ich leider gar nichts mehr«, maulte er beleidigt.

»Dann steck den Knopf in das andere Ohr«, schlug Kassandra ungerührt vor.

»Das hast du mir bei meinem letzten Fall schon kaputt geschrien. Also wundere dich nicht, wenn deine Nachrichten ab jetzt nicht mehr bei mir ankommen. Du bist selbst schuld!«, flunkerte er.

Was für ein genialer Schachzug von ihm. Es war immer von Vorteil, wenn man vorgab, seine Chefin nicht zu hören.

»Hör auf, mich zu belügen!«

Ruben sank in sich zusammen. Kassandras hellseherische Kräfte würden ihn eines Tages noch in Teufels Küche bringen. Ob man arbeitsrechtlich etwas dagegen unternehmen konnte, wenn einen die Chefin derart ausspionierte?

»Nein«, beantwortete Kassandra seinen rebellischen Gedanken. Also besann sich Ruben widerwillig auf seine Arbeitnehmerqualitäten.

»Ohne mich bekommst du doch sowieso nichts auf die Reihe!«, maulte er.

»Das hättest du wohl gern. Ich sage nur: Harfenputzen. Oder Gadgetinventur«, drohte Kassandra.

»Okay, okay … ist ja schon gut.« Ruben hob abwehrend die Hände. »Aber hör bitte auf zu schreien.«

»Dann fang jetzt endlich mit der Arbeit an. Du musst ihr verständlich erklären, was mit ihr los ist.«

Ruben kratzte sich hinter seinem malträtierten Ohr. »Soll ich sie etwa einfach aufwecken und zuschwafeln? Ich hab doch noch nicht mal die Harfe dabei, um sie zu bezirzen.«

»Nein. Weck sie nicht *hier* auf«, stöhnte Kassandra. »Schaff sie in ihre Wohnung zurück.«

»Hast du dir mal überlegt, wie ich das machen soll, ohne zu schweben?«

»Na gut! Ausnahmsweise bekommst du jetzt Flugkoordinaten. Aber halte dich bitte streng an die vorgegebene Flughöhe, ich möchte keinen Ärger mit dem Engel-Flugsicherheitsdienst.«

»Schon klar, Chefin. Du kannst dich auf mich verlassen.« Ruben salutierte, erst dann fiel ihm ein, dass er von ihr beobachtet wurde.

»Schön wär's!«

... und Schlägerlillys

Guten Morgen, Engelein
Ich weck dich auf und komm herein
Nein du darfst nicht sauer sein
Dieser Typ ist bloß ein Schwein
Einfach alles könn' wir sehen
In unserm Himmel, in unserm Himmel
Doch nun ist es geschehen
Du baust Mist nur wegen 'nem Pimmel

Wenn ich sehe wie deine Taten
So vor mir spielen, so vor mir spielen
Dann denk ich, du kannst es besser,
du kannst es fühlen, du kannst es fühlen

Bittere Galle stieg Fenjas Kehle hoch. Hektisch setzte sie sich auf und rollte sich aus dem Bett. Sie knickte in den Heels um, aber das hielt sie nicht davon ab, ins Badezimmer zu stürzen. Rasch hielt sie das Gesicht übers Waschbecken und würgte. Ihr Magen schien sich mit Gewalt durch ihre Speiseröhre nach oben schieben zu wollen, doch außer einem heiseren Röcheln bekam sie nichts zustande. Dafür zitterten ihr die Knie so sehr, dass sie sich am Beckenrand festhalten musste.

»Die haben dich ganz schön weggedröhnt«, ertönte die Stimme dieses unsäglichen Kerls hinter ihr. Fenja richtete sich auf und warf einen Blick in den Spiegel. Aus diesem blickte ihr nicht nur ihr eigenes blasses Gesicht entgegen, sondern auch das breite Grinsen des kostümierten Irren.

»Was machst *du* schon wieder hier?«, fragte sie schwach.

Ruben trat hinter sie und griff in ihre Locken. »Ich habe dich aus der Psychiatrischen Anstalt geholt. Dein neuer Versuch, auf Wolke Sieben zu kommen, war also, gelinde gesagt, ein Reinfall.«

»Mein *was*?«

Rubens Finger fuhren durch ihre Haare, berührten ihre Kopfhaut und ließen Fenja erstarren. Was machte er da? Und vor allem warum? Sie fühlte sich in dieser Korsage zum ersten Mal nicht schön, begehrenswert und heiß, sondern einfach nur nackt. Je mehr Kleidung zwischen ihr und diesem Kerl war, umso besser. Aber sie schaffte es einfach nicht, ihren Füßen zu befehlen, zum Kleiderschrank zu tapsen. Wie erstarrt ließ sie Rubens Berührungen über sich ergehen, während er sinnierte: »Das war wohl eine Kurzschlussreaktion, hm? Du wolltest Kasper in den Knast bringen, weil er dich umgebracht hat.«

»Dich wollte ich auch in den Knast bringen«, gestand Fenja.

»Was? Wieso?«

Da fragte er noch? Fenja wirbelte herum, entzog sich seinen Händen und tappte rückwärts auf die Tür zu. »Du bist in meine Wohnung eingedrungen!«, schrie sie.

Ruben verzog das Gesicht und hielt sich die Ohren zu. »Was ist mit euch Weibern los, dass ihr mich immer mit Schwerhörigkeit bestrafen wollt? Was kann ich dafür, wenn ich ausgerechnet dich als Auftrag bekomme? Ich hätte mir auch was Pflegeleichteres gewünscht!«

»Und ich mir was weniger Attraktives!« Fenja drehte sich um, floh aus dem Bad und rannte zurück ins Schlafzimmer. Als sie den Mantel aus dem Schrank zog, hatte sie ein Déjà-vu, aber sie ignorierte das seltsame Gefühl. Sie war eh schon verwirrt genug und der Kerl in ihrem Badezimmer half ihr nicht im Geringsten! Wer sollte in all dem Chaos bitte nachdenken können? Himmel. Und dann war dieser Kerl zu allem Überfluss auch noch im gleichen Maße attraktiv, wie er verrückt war. Außerdem trug sie immer noch diese verfluchten Heels.

Sie setzte sich aufs Bett und zog sich die Schuhe von den Füßen. An ihrer Ferse fehlte die Oberhaut, an ihren kleinen Zehen hing diese nur noch an einem winzigen Stückchen fest. Auf Fenjas linkem Spann hatte sich unter dem Riemen eine Blase gebildet. Als sie sie anstupste, bewegte sich die Flüssigkeit darin. Wenn sie wirklich tot war, warum hatte sie noch Blasen an den Füßen? Müsste sie nicht eher bereits verwesen? Das bewies, dass allein der Gedanke, sie wäre tot, völlig absurd war!

»Also, als Fußmodel brauchst du bei uns schon mal nicht anfangen«, spottete Ruben.

Fenja warf den Heel nach ihm, aber leider wich er rechtzeitig aus. Also pfefferte sie den nächsten gleich hinterher und diesmal traf sie ihn am Kopf.

»Au! Verfluchte Hölle!« Ruben rieb sich die Stirn. Als Fenja nach ihrem Wecker angelte, hob er warnend den Zeigefinger. »Wenn du das tust, liefere ich dich persönlich im Fegefeuer ab!«

Fenja schnaubte. »Oh, was habe ich Angst. Ist die Hölle eine dieser Saunakabinen, die man sich in den Keller stellen kann?«

»Nein«, knurrte Ruben. »Sie ist nah am Mittelpunkt der Erde, es ist verflucht heiß dort und die Leute sind chronisch in den Wechseljahren. Wie du. Hinterhältig, biestig und schlecht gelaunt.«

»Sag bloß, die besitzen im Gegensatz zu dir Intelligenz«, giftete Fenja. »Wie sieht der Höllenfürst denn aus? Ein schwitzendes Kraftpaket mit Armen, die so dick sind wie mancher Oberschenkel?«

Ruben zögerte. Er schob mit einem Fuß ihre Heels ins Bad. Vermutlich hatte er Angst, sie könnte sich die Schuhe noch einmal schnappen. »Höllenfürst*in*. Sie ist attraktiv und muskulös. Schließlich ist sie die Sünde.«

Echt? Der Teufel war eine Frau? Jede Feministin würde jetzt Beifall klatschen, aber Fenja grinste nur hämisch. »Ich wette, mit ihr in deiner Vorstellung kommst du beim Masturbieren schnell.«

Ruben starrte sie verständnislos an. »Was redest du da?«

»Du weißt schon«, giftete Fenja. »Deine Fantasien reichen dir nicht mehr, also willst du Perversling sie jetzt mit mir in die Realität umsetzen. Und du steckst mit der Polizei unter einer Decke.«

»Das klingt selbst für deine Verhältnisse paranoid.«

»Ich bin nicht paranoid«, fauchte Fenja.

Ruben verschränkte die Arme vor der Brust, trat näher an das Bett heran, aber er war nicht so dumm, in ihre Reichweite zu kommen. Er starrte sie lieber aus einem Meter Abstand an. »Du leidest unter Verfolgungswahn. Und denken kannst du auch nicht.«

»Sag das noch mal«, knurrte Fenja.

»Du. Kannst. Nicht. De—«

Fenja stieß sich vom Bett ab und warf sich ihm mit ihrem gesamten Gewicht entgegen. Er hob die Hände, konnte sie aber nicht auffangen. Sie prallte gegen seine Brust, trat ihm gegen das Schienbein, dann verloren sie zusammen das Gleichgewicht und krachten zu Boden. Ruben stöhnte und Fenja packte seine Haare, so fest, dass er jammerte. Ihr Plan war, seinen Kopf auf den Boden zu schlagen, bis er das Bewusstsein verlor, aber ihr grandioser Plan hatte einen Haken

– sie war ihm körperlich hoffnungslos unterlegen. Zu allem Überfluss war er auch noch schneller. Er drehte sich mit ihr herum, wälzte sich auf sie und packte ihre Handgelenke. Mit seinem gesamten Gewicht presste er sie auf den Boden und hielt ihre Arme über ihrem Kopf fest.

Ruben keuchte. »Wieso siehst du nicht einfach ein, dass du tot bist? Was, beim Allmächtigen, ist so schwer daran? Der Mistkerl hat dich umgebracht, aber *ich* will dir helfen. Ich bin dein Coachengel.«

Das letzte Wort jaulte er nur noch. Fenja war es gelungen, ihr Knie mit einem festen Ruck anzuziehen und ihm in den Schritt zu rammen. Plötzlich sah sie nur noch weiß, wusste der Geier warum. Aber sie spürte, wie sich Ruben über ihr versteifte, den Griff lockerte und zur Seite kippte. Das war ihre Chance!

Sie schwang sich auf Ruben und wollte ihn packen, da sah sie, was das weiße Zeug war. Es lag unter ihm auf dem Boden. Es waren Federn, so weiß wie die eines Schwans. Sie lagen eng beieinander, bildeten zwei geschwungene Flügel, beinahe so groß wie Ruben selbst. Fuck … Die konnte er doch unmöglich in ihrem Schrank versteckt und mal eben umgeschnallt haben.

Ruben schob die Hände, die er schützend vor sein Gesicht gehalten hatte, ein Stück runter und sah sie über die Fingerspitzen hinweg an. »Hat sich dein Hormonspiegel wieder beruhigt?«

»Willst du, dass ich dich würge? Soll gegen Potenzprobleme helfen«, zischte Fenja, aber sie war nicht ganz bei der Sache. Sie kam über seine Flügel nicht hinweg! Welcher Mensch besaß Flügel? Waren die echt?

»Dreh dich auf den Bauch«, befahl sie und stemmte sich auf die Knie, damit er unter ihr genügend Platz hatte, sich umzudrehen.

»Du rammst mir doch kein Messer in den Rücken?«, fragte Ruben misstrauisch.

»Ich will sehen, ob die Flügel echt sind.«

Ruben schnaubte. »Natürlich sind die echt!«

»Ja, sagst *du*«, fauchte Fenja. »Dreh dich um!«

Ruben zögerte, aber dann drehte er sich doch um. Dabei schlugen ihr seine Flügel ins Gesicht. Sie zupfte sich eine Feder aus dem Mund und sah sich seinen Rücken genauer an. Sein Wams wies zwei Risse auf, dort, wo die Flügel in seinen Rücken übergingen. Soweit sie feststellen konnte, waren diese fest mit seiner Haut, wenn nicht sogar mit seinen Knochen verwachsen. Wenn das ein Fake war, dann ein sehr guter. Aber für so etwas brauchte man Zeit und die hatte er nicht gehabt.

Fenja rutschte von ihm herunter. »Erklär es mir.«

»Wie oft denn noch? *Du* bist tot. *Ich* bin dein Engel. Und glaub mir, ich habe mich nicht um den Job geprügelt.« Ruben setzte sich auf, seine Flügel raschelten und plötzlich … waren sie verschwunden! Einfach so! Sie lösten sich vor Fenjas Augen in Luft auf.

Oh nein, nein, nein! Das träumte sie doch, oder? Sie war tot und …

»Dann ist meine Wohnung der Himmel?«

»Nein! Du bist eine Untote. Ich habe dich in deinen Körper zurückgeschickt.« Ruben rieb sich über die Augen. »Du musst auf der Erde bleiben, bis du würdig bist, auf Wolke Sieben zu kommen. Dabei helfe ich dir. Zumindest, wenn du die Güte besitzen würdest, mich nicht mehr verhaften lassen zu wollen oder zu verdreschen. Was bist du eigentlich? Eine getarnte Ninja-Kriegerin? Bist du von der Konkurrenz und der Allmächtige und der Teufel lachen sich gerade über den Streich, den sie mir spielen, schlapp?«

»Als Kind habe ich einen Karatekurs besucht. Aber viel gemerkt habe ich mir nicht.« Fenja zuckte die Schultern.

»Nicht viel gemerkt, sagt sie.« Ruben stöhnte, legte die Arme um seine Knie und verbarg das Gesicht. »Meine Kronjuwelen schmerzen. Ich habe noch nie von einem Engel gehört, der von seinem Schützling in die Eier getreten wurde. Zweimal!«

Pah, Weichei! *Er* hatte sie schließlich zu Boden gerungen. Gut, nachdem *sie* ihn angegriffen hatte. Aber er hätte nicht in ihre Wohnung einzubrechen brauchen. Er war selbst schuld! Und so ein Jammerlappen sollte ihr helfen? Allein schon, dass sie in Betracht zog, ihm zu glauben, dass er als Hilfe für sie abkommandiert worden war, war ein Anzeichen dafür, dass sein Wahnsinn auf sie abfärbte. Wobei sollte er ihr noch mal helfen? Wolke Sieben zu erreichen? Pah, das konnte sich doch nur ein Irrer ausdenken.

Fenja stand auf, stampfte ins Wohnzimmer und stockte. Die Leiche war fort. Hinter dem Sofa lag nur noch die Fernbedienung. Zögernd bückte sich Fenja, hob sie auf und schaltete den Fernseher ein. Der flennende Kasper erschien wieder, über ihre Leiche gebeugt. Das sollte sie sein? Sah sie jetzt eigentlich aus wie eine verwesende Leiche?

Vielleicht war es furchtbar eitel. Mit Sicherheit war es das. Doch Fenja stürzte zum Spiegel und – stieß erleichtert die Luft aus. Es glotzte ihr kein Zombie mit grauer Haut entgegen. Sie sah völlig normal aus, ein wenig blass vielleicht.

»Ich finde ja, der Tod tut deinem Teint gut«, flüsterte Ruben hinter ihr. Er trat neben sie. Sein Gesichtsausdruck war immer noch furchtbar leidend.

Auf diese Frechheit wollte Fenja nichts einfallen. Bilder der letzten Tage wirbelten ihr durch den Kopf. Kasper, der

Sex, die Hexe, der Trank, sogar der Obdachlose, und eine Leiche, die eins zu eins aussah wie Fenja. Jetzt wäre ein guter Zeitpunkt für einen Nervenzusammenbruch. Auf ihrem Fernseher lief der Film ihres Todes, sie steckte in ihrer eigenen Leiche fest und gerade der Mann, dem sie am meisten vertraut hatte, war für diese Misere verantwortlich! Dieser Mistkerl!

Fenja wirbelte zu Ruben herum. »Kann ich ihn umbringen?«

»Wen?«

»Kasper!«

Ruben kratzte sich das Kinn. »Sag bloß, du glaubst mir?«

Glaubte sie ihm? Sie wusste es nicht. Sie war furchtbar verwirrt. Es würde sie nicht wundern, wenn sie einfach mit einem ordentlichen Kater aufwachte und feststellte, dass Kasper und sie bloß zu viel Wein getrunken hatten. Dass der Alkohol und das fettige Essen für diesen Albtraum verantwortlich waren. Aber dafür fühlte sich das hier viel zu echt an. Die Erinnerung daran, wie sie sich im Kampf gegen das Gift verkrampft hatte, die Verzweiflung, die Angst – alles war in ihrem Kopf, in ihrer Erinnerung. Und wenn das alles wirklich wahr war, wollte sie Kasper dafür leiden lassen!

»*Darf* ich ihn umbringen?«, fragte Fenja erneut, diesmal schärfer.

»Das solltest du lieber bleiben lassen. Mord ist eine Todsünde, du würdest sofort in die Hölle wandern. Aber wenn du deinen Rachedurst fallen lässt, wird dir erlaubt, in deinem Körper und auf der Erde zu bleiben, bis du würdig bist, auf Wolke Sieben zu gelangen. Aber alles hat einen Preis. Am Ende eines jeden Tages wirst du sterben. Und glaub mir, das macht auf Dauer keinen Spaß.«

Das alles klang wie aus einem schlechten Fantasyroman. Wolke Sieben. Sterben. Preis. Das waren die Schlagwörter für einen Hollywood-Blockbuster. Aber Rubens Flügel waren echt. Die Leiche war echt gewesen. Alles, was sie sah, war echt. Es musste doch echt sein, oder? Hieß das also, dass sie wirklich tot war? Sie fühlte sich nicht tot. War der Tod einfach nur ein weiteres Leben? Das klang noch nicht mal schlecht. Besser, als wiedergeboren zu werden und bei Null anfangen zu müssen. Aber offenbar musste sie sich den Zugang zu einem weiteren Leben erst verdienen. Ha, das bekam sie hin! Gott, hoffentlich gab es in diesem neuen Leben genug Alkohol und Drogen.

Fenja neigte den Kopf. »Und was muss ich tun, um auf Wolke Neun …«

»Sieben!«

»Meinetwegen … Sieben zu gelangen?«

»Du musst die Liebe deines Lebens finden.«

Aha … »Und wer soll das sein?«, fragte Fenja.

Ruben grinste. »Das, mein Kind, wissen allein die Götter. Das musst du jetzt selbst herausfinden.«

Na super. Als hätte Fenja nicht schon genug Probleme. Sie hatte einen Idioten als Helfer bekommen. Einen ohne Ahnung, und einen, der viel zu sehr damit beschäftigt war, in den Ausschnitt ihrer Korsage zu spähen.

»Gibt es irgendwelche Regeln?«, fragte sie.

Rubens Blick huschte kurz hoch in ihr Gesicht, ehe er wahnsinnig unauffällig über ihre Beine abwärtsglitt. »Einiges. Aber nichts wird so heiß gegessen, wie es gekocht wird.«

Fenja holte aus und versetzte Ruben eine Ohrfeige. »Hör auf, mir auf die Brüste zu starren, du Perversling!«

Ruben stolperte zurück und endlich schaute er ihr länger

als zwei Sekunden ins Gesicht. »Ich … ich …«, stotterte er und legte eine Hand auf die pulsierende Wange. Dann straffte er sich. »Schön, dann leb mit meiner Ignoranz deiner Schönheit gegenüber, aber beschwer dich nicht!«

Pah, als ob sie sich beschweren würde, nur weil er sie nicht mehr angaffte.

»Gut«, giftete sie zurück. »Ich ziehe mich jetzt an und dann drehen wir die Zeit zurück.«

Entschlossen drehte sie sich um und stiefelte zurück ins Schlafzimmer. Als Ruben ihr folgen wollte, schlug sie die Tür ins Schloss. »Au, verflucht«, hörte sie ihn dahinter stöhnen.

Na toll, das gab wieder einmal dicke Finger. Gut, dass Ruben den Flüsterknopf entfernt hatte. Seine Chefin würde sonst noch in zweihundert Jahren über seine Schmerzen lachen. Sein neuer Auftrag war die Pest. Diese Frau war keine holde Maid, sondern ein Drache in Menschengestalt. Welch sadistischer Gott hatte sie erschaffen? War sie eine wiedergeborene Rachegöttin?

Und trotzdem hatte er es nicht lassen können. Er musste ja unbedingt die Hand nach ihr ausstrecken und sie sich prompt in der Tür einklemmen!

Mist! Im Himmel konnte so etwas nicht passieren, da gab es keine Türen. Außerdem war er dort auf einem höheren Energielevel. Warum musste man für die Arbeit hier auf der Erde nur so verdammt stofflich sein?

Gott sei Dank hatte es die linke Hand getroffen, mit ihr musste er die Harfe nur halten. Wäre es die rechte gewesen, wäre wieder einmal eine Krankschreibung fällig gewesen. Das war jedes Mal ein Heidentheater, ehe Erzengel Raphael eine solche ausstellte. Manchmal mutmaßte Ruben, Raphael hätte Angst vor Kassandra. Ob sie etwas gegen ihn in der Hand hatte? Oder war er nur verknallt … in seine Chefin? Dieses dominante Weib? Kaum vorstellbar. Aber es gab ja bekanntlich nichts, was es nicht gab. Ruben schüttelte den Kopf.

Aber wirklich schlimm wäre, dass er mit einem goldenen Zettel (so sahen die Krankschreibungen im Himmel aus) Fenja nicht mehr weiterhelfen könnte. Dieses honigsüße Geschöpf, das so liebreizend in ihrer Korsage aussah, und die Krallen einer Wildkatze besaß. Er hatte eine Schwäche für derart heißblütige Frauen.

Als könnte er je Fenjas Schönheit ignorieren! Diese festen Paradiesäpfel, die so appetitlich weiß hervorlugten, die fast aus dieser Korsage hüpften. Sicher hatte es zu seiner Zeit auch Korsagen gegeben, aber niemals solche – leider. Was wäre das für eine Wonne gewesen! Ruben seufzte. Und sie besaß Temperament, Selbstbewusstsein und sie wusste sich zu behaupten. Sie brauchte niemanden, der sie beschützte. Eher brauchte Ruben jemanden, der ihn vor ihr rettete. Diese Mischung hatte ihn früher schon um den Verstand gebracht. Damit trat er den Beweis an, dass man selbst im hohen Alter nicht dazu lernte. Solche Frauen waren der Untergang eines jeden Mannes. Und doch …

Diese langen Beine, die durch diese sonderbaren Schuhe geradezu endlos wirkten …

Ruben öffnete die Tür zum Schlafzimmer. Fenja stand vor dem Schrank und starrte gedankenverloren auf die vollgestopften Fächer. Leise schlich er sich an ihr vorbei ins Badezimmer. Da lagen diese Dinger, High Heels wurden sie genannt, das hatte er in einer Fortbildung gelernt.

Er staunte immer wieder über die moderne Welt, auch wenn er das dank seiner Gelehrigkeit problemlos verbergen konnte. Es war gut, dass es niemanden interessierte, wie altmodisch es in Wirklichkeit in seinem Kopf vorging.

Diese modernen Schuhe machten den Träger ein beträchtliches Stück größer. Ein Lächeln huschte über sein Gesicht, als er sich ausmalte, wie groß er wäre, wenn er sie trüge. Warum hatten nur so wenige Männer solch edles Gehwerk an den Füßen? Es war doch auch heute noch erstrebenswert, größer als die Frauen zu sein.

Damals, zu seiner Zeit, war er ein Hüne gewesen, aber heutzutage spuckten ihm die Jungfern auf den Kopf. Wenn es damals doch schon solches Schuhwerk gegeben hätte …

Ruben schüttelte den Kopf. Leider wäre das nicht praktikabel gewesen, nicht bei den damaligen Straßenverhältnissen.

Aber für zu Hause? Filzige Füßlinge wurden nur noch selten getragen. Wie wurden die noch mal genannt? Hauspuschen? Was für ein humoriger Name für noch humorigere Gebilde. Manche waren gestaltet wie Bärentatzen oder merkwürdige Drachen, wie sie erst in diesem Jahrhundert aufgetaucht waren, und die es früher nicht gegeben hatte. Obwohl er sich nahezu alles merken konnte, kam er bei diesen Namen nicht mehr mit. Monster, Zombies, Orks und wie sie alle hießen. Zu sehen waren diese Geschöpfe erst in diesen Hologrammen, die den Vorführungen von Kassandra so ähnlich waren, oder in diesen viereckigen Kästen, die man ›Bildschirm‹ nannte. Danach waren sie praktisch überall zu finden. Nicht nur als Puschen, auch auf Spielzeug und Geschirr fanden sich die Bildnisse. Auf den Fortbildungen hatte er schon eine Menge Namen für diese

Bildgeräte lernen müssen, wie: Glotze, TV, Flimmerkiste …
neuerdings sogar Computer oder Handy. Das waren Dinge,
die über Jahrhunderte kein Mensch gebraucht hatte, doch
jetzt schienen sie plötzlich unverzichtbar. Aber das Ab-
sonderlichste war, dass manche Menschen ihren Lebens-
unterhalt damit bestreiten konnten, den ganzen Tag in diese
flimmernden Vierecke hineinzustarren.

Was für eine Welt war das geworden? Wenn er nicht
schon tot wäre, er hätte keine Lust gehabt, hier zu leben …
obwohl … Wie sich wohl diese High Heels anfühlten? Man
musste sich darin doch königlich fühlen … Fenja hatte darin jedenfalls außerordentlich selbstbewusst gewirkt. Fast
schon *zu* selbstbewusst.

Aufgeregt stellte er die roten Schuhe vor sich hin und
versuchte, hineinzuschlüpfen. Eigentlich waren seine Füße
für Männerfüße recht zierlich, aber dieses Schuhwerk war
vermaledeit eng. Er kam gerade so mit Ach und Krach hinein, und es fühlte sich alles andere als erbaulich an.

Vorsichtig wagte er einen Schritt und knickte um – in
tiefste Tiefen. »Autsch!«, fluchte Ruben und rieb sich den
Knöchel. Da war das Laufen auf Trippen, den hölzernen
Unterschuhen, im rutschigen Morast der damaligen Straßen
ja um ein Vielfaches einfacher gewesen.

Ruben rappelte sich noch einmal auf und stöckelte vorsichtig zu dem großen Spiegel, der neben der Wasch-
maschine an der Wand lehnte.

Ein anschauliches Mannsbild blickte ihm entgegen. Sein
Kopf erreichte sogar den oberen Rahmen des Spiegels.
Ruben fächerte seine Flügel auf und wow, wenn er könnte,
würde er sich selbst begatten. Was hatte Fenja vorhin gesagt? Er wäre attraktiv? Oh ja, das war er! Er hatte eine
ziemliche Ähnlichkeit mit einem seiner Nachfahren, den er

ständig in diesen viereckigen Kästen erblickte. Wie war der Name noch einmal? Ruben blickte zur Decke, tippte sich nachdenklich aufs Kinn und überlegte. Ach ja! Clarence Hill, oder Terence Bill – oder so ähnlich. Warum der wohl nicht die Bardentradition fortsetzen wollte? Nun denn, man musste nicht alles verstehen. Holde Jungfern waren dem Jungen immerhin genug zugetan, das war die Hauptsache.

Fenja riss die Tür auf und Ruben zuckte zusammen.

»Was machst du da?«, fragte sie verblüfft. »Bist du schwul?«

Ruben kratzte sich am Kinn. »Schwul? Ist das nicht dieser Ausdruck für sonderbare, nichtsnutzige und tumbe Gesellen oder Dinge. Oder halt … sind das nicht liederlich-sodomitischen Lastern anheimgefallene Mannsbilder? Kannst du mir da weiterhelfen?«

»Was?«

»Na, dieses *schwul*«

»Nein«, erwiderte Fenja gedehnt. »Schwul heißt, wenn Männer Männer lieben. Und manchmal tragen sie dabei solche Schuhe.«

»In diesen *Bildschirmen* habe ich gesehen, dass das viele Männer tragen. Einer von ihnen lässt sich dabei sogar einen Vollbart stehen.«

Fenja schüttelte verständnislos den Kopf. »Ich weiß nicht, was du für Sendungen schaust, aber Transvestiten sind im Fernsehen nicht gerade selbstverständlich.«

Ruben zuckte mit den Schultern. »Möglicherweise habe ich da gefehlt … bei den Fortbildungen«, sinnierte er. »Wusstest du, dass Absatzschuhe einst für Männer gedacht waren? Um besser in die Steigbügel …«

»Bitte erspar mir das«, flehte Fenja. »Ich bin tot. Ich will nicht auch noch zu Tode belehrt werden. Jetzt gib die

Dinger schon her, ich brauche sie. Ich hoffe für dich, dass Engel keinen Fußpilz haben.«

Fußpilz? Was war das schon wieder? In Rubens Kopf ratterte es. Manchmal war er seines Amtes mehr als müde. Diesen Job sollte kein Engel länger als vierhundert Jahre machen müssen. Es wurde immer schwerer, mit dem Fortschritt auf der Erde mitzuhalten. Jedes Jahr wurde sein Kopf mit mehr Neuerungen beladen. Da waren nicht nur die seltsamsten Änderungen in der Sprache, sondern auch dieses unmögliche Gebaren. Wie fatal war es da, dass es aufgrund seines Alters immer weniger Platz in seinem Kopf gab, und von Jahr zu Jahr mehr dort untergebracht und sortiert werden musste. Dass jedes Jahr die erfolgreichsten verbalen Neuschöpfungen als *Jugendwort des Jahres* zur Wahl standen, nervte ihn besonders. Diese Liste zu kennen, war Mindestanforderung. Diese Wörter kannte nicht nur die Jugend, sie wurden auch von Älteren gelernt, die ›hipp‹ sein wollten – wieder so ein Wort.

Aber vor seinen Klienten – insbesondere vor Kassandra – musste er den zeitlosen Helden spielen. Wie sagte man heute? Den *coolen Typen*. Gut, dass ihm dieses Wort überhaupt einfiel. Aber im Grunde war es nur eine jugendliche Maske, wie Faltenunterspritzen, Botoxbehandlung oder ein Lifting – am Ende blitzte immer sein wahres Alter durch. *Fehlende geistige Beweglichkeit* nannte man das heutzutage, wie Prometheus immer betonte.

Na ja, Kassandra hatte es da natürlich viel einfacher mit ihren paar Businesskursen im Jahr. Sie weigerte sich sogar mit Erfolg, IT-Systeme zu benutzen. Auch sie hatte Schwierigkeiten mit den neuen Wörtern. Allerdings – da musste er ihr recht geben –, das Prinzip blieb immer gleich: Im Grunde wollte jeder irgendwann im Himmel landen –

vor allem im Siebten.

Was hatte er sich nur dabei gedacht, als Petrus ihn nach seinen Plänen für die Ewigkeit gefragt und er nur Angst vor Langeweile gehabt hatte? Auch heute noch schien ihm das ewige Frohlocken im Normalo-Himmel unattraktiv, da war es im Siebten Himmel viel spannender. Der Siebte Himmel war speziell für Verliebte und da ging es manchmal richtig wild zu. Ihm war unverständlich, dass nicht jeder den Siebten Himmel anstrebte.

Doch er musste zugeben, dass er selbst damals auch nicht schlauer gewesen war. Ihm war es attraktiver erschienen, immer nur dem nächsten Stich hinterherzujagen. Sobald in ihm Gefühle aufgekommen waren, war es ihm zu kompliziert geworden und er hatte das Weite gesucht. Wenn er jetzt all die glücklichen Paare betrachtete, denen er in den Siebten Himmel geholfen hatte, sehnte er sich selbst nach der ewigen Glückseligkeit. Ein goldenes Nest aus Gelassenheit, Zufriedenheit und Wärme. Wie sollte man das mit nervtötendem Frohlocken erreichen? Unvorstellbar. Ruben seufzte. Er war selbst mehr als bereit für den Siebten Himmel.

Fenja stupste ihn an. »Was ist jetzt?«

»Bin ich jetzt ›schwul‹, weil ich diese Schuhe anhatte?«

Fenja starrte ihn mit offenem Mund an, dann schloss sie ihn und vollführte irgendwelche wirre Gesten in der Luft. Zu guter Letzt schüttelte sie einfach den Kopf. »Ist das wichtig?«

»Für mich schon«, beharrte Ruben. »Ich bin seit achthundert Jahren ein Engel. Davor war ich ein Barde, der die Frauen liebte. Aber vielleicht habe ich mich in all der Zeit geirrt.«

»Stehst du denn auf Männer?«, fragte Fenja.

»Ich weiß nicht.«

»Wenn dir einer seinen Pimmel zeigt, findest du das gut?«

»Um Himmels willen, nein!«

»Dann bist du auch nicht schwul.« Ihr Wort in des Allmächtigen Gehörgang.

»Komm schon«, drängelte Fenja, trat zu ihm und zupfte an einer Feder. »Ich habe eine Idee, wie ich auf diese verfluchte Wolke Neun komme.«

»Was soll das? Sei vorsichtig mit den Flügeln«, knurrte er. »Es schadet meiner Kraft, wenn du sie beschädigst. Moment – ich muss nur noch schnell den Flüsterknopf wieder einsetzen.«

Fenja strich die Feder an seinem Flügel wieder glatt. Halleluja, wusste sie, was sie ihm damit antat? Das Kribbeln unter ihrer Berührung wurde geradewegs in seinen Rücken geleitet, sein Gehirn und seinen, äh … Oberschenkeln.

Sein Schützling schüttelte ein weiteres Mal den Kopf. »Nicht zu fassen, dass ich anfangs dachte, du hättest einfach nur einen furchtbaren Stich.«

»Schon Jahrhunderte nicht mehr – leider«, stöhnte Ruben.

Ein Hauch ihres Dufts wehte in seine Nase und stimmte ihn etwas versöhnlicher. Sie roch anders als die Jungfern aus seinem Jahrhundert – reiner. Fenjas Haar duftete irgendwie nach Früchten – das war etwas völlig Neues für ihn. Ruben schloss die Augen und sog ihr Aroma heimlich ein.

»Ruben! Was steht in Paragraf 38364 Absatz 492 der Coachengelverordnung CEV?«, klang es in seinem Ohr. Dieses anstrengende Weibsbild! Vorbei war es mit der Ruhe. Ab jetzt musste er wieder funktionieren.

Ruben wandte sich von Fenja ab. Er ging sogar in die Küche, damit sie ihn nicht hören konnte, und selbst dort flüsterte er.

»Chefin?«

»Was ist?«, schnauzte Kassandra.

»Warum helfe ich eigentlich nie schwulen Mannsbildern in den Siebten Himmel. Jagen die nur dem nächsten Stich hinterher?«

»Also doch!«

Ruben trommelte mit den Fingern auf die Küchenplatte. »Also doch was?«

»Das Wort wird nicht nur als mittelalterlicher Ausdruck für Ritterturniere gebraucht.«

»Erwischt«, gestand Ruben. »Also warum? Warum habe ich nie was mit Schwulen zu tun?«

»Weil du so mittelalterliche Ansichten darüber hast. Dafür ist Amor zuständig. In der Antike war man in dieser Hinsicht toleranter. Und jetzt kümmere dich endlich um deinen Job!«

Ruben und mittelalterlicher Ansichten? Er verurteilte doch keine schwulen Männer. Er verstand sie nur nicht. Das war nicht das Gleiche!

»Vergiss nicht, die Flügel einzufahren, wenn du auf die Straße gehst.«

»Ich habe gar nicht vor, auf die Straße zu gehen. Und ja, ich perform ja schon, Chefin.«

»Schön wär's!«

Zweite Versuche gehen
selten besser aus

Fenja wartete im Schlafzimmer, bis Ruben sein seltsames Gespräch beendet hatte. In der Hand hielt sie ihr Handy. Sie umklammerte es so fest, dass sie meinte, das Plastik knirschen zu hören.

»Also, was willst du jetzt tun?«, fragte Ruben.

Fenja holte tief Luft. »Ich werde Kasper anrufen.«

»Nein!«, stieß Ruben aus. »Der Kerl hat dich umgebracht!« Er fuhr sich durch die Haare, zog an ihnen. »Das kannst du doch nicht tun.«

Das wollte Fenja doch mal sehen. Wolke Sieben war ihres Wissens nach immer noch die Wolke der Verliebten. Und was katapultierte einen zuverlässiger auf besagte Wolke, als reine, unendliche Liebe, die allen Widrigkeiten trotzte?

Kasper liebte sie und sie liebte ihn. Natürlich war sie wütend, dass er sie umgebracht hatte. Aber beim Aussuchen eines neuen Kleides hatte sie noch einmal darüber nachgedacht. Er war der Einzige, den sie je geliebt hatte. Er war ihre einzige Chance auf den Siebten Himmel. Vielleicht hatte er sie überhaupt nicht töten wollen. Vielleicht hatte seine Frau die Amarettinis vergiftet. Ergab das Sinn?

»Mach das nicht«, bat Ruben.

Fenja wich seinem flehenden Blick aus und starrte auf ihr Telefon. Sie musste es wenigstens versuchen. Was sollte schiefgehen? Das Desaster konnte kaum noch größer werden.

Entschlossen wählte sie Kaspers Nummer. Zuerst hörte sie nur den Wählton. Das Tuten zog sich scheinbar endlos in die Länge. Ruben lehnte sich gegen die Wand, die Arme verschränkt und das Kinn nach vorn geschoben.

»Fenja?«

Endlich! Kaspers Stimme drang durch den Lautsprecher. Himmel, klang er weinerlich.

»Oh, Fenja. Das ist zwar deine Nummer, aber du kannst es nicht sein!«

Er schien seinen Mord nicht sonderlich gut wegzustecken. Ein leichtes Gefühl der Schadenfreude keimte in Fenja hoch. Bevor sie den Mund aufmachen konnte, drang ein Heulen vom anderen Ende der Leitung herüber.

»Wer bist du? Wer peinigt mich mit der Nummer meiner verstorbenen Geliebten?«

»Äh …«, sagte Fenja. »Ich bin es. Fenja.«

»Ergötze dich nicht an meinem Leid!« Es krachte im Hintergrund. Hatte Kasper etwas zerschlagen? »Sie ist tot. Meine geliebte Fenja ist tot.«

»Bin ich nicht!«, rief sie aus. »Also … nicht richtig. Ich lebe … irgendwie.«

Ruben verdrehte die Augen und rieb sich die Nasenwurzel.

»Kannst du herkommen?«, fragte Fenja eilig. »Ich will dich unbedingt sehen.«

»Ist es wahr?«, keuchte Kasper. »Du bist nicht tot? Aber ich sah, wie …«

»Ja, ja«, unterbrach Fenja ihn. »Das können wir dann bereden. Komm einfach her.«

Herrgott, war das so schwer? Sie presste die freie Hand gegen ihre Stirn. Konnten Tote Kopfschmerzen bekommen?

»Ich komme, mein Liebling, mein Augenstern«, beteuerte Kasper. »Dein Wunsch ist mir Befehl.«

»Schön wär's«, schnaubte Fenja und legte auf. Sie konnte Ruben kaum ins Gesicht sehen. Er rieb immer noch den Punkt zwischen seinen Augen. Engel konnten eindeutig Kopfschmerzen bekommen.

»Das ist eine absolut blöde Idee«, beharrte er.

»Möglich.«

Ruben hörte auf, sich die Stirn zu reiben und kniff die Augen zusammen. »Du stimmst mir zu und willst es trotzdem tun?«

»Hast du eine bessere Idee?«, zischte Fenja.

»Dutzende.«

»Dann kannst du sie mir morgen alle aufzählen. Heute versuchen wir es auf meine Art.«

»Es wird schiefgehen. Dann wirst du sterben und morgen heulst du mir die Ohren voll.«

»Vielleicht hat Kasper nur einen Fehler gemacht und ihn jetzt eingesehen. Oder er wusste überhaupt nichts von dem Gift«, erwiderte Fenja. Das war ein Gedanke, der ihr gefiel. Denn was sollte sie ohne Kasper tun? Sich bei einer Dating-App anmelden? Da fand sie nie im Leben, geschweige denn im Tode, ihre große Liebe. Kasper war ihre große Liebe. Es war nie ein anderer gewesen.

Ruben stöhnte betont laut und schlug den Hinterkopf gegen die Wand. Mit geschlossenen Augen betete er herunter: »Nein, ich werde nichts sagen. Schützlinge müssen ihre Fehler machen. Sie müssen sie am eigenen Leib erfahren. Nur so können sie die nötige Einsicht entwickeln. Regel Nummer eins des Coachings: Sei geduldig. Raste nicht aus.«

Fenja entfernte sich von ihrem Bett, trat auf ihn zu und berührte ihn an der Wange. Ruben zuckte zusammen, als wollte sie ihn schlagen, und öffnete misstrauisch erst ein Auge, dann das andere. »Nur zu deiner Information: Ich ignoriere dich«, sagte er und schob sie an den Schultern sachte von sich weg.

Unsicher sah sie zu ihm auf.

Er stöhnte. »Das machst du doch mit Absicht.«

»Was?«, fragte sie und biss sich auf die Unterlippe.

Ruben hob die Hände vor die Augen. »Hör auf, mich mit deiner unseligen Schönheit zu verführen, und mit diesem Blick!«

Fenja legte die Hände auf seine Arme und drückte sie nach unten. Noch immer kaute sie auf ihrer Unterlippe. Ihre Mundwinkel zuckten nach oben. »Du bist wirklich gut für mein totes Ego.«

»Ja, ja«, brummte Ruben. »Mal sehen, wie ein liebeskranker Trottel und ein zweiter Tod deinem Ego guttun.«

Fenja räumte die Wohnung auf und lenkte sich damit wenigstens etwas von dem nervösen Knoten in ihrem Magen ab. Ruben folgte ihr durch die Räume, hob die Fernbedienung auf, schob das Sofa gerade und strafte sie mit enttäuschten Blicken. Ja, doch! Er hielt es für eine beschissene Idee. Vielleicht war es das auch. Vielleicht war es aber auch die richtige! Sie konnte sich doch unmöglich so in Kasper getäuscht haben und trotzdem wurde das miese Gefühl, in eine Katastrophe zu laufen, immer stärker.

Gedankenverloren, wie sie war, hätte Fenja fast die Türklingel überhört. Es dauerte einige Zeit, bis das Geräusch in ihr Bewusstsein drang.

»Verschwinde«, zischte sie eilig zu Ruben. Er warf ihr zwar einen bitterbösen Blick zu, aber verzog sich in ihr Schlafzimmer. Es behagte ihr zwar wenig, ein Schäferstündchen abzuhalten, während ein Engel in ihrem Schlafzimmer hockte, aber hatte sie eine Wahl?

Fenja fuhr sich vor dem Spiegel im Flur noch einmal durch die Haare und öffnete die Tür.

»Fenja! Mein Honigröschen.«

Im Ernst? Kasper schlang die Arme um sie. Sein Atem roch muffig. Hatte er heute früh überhaupt Zähne geputzt? Wenn er an einem Morgen danach in ihrem Bett aufwachte, hatte sie das nicht im Geringsten gestört, doch jetzt wurde ihr sogar ein wenig übel.

Sie schob den Gedanken von sich. Er war in Trauer gewesen, da durfte er ruhig ein wenig verlottert sein.

»Ich dachte, ich hätte dich verloren«, schluchzte er. Seit wann war dieser Mann eine Heulsuse? Ach ja, seit er seine große Liebe verloren hatte. Sie!

Das war ein gutes Zeichen. Fenja strich Kasper über den Rücken und drückte ihn ein wenig von sich.

»Es ist alles gut. Ich bin da«, lächelte sie.

Kasper legte die Hände an ihre Wangen. Seine Augen waren blutunterlaufen und geschwollen. Sein Blick stierte regelrecht durch sie hindurch. Er kippte nach vorn und küsste sie.

»Ich könnte niemals ohne dich leben«, hauchte er an ihre Lippen. Oder vielmehr blies er ihr seinen schlechten Atem ins Gesicht.

Nur schwer konnte Fenja der Versuchung widerstehen, ihm eine reinzuhauen. Sie lächelte gezwungen und versteckte die Fäuste hinter ihrem Rücken. Um auf diese blöde Wolke Sieben zu gelangen, brauchte sie seine Liebe.

Vielleicht durfte sie ihn dann umbringen, damit er mit ihr in die Hölle hinabfuhr. Wäre schließlich nur fair. Sie könnte ihn mit einem Heel erdolchen. Die verfluchten Dinger drückten schon wieder, aber es waren die einzigen, die zu diesem Kleid passten.

Kasper betatschte sie von oben bis unten. Ihr Gesicht, ihre Schultern, ihre Brüste, hinab bis zu ihrer Taille.

»Was soll das?«, fragte Fenja.

»Ich will mich überzeugen, dass du nicht nur eine Wunschvorstellung bist.«

Ah ja. Und deswegen knetete er ihre Brüste auch wie rohen Brötchenteig, um sicherzugehen, dass die auch ja echt waren. Am liebsten würde sie ihm die schwere Keramikschüssel, in der sonst ihre Schlüssel lagen, über den Schädel ziehen. Sie bräuchte sich nur ein Stück mehr danach strecken.

»Tu das lieber nicht«, zischte es hinter der halb geöffneten Schlafzimmertür. Himmel noch eins, der Engel blockierte noch immer ihr Bett? Konnte er sich nicht in die Küche verziehen?

»Hau ab!«, zischte Fenja.

Kasper hörte auf, ihre Brüste zu malträtieren. »Was?«

Ups. Fenja nahm Kaspers Hand, führte ihn ins Wohnzimmer und strich über sein Hemd. »Ich meinte, zieh dich aus«, säuselte sie und zwang sich zu einem lasziven Lächeln.

Unter halb gesenkten Lidern warf sie Kasper einen verführerischen Blick zu. Dann strich sie mit den Fingern über die Mulde zwischen ihren Brüsten. Ein Stöhnen erklang. Aber nicht von Kasper, sondern von Ruben, der sich genau den richtigen Winkel gesucht hatte, um sie durch den Spiegel im Flur beobachten zu können.

Fenja schlug die Tür zu. Kasper zuckte zusammen und wirkte sichtlich verwirrt. Fenja stolzierte auf ihn zu und verfluchte sich innerlich. Wie lange trug sie diese verdammten Schuhe schon? Egal, es würde das letzte Mal sein! Im Himmel brauchte sie keinen Mann mehr zu verführen und konnte Hauspuschen tragen.

Sie legte die Arme um seinen Hals und presste sich an ihn. Sofort drückte er gierig seine Lippen auf ihre. Wie zwei alte, schwabbelige Schwämme glitten sie von ihrem Mundwinkel hinunter zu ihrem Hals.

Das war also die Strafe dafür, ihn verhext zu haben. Kein Spaß mehr am Sex. Kasper griff ihr zwischen die Beine und die Lust, ihm eine Ohrfeige zu verabreichen, wuchs.

Ach, wieso eigentlich nicht?

Fenja holte aus und ihre Hand klatschte in Kaspers Gesicht.

»Was soll das?«, brüllte er empört, aber Fenja lächelte und rieb sich an der Beule in seiner Hose.

»Du hast doch mal gesagt, du möchtest grober angepackt werden«, hauchte sie und legte die Hand auf seinen Hals. Sie spürte seinen Puls unter ihren Fingern. Schade, dass sie nicht zudrücken durfte. Also küsste sie ihn lieber, bevor er noch zu denken anfing.

Sie spürte, wie er schluckte. Er keuchte an ihren Lippen.

»Pack fester zu«, forderte er mit rauer Stimme.

Aber mit Vergnügen. Fenja drückte zu und Kasper ächzte erregt.

»Denk dran. Mord ist eine Todsünde«, hörte sie plötzlich Ruben flüstern. Der vermaledeite Kerl linste durch die Wohnzimmertür und schien drauf und dran, hereinzustürmen. Fenja packte Kasper am Schlips und zerrte ihn herum, damit er nicht noch ihren verflixten Engel entdeckte.

»Oh ja, Baby, gib's mir«, schnurrte Kasper begeistert.

Sie stieß ihn auf die Couch, riss ihm die Hosen von den Hüften und schob ihr Kleid hoch. Als sie aufsah, blickte sie geradewegs in Rubens Augen. Er lehnte in der Tür zur

Küche, hatte die Hände in den Hosentaschen vergraben, und sah traurig aus. Kasper drehte den Kopf, doch bevor er einen Blick auf den ungebetenen Zuschauer werfen konnte, fuhr Fenja in seine Haare und drückte sein Gesicht in ihren Ausschnitt.

Kasper stöhnte begeistert und stieß in sie hinein. Fenja zischte vor Schmerz, aber sie starrte Ruben unbeirrt an. Sie wusste genau, was sie tat. Der Engel glaubte doch wohl nicht, dass er sie mit seinem traurigen Hundeblick aus dem Konzept bringen konnte?

Ruben zog die Schultern hoch, schüttelte den Kopf und wandte sich ab. Unweigerlich verrenkte Fenja den Kopf, um nachzusehen, ob er tatsächlich ging.

Kasper kam stöhnend und schnaufend und lehnte den Kopf gegen ihren Hals. Er küsste sie unter dem Ohr, jagte ihr einen Schauer des Ekels durch den Körper und hob den Blick. Noch immer stierte er, war leicht abwesend, ja, geradezu benebelt. Es war abstoßend. *Er* war abstoßend. Der ganze Kerl war ein einziger großer Fehler! Er gehörte ins Gefängnis. Selbst das Kitzeln seiner Haare an ihrem Hals hasste Fenja. Sie drückte seinen Kopf weg und rutschte von ihm herunter.

»Ich liebe dich!«, schwor Kasper und stand auf. Mit heruntergelassenen Hosen und ausgestreckten Armen lächelte er sie stumpfsinnig an. »Ich liebe dich, Fenja. Ich werde dich immer lieben.«

Ja, toll, wäre ihm diese Erkenntnis nur vor seinem Mord gekommen.

»Schön für dich«, fauchte Fenja.

Kasper machte einen Schritt nach vorn und stolperte über seine Hosen. Er krachte zu Boden, aber statt sich darüber zu ärgern, rollte er sich nur auf den Rücken und grinste.

»Ich wollte dir schon immer zu Füßen liegen.«

»Du hast mich umgebracht«, schrie Fenja. Oh, wie gern würde sie ihm ihre gesamte Einrichtung ins Gesicht schleudern!

Kasper liebte sie nicht. Nur dieser Liebestrank zwang aus ihm die drei Worte heraus, nach denen sie sich so verzehrt hatte. Er liebte sie – aber es war eine Lüge. Er war nicht ihretwegen hier. Selbst seine Trauer war nicht echt. Er sagte das nur wegen dieses unsäglichen Tranks.

Fenja schluchzte. Ihr Inneres barst und Tränen verschleierten ihre Sicht. Kasper hatte sie belogen, aber was viel schlimmer war: Sie hatte sich ebenfalls belogen. Sie war einem Mann hinterhergekrochen, der sie so verabscheute, dass er sie töten wollte – dass er sie getötet *hatte*! Sie würde lieber jahrhundertelang im Fegefeuer leiden, als mit diesem Kerl auch nur noch einen Kuss zu tauschen.

Ruben hatte recht. Es war schief gegangen. Sie würde niemals Wolke Sieben erreichen. Wer konnte sie schon lieben? Sie wollte andere mit Liebestränken zu etwas zwingen, wozu sie im Innersten überhaupt nicht bereit waren.

Fenja stürzte an Kasper vorbei, ignorierte seine Rufe, seine Liebesschwüre. Sie musste raus. Raus, an die frische Luft und nachdenken.

Sie rempelte einen Passanten an, als sie nach draußen stürzte. Tief sog sie die kühle Abendluft in ihre Lungen. Sie wurde noch völlig verrückt. Was sollte sie tun? Sie konnte nicht mehr in ihre Wohnung zurück. Sie musste Kasper loswerden. Am besten für immer. Sollte sie seine Frau anrufen?

Was würde Ruben dazu sagen? Fenja strich sich über Gesicht und Augen. Schwarze Streifen von Lidstrich und Wimperntusche blieben auf ihren Fingern zurück. Wie tief war sie gesunken?

Sie hatte vor den Augen eines Engels mit einem Mann Sex gehabt, der sie hasste.

Wie sollte sie Ruben je wieder gegenübertreten?

Lautes Hupen hallte durch die Straße. Fenja erstarrte. Die Hände in den Hosentaschen vergraben und mit gesenktem Kopf lief Ruben nur wenige Meter von ihr auf die Fahrbahn. Er schaute weder nach links noch nach rechts. Ein Müllauto rumpelte direkt auf ihn zu.

»Ruben!«

Aber Fenjas verrückter Stalker und Einbrecher hörte sie nicht. Mitten auf der Straße blieb er stehen. Die Reifen des Müllwagens quietschten, aber der Koloss würde nicht mehr rechtzeitig zum Stehen kommen.

»Ruben!«, brüllte Fenja noch einmal und stürzte durch eine Lücke zwischen den parkenden Wagen. Sie wich einem Motorradfahrer aus und packte den erstarrten Ruben am Arm. Mit aller Kraft zerrte sie ihn zurück. In diesem Moment kam das Müllauto zum Stehen. Genau auf der Stelle, auf der Ruben gerade noch gestanden hatte.

»Bist du völlig wahnsinnig?«, brüllte Fenja.

Ruben hob den Kopf und strich ihr über die Wange. »Wahnsinnig verli—«

Ein lautes Quietschen übertönte Rubens Worte. Ein rotes Auto raste geradewegs auf sie zu. Fenja erhaschte einen Blick auf die Frau hinter dem Lenkrad.

Raspelkurze, grellrote Haare, Schweinsaugen und ein grimmiges Lächeln, das ihre dünnen Lippen umspielte. Sie kannte diese Frau. Bevor Fenja ausweichen konnte, schoss ein stechender Schmerz durch ihre Beine, durch ihren Unterleib und schließlich durch ihren Kopf. Sie spürte noch den harten Aufprall, dann verdunkelte sich ihre Sicht.

Ruben taumelte zwischen zwei parkende Autos zurück. Er wusste zwar, dass er Fenja jeden Tag sterben lassen musste, aber dabei zuzusehen brach ihm das Herz.

Das rote Vehikel bremste, setzte zurück und raste ein weiteres Mal auf die leblose Fenja zu. Nein! Sie war doch schon tot. Sie musste nicht auch noch zusätzlich gedemütigt werden.

Ruben ignorierte seinen Instinkt, sich nicht vor eines dieser dröhnenden Monster zu werfen. Er stürzte aus der Lücke hervor hinter den roten Wagen und hieb mit der Faust auf das Heck. Das Auto bremste, die Reifen quietschten und der Motor röhrte auf. Als Ruben die Faust wieder hob, schoss der Wagen davon.

Eilig bückte sich Ruben, schob die Arme unter den leblosen Körper, hob Fenja auf und rannte mit ihr zurück ins Haus. Hoffentlich hatte sie niemand gesehen und rief womöglich noch die Polizei, einen Kranken- oder schlimmer noch, einen Leichenwagen. Dann gab es wieder Ärger mit der Dokumentierung.

Die Wohnungstür stand immer noch offen. Kasper lehnte im Türrahmen. Mit aufgerissenen, glasigen Augen stierte er auf Fenja.

»Fenja, meine süße Fenja«, jammerte dieser Schwachmat, grapschte nach ihrem herabhängenden Arm und küsste ihre Hand. »Oh, antworte mir, meine liebliche Fenja.«

»Würdest du bitte verschwinden?«, zischte Ruben. Er konnte diesen jämmerlichen Kerl jetzt wirklich nicht gebrauchen. Er musste Fenja ins Bett bringen, damit sie morgen wieder aufwachen und einen neuen Versuch starten konnte, die Liebe ihres Lebens zu finden.

Aber dieser Hohlkopf ließ sie nicht los. Schlimmer noch: Sein verhangener Blick richtete sich nun auf Ruben.

»Wer sind Sie?«, fuhr er ihn mit schriller Stimme an. Grundgütiger, noch einer, der so furchtbar hoch kreischen konnte. »Lassen Sie Fenja los. Sie ist meine Frau! Meine Geliebte, mein Augenlicht, der Stern meines Lebens.«

Und deine Todsünde, dein Ticket in die Hölle ... Aber das behielt Ruben lieber für sich.

»Fenja ist müde«, behauptete Ruben und versuchte, Fenja so zu halten, dass Kasper das Blut an ihrer Stirn nicht sehen konnte. »Sie muss sich ausruhen.«

»Ich werde sie ins Bett bringen!« Kasper wollte nach ihr greifen und sie aus Rubens Armen heben.

Ruben trat dem Halunken kräftig auf den Fuß. Als Kasper einknickte, nutzte er die Gelegenheit, sich schnell an diesem Vollidioten vorbeizudrücken. Aber verflixt, er konnte mit Fenja in den Armen nicht schnell genug die Wohnungstür hinter sich schließen. Also marschierte er direkt ins Schlafzimmer, legte Fenja auf dem Bett ab – und da war dieser verfluchte Waschlappen auch schon neben ihr, kniete sich auf die Matratze und schmatzte die Tote ab.

»Hau ab!«, verlangte Ruben und packte Kasper an der Schulter.

Dieser riss sich los, fiel auf Fenja und stöhnte. »Du riechst so betörend, mein Liebling.«

Das war widerlich! Erbärmlich. Ruben packte ihn kurzerhand an den Haaren und zerrte ihn vom Bett weg. Kasper jammerte, zappelte und schlug Ruben gegen den Oberschenkel wie eine Katze, die ihre Krallen verloren hatte. Unbarmherzig zerrte Ruben diesen Flegel hinter sich her in den Flur und stieß ihn durch die offene Wohnungstür hinaus ins

Treppenhaus.

Erstaunlich schnell rappelte sich dieser Schlawiner wieder auf, schoss herum und erreichte die Schwelle gerade in dem Moment, in dem ihm Ruben die Tür vor der Nase zuschlug. Ein Stöhnen drang gedämpft durch die Tür. Ruben grinste gehässig. Schade, dass er dem Saubeutel nicht die Finger eingeklemmt hatte, wie es Fenja bei ihm gelungen war.

Vorsichtshalber drehte Ruben den Schlüssel im Schloss herum und kehrte zu Fenja zurück ins Schlafzimmer. Er setzte sich neben sie auf die Matratze und wischte ihr mit seinem bestickten Stofftaschentuch das Blut aus dem Gesicht. Nein, dieser Tölpel Kasper war nicht der Richtige für sie. Niemals. Aber wer dann? Zu schade, dass Ruben nicht infrage kam.

Wie sehr hatte er es vorhin genossen, als sie ihren Kopf an seine Halsbeuge gelegt hatte. Sein Unterleib hatte gekribbelt. Das war ihm zuletzt zu Lebzeiten passiert. Und noch etwas war ihm das letzte Mal zu Lebzeiten passiert: dieses Gefühl, das er hatte, als er hatte zusehen müssen, wie Fenja einen Stich erhalten hatte. Was war bloß mit ihm los?

Als ob das alles nicht schon genug wäre, musste er auch noch einen geeigneten Partner für sie finden, mit dem sie in den Siebten Himmel gelangen konnte. Dabei wäre er selbst am liebsten derjenige, der …

»Ruuuben!« Kassandras sonore Stimme drang wieder einmal an sein Ohr. »Wage nicht, es auch nur zu denken!«

Ruben schreckte aus seinen Gedanken hoch. Erst jetzt wurde ihm bewusst, wie versonnen er in letzter Zeit war. Aber Kassandra recht geben? Nie im Leben – und auch nicht im Tode!

»Was ist denn jetzt schon wieder?«, grummelte er.

»Bist du eigentlich von allen guten Göttern verlassen?«

»Schön wär's!«, knurrte Ruben. »Vor dir hat man wirklich nie seine Ruhe. Oder habe ich einen Fehler gemacht, weil ich dich zu den guten Göttern gezählt habe?«

»Du bist schon wieder so aufsässig. Zu aufsässig, für den Mist, den du da verzapft hast.«

Ruben schloss die Augen. »Hast du's eigentlich gar nicht bemerkt? Fenja wollte mich retten! Das hat noch nie jemand für mich getan. Alle bisherigen Klienten haben sich immer nur um ihre Sorgen gekümmert, nie um mich. Ist es ein Wunder, dass ich da an sie denke?« Ruben rieb sich angespannt über die Stirn, als ihm die Szene von vorhin durch den Kopf blitzte. Wenn er auf der Erde war, vergaß er immer, dass er mit seiner Sichtbarkeit auch verletzlich war – genauso, wie ein gewöhnlicher Mensch. Mit gewöhnlichen Kronjuwelen. Die sich erstaunlich gut von Fenjas Tritten erholt hatten. Fast zu gut. Sie sehnten sich nach …

»Ruben!«, grollte es in seinem Ohr, doch Ruben bemerkte es kaum. Draußen hupte es. Ob das dieses rote, mörderische Vehikel war, das über Fenja hinweggedonnert war? Diese Straßen heutzutage, auf denen sich in einer endlosen Schlange Metalltiere voranwälzten. Ruben hatte schon beobachtet, dass sich Menschen von ihnen verschlingen ließen, um sich nach einiger Zeit wieder ausspucken zu lassen. *Auto* nannten sie das – die Welt war verrückt geworden. Die gute alte Pferdekutsche sah er nur noch selten. Oft saßen Verliebte drin – die hatten natürlich beste Aussichten auf den Siebten Himmel. Fenja würde solch eine Kutschfahrt sicher auch gut gefallen …

»Ich sag nur: Paragraf 38364 Absatz 492 der Coachengel-verordnung CEV!«

Potz Blitz, schon wieder waren seine Gedanken

abgeschweift.

»Jetzt lass mich doch mit deinem Paragrafenmist in Ruhe! Hast du eigentlich gar kein Herz?«, knurrte er.

»Zumindest kein Herz für Schwerenöter«, fauchte Kassandra. »Warum hast du geduldet, dass sie sich an dir anlehnt? Du weißt, wenn du ihr nachgibst, kann sie den Vorfall unter #me-too melden. Schließlich ist sie so etwas wie abhängig von dir.«

»Sag mal, was denkst du eigentlich von ihr? So etwas würde sie nie tun. Sie ist nicht von mir abhängig. Eine Frau wie sie ist von niemandem abhängig.«

Kassandra lachte laut und hohl. »Ach, und was ist mit Kasper? Ist sie von ihm etwa nicht abhängig? Ich traue ihr alles zu. Vergiss nicht, sie ist eine Frau. Du behauptest doch immer, du kennst die Frauen.«

»Ja schon, aber Fenja ist anders.«

»Natürlich … schön wär's!«

Ruben malte sich vor seinem inneren Auge aus, wie er Kassandra einen leeren Humpen über den Kopf stülpte, und zwar so fest, dass sie ihre große Nase nicht mehr dort rausbekam! Sollte Kassandra das doch mal in ihrer Vision sehen!

»Sehr erwachsen«, schnaubte Kassandra.

Ruben atmete tief durch. Es ging hier um Fenja, um einen Job. Und um so viel mehr, aber das verkniff er sich. »Ich glaube, das Thema Kasper ist durch. Sie hat mittlerweile einiges kapiert.« Immerhin hatte sie aufgehört, Ruben zu verprügeln, und sie war nicht glücklich gewesen, als Kasper sich an ihr vergangen hatte. Ruben hatte es in ihren Augen gesehen – die Abscheu, die Zweifel, die Einsicht.

»Vielleicht«, seufzte Kassandra in Rubens Ohr. »Das ist schon mal nicht schlecht, aber leider nicht die Lösung.«

»Ich weiß, ich muss ihr einen geeigneten Kandidaten besorgen. Aber kannst du mir mal verraten, wie ich das machen soll, wenn ich praktisch nichts über sie weiß?«

»Ah! Endlich fängst du an, deinen Job ernst zu nehmen. Hast du deine Hologrammbrille dabei?«

»Das weiß ich gar nicht, ich seh mal nach.«

»Das ist so typisch für dich. Kram du nur. Ich werde dir derweil Nachhilfe in Sachen Frau-en geben.«

»Schieß los«, grummelte Ruben, während er den großen Engelrucksack, den er neben Fenjas Nachtschrank gestellt hatte, durchsuchte. Wo war diese vermaledeite Brille? Kassandras Belehrungen verwirrten ihn, also lenkte er sich mit der Suche ab. Er konnte die Frauen so gut verstehen, die auch nie etwas in ihren Handtaschen fanden. Dass er einen Rucksack brauchte, war auch so eine Idee seiner Fachvorgesetzten. Sie bestand auf die Grundausstattung von Gadgets. ›Für modernes Coaching unverzichtbar‹, sagte sie immer. Wenn die Gadgets wenigstens modern wären … Ruben konnte ein leises Seufzen nicht unterdrücken.

»Wenn du dich ordentlich vorbereitet hättest, könnten wir uns das jetzt sparen«, tönte es aus dem Himmel.

»Ist ja schon gut«, knurrte Ruben. Ob er den Gedankenlesechip im Mikro auf eigene Faust entfernen konnte?

»Wage es nicht! Das ist ein fristloser Kündigungsgrund.«

Das war doch mal ein Lichtblick. Das ewige Frohlocken im Himmel wurde mit jedem Knechtschaftsjahr unter Kassandra attraktiver.

»Ah, da ist sie ja«, versuchte Ruben, seine fauchende Chefin abzulenken. »Und flugs habe ich sie aufgesetzt«, ergänzte er, während er sich bemühte, das sperrige Ding richtig zu platzieren. »Das Teil sitzt nicht richtig. Durch die Lücken am Rand dringt Tageslicht und das Hologramm ist zu blass«, jammerte er. »Du könntest ruhig mal ein neues, moderneres Modell springen lassen. Das wäre auch leichter und handlicher.«

»Das ewige Thema, hm? Hör lieber zu, was ich dir über Frauen im Allgemeinen und Fenja im Speziellen zu sagen habe.«

Ruben seufzte. »Ich bin ja so gespannt.«

»Keinen Sarkasmus bitte!«

»Fang endlich an!«, fauchte Ruben.

»Also, Frauen stehen auf Männer, die sagen, wo's langgeht. Nicht auf Weicheier!«

Ruben schnarchte demonstrativ. »Meinst du wirklich, es ist mir entgangen, dass die Weibsbilder bei dominanten Burgherren willig die Röcke gehoben haben? Ich dachte, du willst mir Neues erzählen?«

»Ach, bei dir ist wirklich Hopfen und Malz verloren. Sitzt die Brille jetzt endlich? Dann Hologramm ab! Sieh genau hin, so haben sie sich kennengelernt.«

Vor Rubens Augen erschien ein Film über die Vergangenheit, in dem die Figuren so realistisch wirkten, dass er meinte, sie wären zum Anfassen. Zu sehen war ein kleiner Laden, etwas abseits der belebten Fußgängerzone. Eine belebte Fußgängerzone? So etwas gab es doch gar nicht mehr, dieses Hologramm spielte wirklich in der Vergangenheit. Die Menschen kramten in Outlet-Centern und riesigen Einkaufspassagen nach Schnäppchen. Da war auch Fenja. Sie schloss ihren kleinen Handarbeitsladen auf. *WollLust* stand auf dem Schild. Na, wenn das Mal kein falsches Signal war.

Daher war es nicht überraschend, dass es eine Zeit lang dauerte, bis der erste Kunde kam. Ruben trommelte ungeduldig mit den Fingern auf der Brille herum.

Endlich, da war er: Kasper A. Dam.

Dem Coachengel schwollen die Adern am Hals. Mit einem schmierigen Lächeln bezirzte dieser Halunke Fenja und sie lächelte freundlich zurück. Kein Wunder, in dem Alter war man noch naiv.

»Sie machen doch auch Auftragsarbeiten?«, fragte Kasper.

»Natürlich, steht ja draußen auf dem Schild. Was hätten Sie denn gern?«, antwortete Fenja.

»Ich hab hier ein paar Handschellen und stehe nicht so auf Plüsch. Ich hätte gerne eine schicke Häkelhülle dafür.«

Mit Verlaub, geschickt geworben! Und wie wohlfeil er gekleidet war … Obwohl, Rubens Geschmack war das nicht. Kasper war einer von diesen ganz schmierigen Gesellen. Für feine Frauengelenke waren die Fesseln einen Tick zu groß, die zarten Hände konnten durchrutschen. Deshalb vermutete Ruben, dass es wohl eher seine Ehefrau war, die nicht auf Plüsch an Männerhandschellen stand.

Ruben schnaubte unwillig. Er hasste es, wenn Jungfrauen verführt wurden, und biss die Zähne vor Wut zusammen.

So wie dieser Narr auftrat, musste Fenja denken, sie hätte einen dominanten Mann vor sich. Aber Ruben hatte genug von Kasper gesehen, um zu wissen, dass er zu Hause eher der devote Part war. Schließlich war er selbst ein Mann. Wieder einmal wurden ihm seine Qualitäten als Coachengel bewusst. Die Frauen brauchten bei der Männerwahl doch nur auf ihn zu hören. Aber nein, ein normaler Mann reichte nicht mehr, heutzutage mussten es dominante Millionäre, erfolgreiche Sportler, Musiker oder Bad Boys sein. Selbst Ärzte waren mittlerweile aus der Mode gekommen.

Der Blick der Brille schwenkte nach draußen auf den Parkplatz. Dort stand ein roter Ferrari, ein Blechmonster für

Wohlhabende.

Jetzt war ihm klar, wie dieser Lüstling Fenja für sich gewonnen hatte. Sie musste denken, er wäre ein dominanter Millionär. Der Sechser im Lotto für die meisten Frauen.

Ruben schüttelte den Kopf. Was für ein verschlagener Pfau – die schönsten Federn und kann nicht fliegen. Was aber, wenn er Fenja gegenüber doch dominant auftrat, um sich für die Gemeinheiten seiner Frau zu rächen?

Wenn du zum Weibe gehst, vergiss die Peitsche nicht. Das hatte er, Ruben, damals einem gewissen Friedrich Nietzsche zugeflüstert. Der hatte diesen goldenen Tipp gleich weitergereicht – natürlich ohne Quellenangabe. Ruben stöhnte, was sollte er in diesem Fall nur machen? Die Sache stank doch bis in den Himmel.

»Genau!«, tönte es von Kassandra. »Überflüssig zu erwähnen, dass das Geld eigentlich seiner Frau gehört und er sich deshalb nicht scheiden lassen will.«

»Danke Kassandra! Du hast mich gerade vortrefflich motiviert!«

»Schön wär's!«

Technik, die versagt

Guten Morgen, Engelein
Ich weck dich auf und komm herein
Nein du darfst nicht sauer sein
Dieser Typ ist bloß ein Schwein
Einfach alles könn' wir sehen
In userm Himmel, in userm Himmel
Doch nun ist es geschehen
Du baust Mist nur wegen 'nem Pimmel

Schon wieder dieses dämliche Lied! Sie war in der Hölle gelandet. Ganz sicher. So musste es sein. Fenjas Strafe war wohl, dieses Lied zu hören, bis ihr die Ohren bluteten und das durchgeweichte Gehirn in Strömen aus der Nase lief.

Der Ruben öffnet dir die Augen
Lässt dich nicht träumen, lässt dich nicht träumen
Zum Siebten Himmel wird er dich leiten
Diese Chance wirst du nicht versäumen

»Halt die Klappe oder ich kastriere dich mit jeder Saite einzeln«, fauchte Fenja. Sie drehte sich auf die Seite und stieß mit der Nase gegen etwas Hartes. Müde hob sie die schweren Lider. Fuck, sie drückte sich geradewegs gegen Rubens Taille. Rasch rutschte sie zurück. Wenigstens hatte er aufgehört zu singen!

»Weißt du, früher sind mir die Maiden in Scharen hinterhergelaufen«, erklärte er.

»Um dich zu steinigen.«

»Nein, um mir die Klamotten vom Leib zu reißen. Früher

gab es aber noch nicht solche hübschen Spitzenfetzen.«

Fenja setzte sich auf und sah an sich herab. Ihr Kleid war hochgerutscht und entblößte die spitzenbesetzten Säume ihrer Strümpfe. Und wieso hockte *er* schon wieder neben ihr?

»Macht dir das eigentlich Spaß?«, blaffte Fenja.

»Ich bin auch nur ein Mann. Tu nicht so, als ob du mich von der Bettkante schubsen würdest, wenn ich dir holdem Engel deine Gunst entlocken wollen würde …«

Fenja stieß ihn mit aller Kraft aus dem Bett. Es krachte und die Harfe klimperte über den Boden. Ruben rappelte sich wieder auf und betrachtete betrübt sein verbogenes Instrument.

»Wag es ja nicht, auch nur eine Saite zu berühren«, drohte Fenja.

Ruben fuchtelte mit der Harfe in ihre Richtung. »Was hast du überhaupt für ein Problem? Die meisten Frauen mögen Musik.«

»Musik? Ja, die mag ich. Aber dein Geheule nicht! Und dich mag ich auch nicht!«

»Du bist doch sonst nicht so anspruchsvoll in der Wahl deiner Bettgefährten.«

Jetzt reichte es! Fenja sprang aus dem Bett und geradewegs auf Ruben zu. Der ließ erschrocken das Instrument fallen. Er wich ihr aus und taumelte gegen die Schlafzimmertür. Gerade rechtzeitig zog er den Kopf ein, als sie die Nachttischlampe nach ihm warf. »Du bist ja völlig verrückt!«, rief er.

Verrückt? Sie? Nein! Nur verdammt wütend! Sie schleuderte gerade ihre Schminktasche nach ihm, da riss er die Tür auf und schlüpfte hinaus. Der blöde Engel sollte bloß nicht glauben, dass er ihr entkam! Entweder, er haute freiwillig aus ihrer Wohnung ab, oder sie würde dafür sorgen, dass er nur noch nach draußen *kriechen* konnte.

Sie stolperte hinter ihm her in die Küche. In seiner Panik taumelte Ruben gegen das Regal mit den Töpfen und riss es zu Boden.

»Ich habe schon viele hysterische Frauenzimmer getroffen, aber du übertriffst alles«, brüllte er über den Lärm hinweg.

Fenja riss das große Tranchiermesser aus der Schublade.

Ihr Gegner wurde blass. Abwehrend hob Ruben die Hände. »Engel können zwar nicht noch einmal sterben, aber so ein Messer tut trotzdem weh. Können wir das alles nicht vernünftig klären? Wenn du mich abstichst, verstößt das gegen Paragraf 10 der Schutzengelverordnung ›Undankbare Angriffe‹ und dann kommst du in die Hölle.«

»Ich bin schon in der Hölle«, fauchte Fenja. »Kasper ist ein Vollidiot. Ich weiß nicht, warum ich ihn überhaupt geliebt habe. Dann überfährt mich auch noch seine Frau. Zu allem Überfluss weckt mich jedes Mal deine nervtötende Stimme!«

»Sei froh, dass ich gerade zu viel Angst vor dir habe, um beleidigt zu sein«, blaffte Ruben.

»Wie kann ein Engel dermaßen trottelig sein? Kein Wunder, dass ich gestorben bin. Ich wette, deine Schützlinge erleben nie das Rentenalter!«

Ruben ballte die Fäuste. »Ich bin nicht dein Schutzengel. Den Job hat ein anderer versaut. Aber wen wundert das? Dich muss mal einer ertragen können. Bei einem Schützling wie dir will doch jeder kündigen!«

»Ihr seid doch alle verweichlicht«, motzte Fenja.

Ruben zog die Augenbrauen zusammen, bis sie eine durchgängige Linie bildeten. »Wer wollte denn unbedingt mit seinem Mörder ein Stelldichein?«

»Wenigstens bin ich nicht wie ein selbstmordgefährdeter Irrer blindlings über die Straße gelatscht!«

»Bei dem miesen Porno kann man sich doch nur das Leben nehmen wollen.«

»Lenk nicht vom Thema ab. Was hattest du auf der Straße verloren?«

»Was wohl? Mich wegen einer unerfüllten Liebe vor ein Auto werfen«, spottete Ruben.

Fenja stutzte. Zum ersten Mal schimmerte unter seinem Hohn Ehrlichkeit hervor. Er grinste zwar spöttisch, aber da war auch ein Ausdruck in seinen Augen, der ihr das Gegenteil erzählte. Er meinte es ernst. Konnten sich Engel verlieben? Noch dazu unglücklich? »Du bist verliebt? Unglücklich?« Sie legte das Messer auf die Ablage. »Wer ist sie?«

»Niemand!«

»Weiß sie, dass du ein Engel bist?«, fragte Fenja unbeirrt weiter.

»Fenja …«

»Du hast doch magische Kräfte. Ich wette, du könntest sie sogar mit einem fliegenden Teppich entführen.«

»Teppich?«

Es hätte Fenja nicht verwundert, wenn das Unglück dieser Liebe einfach darin begraben lag, dass Rubens Angebetete nichts von seiner Liebe wusste. Gerade sah er ziemlich zurückgeblieben aus. Die hellste Kerze auf der Wolkentorte schien er in diesem Fall nicht zu sein.

Fenja trat auf ihn zu und griff nach seiner Hand. »Wenn *ich* nicht die große Liebe finden kann, dann kann ich dir vielleicht helfen, mit *deiner* zusammenzukommen!«

»Äh … Fenja … Das war doch nur …«

»Das bekomm ich hin«, beteuerte Fenja und streichelte

unbeirrt seinen Arm. »Im Verkuppeln war ich schon immer klasse und …«

»Ruhe«, brüllte Ruben plötzlich und Fenja zuckte zurück. Ruben verschränkte die Arme vor der Brust. »Ich bin nicht verliebt, merk dir das! ICH. BIN. NICHT. VER-LIEBT! Es war nur ein dummer Witz. Verstehst du keinen Sarkasmus? Fehlt dir sogar dafür die nötige Schraube?«

»Vielleicht solltest du damit rechnen, dass dich mal jemand ernst nimmt«, schnappte Fenja.

»Pah, mich hat noch nie jemand ernstgen—« Ruben riss die Augen auf. »Streich das wieder!«

Schön! Dann war er eben nicht verliebt. Prima für ihn, dass er darüber Witze machen konnte. Verliebt zu sein war nichts Schönes. Das wünschte man seinem ärgsten Feind nicht. Verliebt zu sein bedeutete Schmerz und Abweisung. Denn die besten Traumtypen waren verheiratet oder schwul, oder beides. Oder sie hatten einen Harfenfetisch.

Ruben legte die Finger unter ihr Kinn und hob es an. Sie spürte die Kühle, die von ihm ausging. Engel waren kühl. Im Herzen. Und sie besaßen auch keine Körperwärme mehr. Seine Haut war so kühl wie Meeresbrise und doch hinterließ seine Berührung ein wundervolles Gefühl auf ihrer Haut.

»Hier geht es nicht um meine Liebe, sondern darum, dass du auf Wolke Sieben kommst«, sagte Ruben ernst. »Viel-leicht versuchst du, Männer zur Abwechslung nicht nur mit deiner Schönheit zu betören, sondern mit deiner hinreißend ehrlichen Art. Mir gefallen zwar deine Korsage und deine hohen Schuhe, aber dein Wesen, selbst in einem Kartoffel-sack, betört mich mehr.«

Moment. Was? Mit großen Augen sah Fenja zu ihm auf. Er mochte ihre Art?

Ruben zog sie ein wenig an sich. »Dein Lächeln braucht keinen engen Rock und keine High Heels.«

Oh, konnte ihr Herz bitte jetzt heftig wummern? Es klopfte nicht, es war ja tot, aber sie brauchte es nicht, um zu wissen, was seine Worte in ihr auslösten. Sie lehnte sich gegen ihn und schmiegte den Kopf gegen seine Halsbeuge. Himmel, fühlte sich das toll an.

»Ziehst du dich jetzt um?«, fragte Ruben sanft und Fenja nickte mit trockenem Mund.

Fenja löste sich von Ruben, drehte ihm den Rücken zu und verschwand im Schlafzimmer. Ruben starrte auf seine Brust hinab, dorthin, wo Fenja gerade noch an ihm gelehnt hatte. Ihre großen Augen waren wie Seen, so tief und verführerisch. Wenn er sie doch nur wieder im Arm halten könnte …

»RUBEN!!!«, schallte es durchdringend in seinem Ohr. Verzweifelt zerrte er den himmlischen Flüsterknopf aus dem Gehörgang, um dem Pfeifton der anschließenden Rückkopplung zu entgehen.

»HALLO!!! HALLO!!! ERDE AN KASSANDRA!!! ICH KANN DICH NICHT MEHR HÖREN«, schrie Ruben mit Leibeskräften ins Mikro. Sollte dieses zänkische Weib doch selbst einmal einen Tinnitus vom Lärm bekommen. Dann würde sie ja sehen, wie das ist.

»Vergiss nicht, in meinem Kopf verfolge ich das Hologramm deiner dilettantischen Arbeit. Diese Seherei ist ein Fluch«, erschall es. Die Lautstärke war zwar nun erträglich, aber nur, weil Ruben den vermaledeiten Flüsterknopf auf

Armlänge von sich hielt. Konnten Engel eigentlich schwerhörig werden?

»Theoretisch nein, praktisch sind sie es auch mit gutem Gehör«, fauchte Kassandra.

Verdammt. Diese Frau war schlimmer als die Pest.

»Weißt du was? Ich hab keinen Bock mehr auf *Big Sister!* Ich gründe eine Gewerkschaft!«, schnauzte er zurück.

»Was ist *Big Sister?*«, fragte Kassandra.

»Na, das himmlische Gegenstück zu *Big Brother*«, antwortete Ruben.

»Und was ist *Big Brother?*« Geräusche wie Meteoriteneinschläge ließen Ruben vermuten, dass Kassandra ungeduldig mit den Fingern auf das Flüstermikro trommelte. »Das klingt so spannend wie Fußpflege«, nörgelte Kassandra und gähnte demonstrativ aus dem Mikro.

»Du findest Fußpflege nicht spannend? Ich schon«, antwortete Ruben mit schwärmerischem Blick.

»Verschone mich bitte mit deinen Fetischen«, grummelte Kassandra bestimmend. »Du fühlst dich also beobachtet und willst daher streiken?«

Ruben schüttelte den Kopf. »Ich habe dich mehrfach gewarnt. Da du trotzdem weiter so in den himmlischen Flüsterknopf schreist, streike ich.«

»Wenn's nur das ist, dann werde ich mich zusammenreißen. Steckst du jetzt endlich deinen Knopf wieder ins Ohr«, säuselte sie.

Ruben schnappte nach Luft. Diese Schlange! Schon wieder vollführte Kassandra einen Strategiewechsel. Aber auf die aufgesetzte Freundlichkeit fiel er nicht mehr herein.

»Erst, wenn ich mir hundertprozentig sicher sein kann, dass es mir nicht mehr die Trommelfelle zu zerfetzen droht.«

Kassandra knurrte unwillig. »Ist der Lautstärkebegrenzer kaputt, oder wo liegt das Problem?!«

»Der …? Es gibt einen Lautstärkebegrenzer? Wieso hast du mir das nicht gesagt?«

»Du hättest nur die Bedienungsanleitung lesen müssen.«

»Lesen?«, beklagte sich Ruben. »In meinem Jahrgang kann so gut wie keiner lesen.«

»Du hättest es in all den Jahrhunderten lernen können. Wie predigt der Allmächtige immer? Lernet bis in alle Ewigkeit.«

»Ich sag ja, dieser Gedankenlesechip muss raus aus dem Ding. Der entspricht sicher nicht den neusten Datenschutzverordnungen.«

»Ja? Hast du sie etwa gelesen?«, höhnte Kassandra. »Und selbst wenn, es würde dir trotzdem nichts nützen, den Chip auszubauen. Nach achthundert Jahren kennt man sich aus dem Effeff. Da weiß ich auch so, was du denkst.«

»Habe ich dir eigentlich schon mal gesagt, dass Männer es nicht mögen, wenn sie durchschaut werden? Vor allem, wenn die Frauen damit rumprahlen, dass sie sie um den Finger wickeln?«, fragte Ruben.

Kassandra entließ ein genervtes Stöhnen am anderen Ende der himmlischen Leitung. »Des Öfteren, aber für uns Frauen ist das nichts anderes als Notwehr. Jetzt lass uns bitte endlich den Fall wieder aufnehmen. Denk an unsere Klientin und ihr Seelenheil. Das ist dir doch nicht gleichgültig, oder?«

Ruben kannte ihre Führungsstrategien – ja, geradezu aus dem Effeff. Ihn als egoistisch darzustellen und dann an seine Pflichten zu appellieren, war billig. So leicht würde er sich nicht von ihr manipulieren lassen. »Du lenkst nur ab, weil du weißt, dass ich recht habe. Du denkst, Frauen sind die besseren Männer? Dass ich nicht lache. Gerade *das* ist so typisch Frau.«

»Fick dich!«

Wieder war ihre Lautstärke überdimensional. Rubens Nackenhaare sträubten sich, als der Knopf in seiner Hand vibrierte. Gott sei Dank hatte er ihn noch nicht wieder im Ohr. Jetzt musste er gelassen bleiben. »Aha, zum Schimpfen ist die Jugendsprache gut, ja?«

»Können wir jetzt weitermachen?«, zickte Kassandra.

»Gute Idee«, murmelte Ruben schmollend. »Wo befindet sich denn nun die Lautstärkenbegrenzung?«

»Auf der Rückseite des Knopfes, aber dafür braucht man ein Spezialgadget«, erklärte Kassandra.

Interessiert drehte Ruben den himmlischen Flüsterknopf um. Auf der Rückseite befand sich ein winziger grüner Punkt.

»Dieser kleine grüne Punkt ist ein Schalter, den musst du hineindrücken. Dann muss die Einstellung mittels Versiegelung fixiert werden«, fuhr Kassandra fort.

Ruben versuchte, mit dem Fingernagel den Schalter hineinzudrücken. Es gelang kaum einen Millimeter, dann sprang der Nippel wieder heraus.

»Was soll das denn? Warum ist das so schwierig?«, knurrte Ruben.

»Um Missbrauch zu verhindern, habe ich das Gadget damals so in Auftrag gegeben. Ohne Werkzeug lässt sich das nicht einstellen.«

»Um Missbrauch zu verhindern? Nein. Ich kenne dich. Du hast das so in Auftrag gegeben, weil es die billigere Variante war. Dabei war dir zufällig ganz recht, dass man das Ding nicht anständig einstellen kann. Wahrscheinlich hast du sämtliche himmlische Heerscharen mit diesem billigen Schrott vom asiatischen Himmel ausgerüstet. Wozu überhaupt diese ganze Technisierung? Früher sind wir prima ohne dieses Zeug ausgekommen.«

»Schön wär's. Der technische Fortschritt macht auch vor dem Himmel nicht halt! Außerdem ist es sehr wirksam gegen die fürchterliche Angewohnheit von Männern, sich taub zu stellen, wenn wir Frauen etwas zu sagen haben.«

»Interessant, du siehst dich als Frau«, grummelte Ruben.

»Interessant, du siehst dich offensichtlich als Mann. Aber ein richtiger Mann hat technischen Verstand«, konterte Kassandra giftig.

»Oh, ich werde dir jetzt meinen technischen Verstand beweisen«, triumphierte Ruben mit erhobenem Zeigefinger. »Ich habe nicht umsonst jahrelang diesen *McGyver* im Holografiekasten verfolgt. Ich wusste immer: Irgendwann werde ich das dort vermittelte technische Verständnis brauchen können.«

»In der Zeit hättest du besser Bedienungsanleitungen lesen gelernt.«

»Warte ab, du Miesepeterin. Du brauchst gar nicht so erhaben über meine kreative Seite herzuziehen. Nur weil ich Künstler bin, heißt das noch lange nicht, dass ich nichts kann.«

»Was hast du vor? Lass es!«, drohte Kassandra. »Wenn du's verbockst, bist du gekündigt.«

»Das wäre eine Belohnung für mich«, spottete Ruben und hob Fenjas Schminktäschchen auf. »Ich benutze jetzt die Wimpernbürste und arretiere damit den Knopf. Der Nagellack hier wird als Versiegelung dienen«, erklärte er, während er die Arbeit ausführte.

Kassandras »Nein!« ignorierte er geflissentlich. Blitzschnell hatte er den Nagellack auf den Knopf gekleckert, der sofort eine Delle bildete. Der Kunststoffrücken schmolz unter dem Einfluss des Lösungsmittels.

»Fuck!« Versagensangst ließ bei ihm Schweiß ausbrechen. »Sag ich doch, billiger Asienschrott«, versuchte Ruben davon abzulenken, dass er Mist gebaut hatte. Trotzdem war er stolz, dass er ein so modernes Wort wie *Fuck* geradezu instinktiv gebraucht hatte.

Kassandras Flüche wurden immer leiser. Bald darauf hörte er nur noch ein Knistern aus dem Knopf, dann war himmlische Stille.

»Wie schade«, spottete Ruben grinsend. Pathetisch blickte er mit ausgebreiteten Armen zum Himmel empor, da er wusste, dass Kassandra ihn von dort beobachtete. Außerdem ging er davon aus, dass sie Lippen lesen konnte. »Jetzt werde ich den Fall ohne deine ehrgeizigen Anweisungen lösen müssen. Ich werde dir zeigen, wozu kreative Männer imstande sind«, verkündete er mit süffisantem Grinsen.

Trotzig warf er den kaputten Flüsterknopf in den Abfall. Der war ohnehin nicht mehr zu retten. Dann räumte er nachdenklich Fenjas Schminktäschchen wieder ein. Wie sie wohl ohne diesen Mummenschanz aussah?

Auf einmal wünschte er sich nichts sehnlicher, als Fenjas wahres Gesicht zu sehen.

»Schön wär's«, murmelte er.

Im Kreuzfeuer der Liebe

Fenja war Rubens Vorschlag gefolgt. Sie trug Sneaker, ausgebleichte Jeans und ein normales Shirt. So ging sie sonst höchstens zum Einkaufen. Normalerweise trug sie solche bequemen Sachen nur zu Hause, wenn niemand sie sah. Statt der kunstvollen Smokey Eyes betonte sie ihre Augen lediglich mit ein wenig Lidstrich und Wimperntusche. Die langen Haare band sie sich zu einem Pferdeschwanz.

Nicht einmal ihr Yogalehrer hatte sie jemals so natürlich zurechtgemacht gesehen.

Zögernd trat sie aus dem Schlafzimmer in den Flur. Ruben hatte vor der Tür auf sie gewartet. Ob er sie jetzt auch noch schön fand? Sie fühlte sich ohne ihre Absätze regelrecht winzig. Ihr Make-up bildete nicht mehr die Fassade, die sie gewohnt war. Eine, die die Männer sexy und anziehend fanden. Jetzt musste sie mit ihren Augenringen bestechen, und damit, dass ihr linkes Auge ein winziges bisschen größer war als das rechte.

Starrte Ruben sie *deswegen* so an? Ihm stand sogar leicht der Mund offen. O Himmel, er fand sie hässlich! Sie senkte den Blick. Bloß schnell zurück ins Schlafzimmer und etwas anderes anziehen. Etwas, das mehr zu ihr passte. Das mehr sie war.

Sie wollte sich gerade abwenden, da griff Ruben nach ihrer Hand.

»Du bist wunderschön«, hauchte er. »Du hast Sommersprossen.«

Ruben tippte auf die Stelle, wo die kleinen Punkte ihre Wange zierten. Seine Berührung schickte ihr einen leichten Schauer über den Rücken. Sommersprossen waren dieses

Jahr mal wieder im Trend, aber sie war es seit der Pubertät gewohnt, dass sie nicht gerade als schön galten. Daher hatte sie diesen vermeintlichen Makel immer akribisch weggeschminkt. In diesem Moment wusste sie nicht, warum sie so viel auf die Meinung anderer gegeben hatte.

»Und dort eine Narbe.« Ruben fuhr mit dem Daumen über ihre Augenbraue. Erneut wanderte von dieser Stelle ein wohliges Kribbeln durch ihren Körper. Sie schloss die Augen und fühlte seiner Berührung nach. Er strich über ihre Wange bis zu ihren Lippen. »Sie sind ganz kalt«, stellte Ruben fest.

›Dann wärm sie doch‹, wollte Fenja am liebsten erwidern, doch da nahm Ruben bereits seine Hand weg. Enttäuscht öffnete Fenja die Augen.

Ruben fuhr sich durch die Haare und klatschte in die Hände. »Dann verkuppeln wir dich mal.«

»Äh, was?«

»Hast du nicht zugehört? Um auf Wolke Sieben zu kommen, müssen wir die Liebe deines Lebens finden.«

War das sein Ernst? Er berührte sie so, sagte ihr, dass sie schön war, – und dann wollte er sie mit einem anderen verkuppeln? Die Liebe ihres Lebens konnte ihr gestohlen bleiben, sie wollte, dass *er* sie küsste!

Aber Ruben drehte sich nur weg, marschierte durch den Flur und hielt ihr demonstrativ die Wohnungstür auf. Wenn er nicht gerade die falsche Öffnung zum Lüften nutzte, dann war das tatsächlich sein Ernst.

Ein Klumpen bildete sich in Fenjas Magen. Wie sollte sie die Liebe ihres Lebens finden, wenn sie nur daran denken konnte, wie es wäre, wenn Ruben sie berührte? Sie vermisste ihn bereits jetzt. Dabei stand er lediglich in ihrer Wohnungstür und starrte sie auffordernd an.

Gestern war sie noch in Kasper verliebt gewesen. Oder vorgestern? Egal, auf jeden Fall hatte es der Mistkerl geschafft, ihre Liebe zu ihm zusammen mit ihrem Körper zu töten und übrig blieb: Ruben. Er verwirrte sie. War er ein Test ihrer Standhaftigkeit und Entschlossenheit, auf Wolke Sieben zu kommen?

Das ergab keinen Sinn. Ohne ihn würde sie nur hier sitzen und Eiscreme in sich hineinschaufeln. Vielleicht war sie der Wolke Sieben auch nicht würdig. Sie wusste nicht einmal, ob sie ohne Ruben dorthin wollte.

Fenja griff nach ihrer Handtasche und folgte ihm.

»Wo lernst du immer Männer kennen?«, fragte dieser, als sie die Tür abschloss.

Fenja zuckte die Schultern. »Wo es sich ergibt.«

»Gut, ich korrigiere mich: Wo pflegt man in deinem Zeitalter, Männer kennenzulernen?«

»Meistens in einer Bar. Wie hast du früher Frauen kennengelernt?«

»Ich war ein angesehener Barde. Die Herzen der Damen flogen mir bei jedem Auftritt zu«, erklärte Ruben blasiert.

Aha. Wie schön, dass sie Gefahr lief, sich bei dem fliegenden Geschmeiß einzureihen. Aber sie würde ihr Herz zukünftig mit einem Nudelholz ausstatten, um es jedem um die Ohren zu schlagen, der es nicht in Ehren hielt!

»Haben sie dir ihre getragenen Unterhosen ins Gesicht geworfen?«, spottete Fenja.

»Nein, warum sollten sie?«

Er reichte ihr die Hand, als ginge er davon aus, dass sie die Treppe bis nach unten nicht alleine schaffte. Zugegeben, ihre Beine zitterten – also nahm sie die Geste dankbar an. Sie war hin- und hergerissen. Mit jeder Sekunde, die Ruben ihre Hand hielt, kam es ihr vor, als hätte sie eine potenzielle

Liebe fürs Leben schon gefunden. Bis er den Mund aufmachte. »Welche Eigenschaften bevorzugst du bei den Werbern um deine Gunst?«

Meinte er ihr Beuteschema? »Ich weiß nicht«, gab sie zurück.

»Du schläfst mit allem?«, fragte Ruben erstaunt.

Um Himmels willen, hielt er sie für ein Flittchen? »Bevor ich mit Kasper zusammenkam, hatte ich in meinem ganzen Leben gerade mal mit acht anderen Männern Sex.«

»Acht?«, rief Ruben aus. »Du hättest Geld dafür verlangen sollen. Dann wärst du jetzt reich.«

Fenja spürte, wie ihre Gesichtszüge einfroren. Sie riss die Hand aus Rubens Griff und verschränkte die Arme vor der Brust. »Ich weiß nicht, wo das Problem liegt«, erwiderte sie kalt. »Mit wie vielen hattest du denn schon Sex?«

Rubens Wangen färbten sich rosa und er wich ihrem Blick aus, indem er die Tür für sie öffnete. Fenja trat auf die Straße und drehte sich zu ihm um. »Also?«

Ruben kratzte am Ledersaum seines Wamses. »Ich weiß es nicht.«

Er log. Männer wussten immer ganz genau, wie viele Frauen sie geknallt hatten. Er wollte es nur nicht zugeben!

»Dann sind es mit Sicherheit mehr als fünf«, behauptete Fenja.

Ruben hustete. »Ich glaube, ich habe bei hundertfünfzig aufgehört zu zählen.«

»*Du* hättest Geld dafür verlangen sollen, dann wärst *du* jetzt reich«, schleuderte ihm Fenja seine eigenen Worte entgegen.

Ruben fuhr sich durch die Haare und kratzte sich am Kinn. »Ja, ja, schon gut. Es hat eben seinen Grund, warum *du* eine Chance auf Wolke Sieben hast und *ich* dich nur am

Türsteher vorbeischleusen darf.«

Sie hätte ihn gern gefragt, warum er keine Chance hatte. Nur weil er mit mehr als hundertfünfzig Frauen geschlafen hatte? Herrgott, wenn es ihm Spaß gemacht hatte. Es gab Schlimmeres. Sie wollte gerade den Mund öffnen, doch Ruben kam ihr zuvor.

»Wohin gehen wir jetzt also?«

Fenja drückte sich gegen die Mauer des Hauses und betrachtete die Passanten. Es war früher Nachmittag. Um diese Zeit hatte keine Bar und keine Diskothek geöffnet. Erst recht hätten sich dort keine flirtwilligen Männer befunden. Höchstens solche, die sich mit Bier den Kummer von der Seele spülten, und eine so wehleidige Liebe ihres Lebens wollte sie nicht haben.

Also wo lernte man um diese Uhrzeit kultivierte Männer kennen?

In einem Museum!

»Ich weiß, wo wir hinfahren«, rief Fenja aus. Sie packte Ruben und zog ihn hinter sich her. Vorsichtig lugte sie zwischen den parkenden Autos hervor. Sie wollte nicht noch einmal überfahren werden. Sie war schon heilfroh, dass Kaspers Frau ihren Mann offenbar nach Hause gezerrt hatte und dieser Bastard nicht vor ihrer Tür campierte.

Als ihnen ein Taxi entgegenkam, winkte Fenja es heran. Abrupt stoppte es und wie immer interessierte sich der Taxifahrer nicht dafür, dass die nachfolgenden Autos nur mit einer ebenso harten Bremsung einen Zusammenstoß verhindern konnten.

Fenja schob Ruben, der das Gefährt nur ehrfürchtig anstarrte, zum Wagen, öffnete die Tür und schubste ihn hinein. Dann kletterte sie ebenfalls auf den Rücksitz und schlug die Tür hinter sich zu.

»Zum Arken Museum«, bat sie den Fahrer und schlug Rubens Hand weg. »Warum kneifst du mich?«

Ruben sah ungewöhnlich blass aus. Seine Hände zitterten und sein Blick schweifte unablässig zwischen der Frontscheibe und der Seitenscheibe hin und her.

»Ruben? Geht es dir gut?«, fragte Fenja besorgt.

»Ja ... ja, alles gut.«

Ruben setzte sich auf seine Hände, während er wehrlos zuließ, dass sie ihn anschnallte. Hatte er noch nie in einem Auto gesessen?

»Du hast doch Angst«, bohrte Fenja nach.

»Man ist in einer Blechkiste eingesperrt, die jemand anderes lenkt. Das bin ich nicht gewohnt. Im Himmel gibt es keine Autos.« Ruben sog scharf Luft durch die Zähne, als der Fahrer Gas gab, um eine rote Ampel noch innerhalb der Drei-Sekunden-Frist zu erwischen. (Wenn es noch nicht drei Sekunden rot war, dann war es auch noch nicht rot, so handhabe man das in Dänemark.)

Verstohlen beobachtete Fenja Ruben. Er tat ihr leid, aber er war auch selbst schuld. Wäre er nicht so erpicht darauf, sie mit einem anderen zu verkuppeln, könnte sie ihn mit Knutschen ablenken. Aber ein Engel hatte sicherlich an jeder Hand die siebenundsiebzig Jungfrauen. Oder war das eine andere Religion? Ach, egal. Er wollte sie mit einem anderen verkuppeln und das war ein Korb, den man kaum missverstehen konnte.

Fenja verschränkte die Arme und starrte aus dem Fenster. Dann wollte er sie eben nicht. Das war okay, sie würde ja eh gleich die Liebe ihres Lebens kennenlernen.

Eine halbe Stunde später hielt das Taxi vor einem mächtigen Betonbau. Das Gebäude glich einem gigantischen Schiffsrumpf, der in den Dünen von Ishøj lag. Das hatte zumindest der Architekt mit dem Bau ausdrücken wollen. Die meisten fanden das eher albern, aber Fenja gefiel es. Der Bau ähnelte wahrhaftig einer Arche, eine Arche der Kunst.

Fenja bezahlte den Fahrer und Ruben taumelte aus dem Wagen, um sich auf den Bordstein plumpsen zu lassen. Die Arme vor der Brust verschränkt sah Fenja zu ihm hinunter.

»Mit deinem grünen Gesicht vertreibst du noch die Liebe meines Lebens«, stichelte sie.

Ruben stöhnte und hielt sich den Bauch. Er tat ihr wirklich leid. Fenja hockte sich neben ihn und fuhr ihm über die Stirn. Sie war so kühl wie der Rest von ihm. Fieber hatte er schon mal nicht, auch wenn er zitterte.

»Du musst tief ein- und wieder ausatmen«, schlug Fenja vor. Mussten Engel überhaupt atmen? Und wenn nicht, half es ihnen dann, sich zu beruhigen? Ruben rang jedenfalls nach Luft, aber mit jedem Atemzug ging es ihm besser. Er bebte nicht mehr am ganzen Körper und lehnte sogar seinen Schopf gegen ihre Hand. Sie kraulte ihm die Haare.

»Geht es wieder?«, fragte sie leise. Er nickte angestrengt und seufzte frustriert, als sie die Hand von seinem Kopf nahm. Auffordernd streckte sie ihm diese hin, und als er zugriff, zog sie ihn auf die Füße. Die Passanten starrten ihn neugierig an. Seine seltsame Kleidung schien sie zu irritieren. Wahrscheinlich hielten sie ihn für einen Schauspieler, der vergessen hatte, das Kostüm abzulegen.

Langsam setzte Ruben einen Fuß vor den anderen und klammerte sich an Fenjas Hand. Als sie die Museumskasse erreichten, sah er fast wieder gesund aus, nur noch etwas blass. Fenja musste ein paar Minuten warten, bis sie ein Ticket lösen konnte. Ruben stand hinter ihr und warf dem Kassierer mehrere Hunderter hin. Engel schienen nicht gerade die Ärmsten zu sein. Oder hatten seine Groupies nicht nur Schmutzwäsche geworfen, sondern auch mit Geld?

Die Ausstellungsräume waren beinahe leer. Eine Touristengruppe schob sich durch das Museum, angeführt von einem Reiseleiter, der in ein Mikrofon sprach. Sie starrten die Tafeln und die Kunstwerke ohne jegliches Verständnis in den Augen an. Als wäre das nicht bereits genug, bestanden diese Gruppen entweder aus Menschen im Rentenalter oder aus Ehepaaren mit Kindern. Hier fand sie wohl kaum die Liebe ihres Lebens. Es sei denn, die Liebe ihres Lebens war ein achtzigjähriger Großvater, der gerade hinter seiner ungestümen Enkelin her rauschte.

»Ich glaube, das war die falsche Wahl«, seufzte Fenja. »Hier finde ich nie den Mann meines Herzens.«

Ruben presste sich immer noch eine Hand auf den Bauch. »Vielleicht ist die Liebe deines Lebens ja diese Kuh«, erwiderte er und deutete auf einen großen gläsernen Würfel, in dessen Inneren eine halbe Kuh steckte. Dort, wo der hintere Teil des Rumpfes abgetrennt worden war, konnte man das Innere des bemitleidenswerten Tieres sehen.

Was musste ein Mensch verbrochen haben, um als Kuh wiedergeboren zu werden, die noch nicht einmal geschlachtet und gegessen, sondern wegen irgendeines absonderlichen Kunstgeschmacks getötet wurde?

»Was soll das sein?«, fragte Ruben entsetzt und deutete auf eine Anhäufung von Geröll, das jemand mit verschiedenen Farben angesprüht hatte.

»Das ist ein Symbol für die Trostlosigkeit von Beton und den Stadtfassaden und zeigt, wie ein wenig Farbe diese Trostlosigkeit entweder verstärken oder beseitigen kann«, erwiderte Fenja.

Ruben starrte sie fassungslos an. Offenbar besaß er

genauso wenig Gespür für Kunst wie die Touristen. Dafür klatschte jemand hinter ihnen in die Hände. Fenja drehte den Kopf und stockte. Wow. Der Mann, der dort Applaus spendete, sah hinreißend aus. Groß, breite Schultern, halblange blonde Haare und ein Lächeln, das mit Sicherheit achtzig Prozent der Frauenwelt zum Seufzen brachte. Wenn *er* die Liebe ihres Lebens war, dann … war er immer noch nicht Ruben! Aber besser, sie fand sich früher als später damit ab, dass der Engel sie lieber verkuppelte, statt sie zu nehmen.

»Sie sind die Erste, die den Sinn dieses Gebildes in wenigen Worten und doch wahrlich trefflich beschreiben konnte.« Die sonore Stimme dieses Mannes war beeindruckend, fest und vibrierend. Sie jagte Fenja einen Schauer über den Rücken – hinter welchem Ruben abfällig schnaubte.

»Sind Sie der Künstler?«, fragte Fenja.

»Nein, ich bin ein untalentierter Mensch, aber ich bewundere gern das Geschick anderer. Mein Name ist Johan Olsen.«

»Fenja Knudsen.« Sie streckte ihm die Hand entgegen und, als er sie ergriff, schien es, als würden die Funken zwischen ihnen nicht nur fliegen. Die Luft schien zwischen ihnen zu flimmern und Fenja hätte schwören können, dass das Nordlicht eine spontane Zwischeneinlage in diesem Museum gab. Was sollte der Mist? Versprühte Ruben hinter ihr irgendetwas, das ihr Verliebtheit zu suggerierte?

»Ist das Ihr Freund?« Johan deutete auf Ruben, der ihn so finster anstarrte, dass sich selbst die Hölle vor Angst in die Hose gemacht hätte.

»Nein, mein Mitbewohner«, log Fenja.

Jetzt knurrte Ruben sogar ein wenig. Was zum Henker

hatte er nur? Das war doch alles *seine* Idee. *Er* hatte gesagt, sie müsste auf Wolke Sieben. *Er* behauptete, sie bräuchte dazu die Liebe ihres Lebens und müsste jemanden suchen, in den sie sich verlieben konnte. Johan war nicht der schlechteste Start. Fenja strich sachte über seine Hand, die immer noch ihre hielt. Er hatte filigrane Finger. Wie ein Virtuose. Sie liebte es, wenn ein Mann schlanke Finger besaß.

Irritiert hob Johan die Augenbrauen.

»Sie haben schöne Finger«, rutschte Fenja heraus.

»Im Gegensatz zum Rest sind die sehr talentiert«, lachte Johan. Er reichte ihr seinen Arm und Fenja hakte sich bei ihm unter.

»Pah«, schnaubte Ruben, aber Johan scherte sich nicht um ihn. Fenja erst recht nicht.

Er wollte, dass sie sich verliebte. Also tat sie das jetzt auch!

Johan redete über Kunst, als wäre er der Museumsdirektor, und wenn er über die Ausstellungsstücke sprach, dann ließ er im gleichen Tonfall Komplimente über sie einfließen. Über ihr Haar oder ihre Augen. Er nannte sie schön, trotz der fehlenden Schminke und der flachen Schuhe. Seine Finger spielten mit ihren und mit jeder Berührung fühlte sie sich ihm ein wenig näher. Kurzum, der Kerl wickelte sie um den kleinen Finger und sie wehrte sich nicht im Geringsten. Auch, wenn sie dabei ein schlechtes Gefühl hatte.

Sicher, Johan war charmant. Seinem Anzug nach zu urteilen arbeitete er bestimmt nicht als Hotdog-Verkäufer. Er war gebildet, er verstand Kunst. Seine Gestik war offen, ihr zugewandt und er hörte ihr sogar zu, wenn sie etwas sagte. Und doch … es fehlte etwas. Nur wusste Fenja nicht was. Wenn sie sich auf der Stelle umgedreht hätte und wieder nach Hause gegangen wäre, hätte sie keinen einzigen

Gedanken mehr an Johan verschwendet. Dafür aber an Ruben. Nur mühsam konnte sie dem Drang widerstehen, sich nach Ruben umzusehen. Sie wusste, dass er hinter ihr herlief und viel lieber hätte sie mit ihm über die Ausstellung gesprochen, statt sich diesen Monolog von Johan anzuhören, der nicht viel mehr war als eine Vorlesung, gespickt mit der einen oder anderen Anzüglichkeit. Konnte sie die Liebe ihres Lebens bitte umtauschen? Sie fakte nötigenfalls auch einen Kassenbon.

Als sie den Ausgang der Ausstellung erreichten, wusste Fenja nicht, ob sie erleichtert, enttäuscht oder erfreut über Johans funkelnden Blick sein sollte.

»Ich würde mich sehr freuen, wenn Sie mir bei einem Abendessen Gesellschaft leisten, Fenja«, raunte er ihr ins Ohr. Die Härchen in ihrem Nacken stellten sich auf. Aus reiner Freude natürlich. Nicht weil Ruben hinter Johans Rücken winkte, zum Ausgang zeigte und mit ausgestrecktem Finger herumwedelte und zuckte. Was zum Henker sollte das werden?

»Bitte sagen Sie nicht Nein«, bat Johan.

Was? Oh richtig. Das Essen. Hatte Fenja heute Abend was Besseres zu tun? Nein. Also lächelte sie. »Gern.« Eine glatte Lüge, aber vielleicht fand sich im Restaurant jemand, der eher zu ihr passte.

Johan führte sie über den Parkplatz und Fenja verrenkte sich den Kopf nach Ruben. Er stand am Ausgang des Museums und legte den Kopf in den Nacken, dann drehte er sich um und ging einfach weg.

»Hey«, rief sie ihm hinterher. Er konnte sie doch nicht einfach allein lassen. Doch noch ehe sie Ruben folgen konnte, donnerte ein großer schwarzer Van auf den Parkplatz.

Die Seitentür wurde aufgeschoben, zwei Männer mit Maschinengewehren sprangen heraus. Fenja kreischte, da erhielt sie einen Schubs, der sie geradewegs in die Schusslinie katapultierte. Es knatterte, knallte und dröhnte erbärmlich. Doch mehr als der Lärm in ihren Ohren schmerzte plötzlich ihr Brustkorb. Fassungslos starrte sie auf das Blut auf ihrer Kleidung. Sie spürte, wie sie den Halt verlor. Bevor der Schmerz sie vollends zu zerreißen schien, legte sich gnädiger schwarzer Nebel über ihr Bewusstsein.

Ruben verbarg sich hinter einer Mülltonne. Die Verbrecher schossen um sich wie Gangster in einem schnöden Mafiadrama. Johan Olsen war längst über alle Berge. Er war einfach in einen bereitstehenden Wagen gesprungen und hatte sich aus dem Staub gemacht, ohne sich noch einmal umzusehen.

Ruben rieb sich nachdenklich die Stirn. Vermutlich hatte dieser Johan mit derartigen Schwierigkeiten gerechnet. Nein, dieser zwielichtige Geselle war sicherlich nicht der Kandidat, der Fenja in den Siebten Himmel bringen sollte. Das war so sicher wie das Amen in der Kirche.

Ruben erschauderte, als ihm klar wurde, wie übel Fenja erneut mitgespielt worden war, doch dann schlugen seine Gefühle in Freude um. Fenja war tot. Und das bedeutete nichts anderes, als dass er sie wiedersehen würde.

Aber warum hatte er dennoch Angst? Womöglich hätte Johan Fenja die Chance auf den Siebten Himmel verwehrt. Ja, das musste es sein, was ihn so lähmte. Er hatte Angst, dass Fenja womöglich wegen eines falschen Liebhabers nicht den Siebten Himmel erreichte.

Wie hypnotisiert starrte er auf Fenja hinab, die reglos in ihrem eigenen Blut lag und immer bleicher wurde. Er verachtete sich dafür, dass seine Freude mit jedem Tropfen größer wurde, den sie verlor, andererseits durfte er morgen wieder einen Tag mit ihr verbringen. Scheiß auf die Moral!

Ruben malte sich aus, wie er beim ersten Vogelgezwitscher sein Lied vortragen würde. Diesmal würde er sich ganz besonders große Mühe geben. Sie sollte es ebenso genießen wie er, dass sie beide noch etwas Zeit gewonnen hatten. Gewiss war es für Fenja ein Vergnügen, von so einem so vortrefflichen Barden wie ihn exklusiv bezirzt zu werden. Dass sie bisher so harsch darauf reagiert hatte, lag bestimmt nur an ihrer fatalen Loyalität Kasper gegenüber. *Diesen* Fehler hatte sie ja Gott sei Dank inzwischen eingesehen. Ruben lächelte, als er an ihr glückliches Gesicht dachte, das ihn bei ihrem Wiedersehen anstrahlen würde.

Schon kam mit lautem Getöse die Polizei um die Ecke. Erst dann folgten Krankenwagen und Ärzte. Lautstark wurden Fachbegriffe durcheinandergerufen, dann informierten die Ärzte die Polizei, dass Fenja tot war. Wie gut, dass bis jetzt niemand die Zeit gefunden hatte, hinter den Mülltonnen zu ermitteln, so konnte Ruben das Geschehen in Ruhe verfolgen.

Die Polizisten waren in Aufruhr, kommunizierten untereinander über irdische Flüsterknöpfe. Witzig, dass diese himmlische Technik jetzt auch auf der Erde so gut zu gebrauchen war. Ruben überlegte, wer die Idee wohl den irdischen Erfindern eingeflüstert haben könnte.

Die Ordnungshüter forderten die Passanten, die nicht als Zeugen dienen konnten, auf, weiterzugehen. Die stolzesten dieser Uniformträger liefen wichtig hin und her und redeten und redeten und redeten. Ruben verstand nur das Wort ›Mafia‹.

Manchmal fand Ruben ja das Auftreten der Polizei übertrieben. Zu seiner Zeit wurde nicht so ein Aufwand betrieben und dennoch waren die Kandidaten fürs Rädern nicht ausgegangen.

Aber klar, Mafia, das war etwas anderes. Dafür konnte man sich hinter der Tonne hervorwagen.

Neugierig schlich sich Ruben möglichst dicht ans Geschehen heran.

»Bleiben Sie bitte zurück«, forderte ihn ein Polizist auf. Ruben gehorchte, stellte sich aber so, dass er mit seinem himmlisch scharfen Gehör Gesprächsfetzen mitbekommen konnte. Im Zusammenhang mit Johan fiel sogar das Wort Boss.

Mafiaboss, das war jemand, der so tat, als wäre er ein edler Ritter, obwohl er im Grunde nur ein übler Raubritter war. Bad Boy würde Fenja so etwas nennen. Tzz, Bad Boy. Von Natur aus dominant – mitnichten. So einer war meist nur brutal. Ruben schüttelte den Kopf. Bei Frauen war dieser Typ ein ähnlich beliebter Kandidat wie ein dominanter Millionär. Dass die Weibsbilder in all den Jahrhunderten nicht gelernt hatten, wer zur wahren Liebe taugte. Ruben schüttelte den Kopf.

Die Straße um Fenja herum wurde abgesperrt. Dann kamen Leute, die sich um ihre Leiche kümmerten. Sie würden sie in die Pathologie bringen, von wo Ruben sie heute Nacht entführen, wieder nach Hause bringen, und warten konnte, bis sie erwachte.

Plötzlich wusste er, was zu tun war. Er musste nur einen ungeeigneten Kandidaten nach dem anderen anschleppen, dann konnte er möglichst viel Zeit mit Fenja verbringen.

Fieberhaft überlegte er, wie er das am besten anstellen sollte. Bisher hatte er kaum Zeit damit verschwendet, jenseits seiner Arbeit gewöhnliche Menschen auf der Erde zu beobachten, sodass es zu lange dauern würde, passende unbrauchbare Kandidaten zu finden. Aber ihm fielen sofort ein paar Männer aus diesen irdischen Holografiekästen ein, deren Unvermögen ihn in Stunden des Müßiggangs amüsierte. Wie wäre es mit einem von ihnen?

Da wäre zum Beispiel dieser Urs Unverhohlen, bei dem man getrost *Nomen est Omen* sagen konnte, machte der sich in seiner Sendung doch ständig auf übelste Weise über den Bardennachwuchs lustig. Seine tief gebräunte Lederhaut zeugte eindeutig von zu häufigem Sonnenstich. Doch Ruben verwarf den Gedanken wieder – zu gefährlich. Schließlich war dieser Rüpelbarde dafür bekannt, die schönsten Frauen vom Fleck weg zu heiraten. Dieses Risiko durfte er auf keinen Fall eingehen.

Oder vielleicht dieser Dennis Dump? Reich, dominant und mächtig, kein schlechter Kandidat, aber mit Sicherheit nicht Fenjas Typ. Nein, es würde zu schwierig werden, sie davon zu überzeugen, es mit ihm zu versuchen. Obwohl das Scheitern dieser Beziehung vorhersehbar wäre. Außerdem kam er aus Amerika und hatte wichtige Aufgaben zu erledigen. Hier auf der Erde waren zu große Entfernungen immer noch ein Hindernis.

Vielleicht war Heinz Hirni geeignet? Der Mann sah nach Rubens Dafürhalten ziemlich gut aus. Aber die dämlichen Späße, die er ins Internet stellte, kamen – mit Verlaub – nicht an die Narrenstreiche eines Till Eulenspiegels heran. Ruben seufzte. Wahrscheinlich wäre dieser Kandidat zu dumm für Fenja.

Wie wäre es mit einem dänischen Gaukler? Ruben schüttelte den Kopf und verwarf den Gedanken gleich wieder. Ihm fiel kein geeigneter Kandidat ein, der Fenja die große Liebe glaubhaft vorspielen konnte. Und falls doch, würden sich die beiden am Ende vielleicht noch richtig verlieben. Nein. Nein.

Und wie sah es mit dem Bardennachwuchs aus? Sich die Konkurrenz ins Haus holen? Ruben wurde unsicher.

Vielleicht sollte er die Suche doch dem Schicksal überlassen. Sollte ihm ein Kandidat gefährlich werden, würde er sich eben etwas einfallen lassen.

Vielleicht war es auf diese Weise möglich, bis in alle Ewigkeit mit Fenja nach der Liebe zu suchen. Und das Beste: All das konnte er ungestört von Kassandras Flüstereien.

Wie auch immer, jetzt musste Ruben erst einmal schnellstens in die Pathologie und Fenjas Leiche holen.

»Ich beeile mich ja schon, Chefin«, raunte er in alter Gewohnheit in den leeren Raum und vermisste das vertraute: »Schön wär's.«

Ruben vermied es tunlichst, amtliche Dokumente zu produzieren, denn die konnten große Verwirrung stiften. Es sollte schließlich nicht amtlich werden, dass es Engel gab, die auf der Erde wirkten. Mündlich wurde davon zwar schon immer berichtet, aber das war kein Problem – die Zeugen wurden stets für verwirrt gehalten. Aber eine offizielle Untersuchung konnte zu unberechenbaren Problemen führen. Das war in Sachen Fenja jetzt leider der Fall. Zweifellos war gleich der erste Kuppelversuch gründlich in die Hose gegangen.

Ruben seufzte, als er den Leichenaufbewahrungsraum betrat. Im Holografiekasten hatte er solche Räume bereits gesehen, aber noch nie einen in Realität betreten. Der Raum strahlte zwar nüchterne Langeweile aus, aber er war überraschend belebt. Eine Handvoll Polizisten unterhielt sich mit zwei Männern in grünen Kitteln.

Fenja lag auf dem Obduktionstisch und wurde während des Gesprächs immer wieder aufs Neue begutachtet. Ruben verstand nur Gesprächsfetzen, die ihm allerdings einige kalte Schauer über den Rücken jagten.

»Das ist eindeutig dieselbe Person, die vor zwei Tagen zu uns aufs Revier kam. Sie hat etwas von einem Mord, einem Liebestrank und einem Harfe spielenden Mann mit einem Pimmellied gefaselt. Lauter wirres Zeug. Sie ist in der Psychiatrie gelandet und von dort auf ungeklärte Art und Weise wieder verschwunden.«

Ruben hielt die Luft an. Es handelte sich um den Inspektor der Polizeistation, bei dem Fenja ihre Anzeige aufgegeben hatte. Fuck! Wie hatte Ruben diese Unvorsichtigkeit passieren können? Er schluckte schwer. Er hatte nur daran gedacht, Fenja möglichst schnell aus der Gummizelle zu holen. Zuvor hätte er jedoch alle Spuren verwischen müssen. Wie konnte er nur so einen dummen Anfängerfehler machen? Wer wusste inzwischen noch davon?

»Glauben Sie, der Arm der Mafia reicht bis in die Psychiatrie?«, fragte eine Beamtin. Nach Rubens Dafürhalten wirkte sie nicht allzu schlau.

»Keine Ahnung Chefin«, antwortete der Inspektor.

Oh, eine Polizeichefin. An wen erinnerte sie ihn bloß? Egal, es spielte ihm in die Hände. Wenn er bei ihr die Erinnerung an diesen Fall löschte, würde sich keiner mehr trauen, ihr zu widersprechen, denn niemand hatte Lust ebenso in einer Irrenanstalt zu landen. Dadurch brauchte er nicht bei so vielen Leuten in der Erinnerung rummurksen.

»Haben Sie mir damals das Protokoll geschickt?«, herrschte die Chefin.

»Das hielt ich nicht für nötig, Chef«, krächzte der Inspektor mit sichtlich schlechtem Gewissen.

Die Polizeichefin runzelte die Stirn. »Was? Es mir zu schicken?«

»Es überhaupt zu protokollieren. Wir sind zu überlastet mit der Aufklärung der Fleisch-Mafia-Affäre, da können wir nicht jede verwirrte Aussage zu Papier bringen.«

Eine Zornesfalte bildete sich auf der Stirn seiner Chefin. »Da sehen Sie mal wieder, kein Fall ist zu skurril, um ihn zu protokollieren«, polterte sie.

»Aber man konnte diese Frau doch nicht ernst nehmen. Sie kam in Reizwäsche auf die Station«, verteidigte sich der Inspektor.

»Was hier ernst genommen wird, haben Sie nicht zu entscheiden!«

»Jawohl, Chefin. Wird nie wieder vorkommen.«

»Schön wär's«, stöhnte die Frau.

Das war ein guter Moment, in das Geschehen einzugreifen. Ruben fuhr die Flügel aus und schwebte über den Seziertisch. »Guten Tag meine Herren. Leider muss ich diese wunderschöne Frau entführen. Ich kann Ihnen aber versichern, dass sie mit der Fleisch-Mafia nichts zu tun hat. Alle Fehler, die sie gemacht hat, hat sie aus Liebe gemacht, und ich versichere Ihnen, dass keiner davon ein Verbrechen war.«

Mit Rubens erstem Wort bereits starb der Geräuschpegel und alle starrten den Engel ungläubig an. Man hätte eine Feder seiner Flügel fallen hören können. Ruben lächelte zufrieden, machte eine routinierte Handbewegung und ließ Fenjas Leiche in die Höhe schweben und auf seine Arme sinken. Gekonnt warf er sich den leblosen Körper über die Schulter und tat, was er schon längst hätte tun müssen. Er zog sein Blitzdingsbums aus der Tasche und löschte die Erinnerung aus den Gehirnen der Anwesenden. Da jetzt alle wichtigen Informationsträger nichts mehr von Fenja und ihrer Leiche wussten, würde der Fall ins Leere laufen.

Das Blitzdingsbums war das einzige Gadget, das Ruben immer mal wieder brauchte und daher stets griffbereit hatte. Er lächelte bei der Vorstellung, dass er im Holografiekasten schon mal ein ähnliches Teil gesehen hatte. Wenn die Produzenten wüssten, wie nah sie an der Wirklichkeit dran waren …

Ruben legte Fenja über seine Arme, wie ein Bräutigam seine Angetraute, und schwebte davon. Weil er eine Leiche transportierte, konnte er die Flughöhe nach eigenem Ermessen wählen. Er wählte die größtmögliche. Da Kassandra stets nach unten sah und nie nach oben, würde sie ihn hoffentlich nicht erwischen. Ruben schwebte fast bis zum Siebten Himmel empor. So geriet er nicht in Gefahr, mit einem Flugzeug zu kollidieren. Sagte er sich jedenfalls. Dabei musste er daran denken, wie schön es wäre, mit Fenja jetzt dort oben zu landen.

Ihr Gesicht hatte eine vornehme Blässe, selbst der Tod konnte ihrer Schönheit nichts anhaben. Ruben lächelte und drückte ihr einen zarten Kuss auf die schön geschwungenen Lippen.

Ups, fast wäre er zu weit geflogen.

Guten Morgen, Engelein
Ich weck dich auf und komm herein
Nein du darfst nicht sauer sein
Dieser Typ ist bloß ein Schwein
Einfach alles könn' wir sehen
In unserm Himmel, in unserm Himmel
Doch nun ist es geschehen
Du baust Mist nur wegen 'nem Pimmel

Guten Morgen, guten Morgen
Ich weck dich auf und komm herein
Und auf deinen guten Taten
Tanzen meine Träumereien

Was würde sie nicht für eine Flasche Glögg geben. Eine ganze Flasche für sie allein. Ruben dürfte auch singen, Hauptsache, sie durfte sie allein austrinken.

Fenja setzte sich auf und sah an sich herab. Sie trug die Kleider des Vortags, von Schusswunden war zum Glück weit und breit nichts zu sehen. Sie war unversehrt. Nun ja, so unversehrt, wie man es als Tote sein konnte.

»Die Liebe meines Lebens ist ein Arschloch«, krächzte Fenja. Der Kerl hatte sie direkt in die Schusslinie gestoßen! Gut, andersherum hätte sie das vielleicht auch getan, schließlich ging es um das eigene Leben. Aber ein wenig mehr Romantik und Opferbereitschaft durfte man von seiner großen Liebe doch wohl erwarten, oder? Auch wenn sie den Kerl im Museum nicht gerade als Highlight erlebt hatte.

»Er war nicht die Liebe deines Lebens«, sagte Ruben. Die Harfe klirrte leise, als er sie neben das Bett stellte.

Na hoffentlich! Nicht auszudenken, wenn sie mit diesem Schuft eine Wolke teilen müsste. Da ging sie lieber freiwillig in die Hölle und ließ sich von der ›puren Sünde‹ flachlegen. »Gott sei Dank«, seufzte Fenja.

»Der hat damit nichts zu tun. Dafür ist Amor zuständig.«

Fenja setzte sich auf und rieb sich die Augen. Mascara blieb an ihren Händen kleben. Sie stöhnte. Fuck, sie musste sie abschminken. »Dann sag deinem Amor: Wenn er mir einen solchen Idioten schickt, trägt er seine Pfeile zukünftig als Anal Plug.«

»Anal Plug?«

»Als Stopfen in seinem Hintern!«

»Aber …«

»Und du bekommst auch einen«, fauchte Fenja. Sie krabbelte aus dem Bett und riss die Tür ihres Kleiderschranks auf. Von wegen, natürliche Schönheit. Drauf geschissen! Die Kerle brachten sie genauso um, als würde sie High Heels und geile Dessous tragen. Da konnte sie genauso gut auch nackt, wie Gott sie schuf, auf die Straße gehen. Fenja zerrte sich die Klamotten vom Leib. Die hässliche, schlabberige Jeans, die nicht mal ihren Hintern betont hatte und das Shirt, das so furchtbar langweilig war. Sogar den BH. Ein wahrhaft befreiendes Gefühl.

»Ähm, Fenja …«

»Was?«

»Willst du wirklich, dass ich dich nackt sehe?«

»Ist mir scheißegal«, blaffte Fenja. Was spielte es für eine Rolle, ob der blöde Engel sie nackt sah? Sollte er doch! Es interessierte ihn doch ohnehin nicht. Er verkuppelte sie lieber an irgendwelche Freier, die sie sogar noch vor dem Sex umbrachten.

»Du musst aber etwas anziehen«, protestierte Ruben. »Sonst sperren sie dich wieder weg.«

Wo er recht hatte, hatte er recht. Bei ihrem Glück gäbe es einen Überfall auf diesen verfluchten Knast, bei dem sie dann erschossen, überfahren oder am besten gleich geviertteilt wurde!

Sie quetschte sich in eine ausgeblichene Röhrenjeans, die sie sich im letzten Urlaub gekauft hatte. Irgendwie hatte sie sich gestern doch an die Bequemlichkeit einer Jeans gewöhnt.

Ruben stöhnte, als sie ihm ihren nackten Hintern entgegenstreckte, um die Hose anzuziehen. Mit einer Bluse fand sie einen Kompromiss zwischen ihrem üblichen aufgedonnerten Stil und der Bequemlichkeit, die ihr aus irgendeinem Grund plötzlich wichtig war. Die Heels wollte sie auch nicht mehr sehen, also entschied sie sich für Ballerinas. Super, sie starb jeden Tag, aber wenigstens ihren Füßen ging es jetzt gut. Wenn das nicht den Tag rettete …

Fenja baute sich vor Ruben auf, der noch immer auf dem Bett lag und sich ein Kopfkissen ins Gesicht presste. Was hatte der Mann nur für ein Problem?

»Was machst du da?«, fragte sie gereizt.

Rubens Stimme tönte gedämpft unter dem Kissen hervor. »Bist du immer noch nackt?«

»Ich trage nicht mal mehr einen Slip«, log Fenja. »Nimm das Kissen weg.«

Ihr unbrauchbarer Engel stöhnte ein weiteres Mal. »Zieh dich an, dann lege ich es weg.«

Warum machte er auf eiserne Jungfrau, wenn er sie sowieso nicht wollte? War sie ihm vielleicht doch nicht so zuwider? Nun, das ließ sich leicht herausfinden. Fenja schwang sich auf das Bett und ließ sich auf Rubens Schoß nieder. Hm, war das wirklich nur Stoff, was sich ihr da entgegendrückte?

»Fenja«, flehte Ruben. »Hör auf.«

»Ich weiß, wann ein Mann mich will«, gab Fenja zurück und rutschte noch ein wenig mehr auf seinem Schoß herum. Oh nein, das war ganz sicher kein Stoff …

Ruben keuchte und lugte unter dem Kissen hervor. Überraschung, sie war zwar anschmiegsam, aber nicht nackt. »Ob ich dich will, spielt keine Rolle.«

»Warum nicht?«

»Weil wir deine große Liebe finden müssen«, seufzte Ruben. »Wie oft denn noch?«

Ja, das fragte sie sich auch. Wie oft brauchte sie noch diesen Satz, um zu kapieren, dass sich Ruben eindeutig nicht als Kandidat in Betracht zog? Es stach tief in ihrem Innersten, aber es weckte auch ihren Trotz. Sie schwang sich von ihm herunter. »Können wir?«

Sein Kopf ruckte hoch. »Was?«

»Irgendwohin, wo ich einen Mann treffen kann!«, rief Fenja und trommelte ungeduldig mit den Fingern auf ihren Arm.

Ruben setzte sich auf und schob das Kissen endgültig zur Seite. »Du willst schon in die nächste Runde?«

»Die letzte war ja nicht gerade zufriedenstellend«, fauchte Fenja.

»Hey! Dafür kann ich nichts.«

»Pah«, schnaubte Fenja. »Das sagt ihr Männer immer. Ihr seid alle gleich. Was ist, bist du dazu nicht in der Lage? Brauchst du erst eine Erholungspause?«

»Ich brauche nie eine Erholungspause zwischen zwei Runden.«

Sie redeten doch immer noch von der Mission, sie zu verkuppeln, oder?

Ruben kletterte aus dem Bett und schlug sachte gegen Fenjas Stirn. Doch bevor Fenja ihm die Liebenswürdigkeit mit wesentlich mehr Schmackes zurückgeben konnte, rauschte die Umgebung an ihnen vorbei. Sie drehte sich um ihre eigene Achse, sah Rubens weiße Flügel. Dann schien die Welt wieder einzurasten. Fenja torkelte und fiel auf die Knie. Au, verflucht. Vorsichtig öffnete sie die Augen. Der Boden unter ihren Händen und Knien kam ihr bekannt vor. Ehemals teures Parkett, das mittlerweile abgeschabt, zerkratzt und mit schwarzen Streifen von Schuhsohlen übersät war. Sie kniete hinter dem Tresen ihres Ladens *WollLust!*

Fenja hockte sich auf die Fersen. Zwei Beine baumelten neben ihr. Ruben! Er saß auf dem Ladentisch und starrte prüfend zu ihr herunter. »Vielleicht gehen wir das nächste Mal doch besser zu Fuß.«

Fenja klammerte sich an den Tresen und zog sich auf die Knie. »Woher kennst du meinen Laden?«

Ruben schnippte ihr gegen die Stirn. »Was glaubst du? Dass ich nicht recherchiere?«

Fenja schlug seine Hand weg. »Was soll das heißen?«

»Dein Sündenregister wurde seit deiner Geburt gewissenhaft aufgezeichnet.«

»Ihr habt mich ausspioniert?«

»Wie sollen wir sonst beurteilen, ob du der Wolke Sieben würdig bist?«, fragte Ruben verdutzt.

Fenja stach mit dem Zeigefinger gegen sein Wams. »Seid ihr eigentlich bescheuert? Die ganze Welt regt sich wegen Datenschutz auf und ihr registriert ungestraft mein ganzes Leben?«

»Da musst du dich an oberster Stelle beschweren, nicht

bei mir«, winkte Ruben ab. Er rutschte vom Tresen herunter, und bevor Fenja eine Antwort geben konnte, bimmelte die Ladenglocke.

Glück für Kasper, dass nicht er in diesem Moment den Laden betrat. Es war ein anderer Mann. Einer, der Fenja gut bekannt war. Nach ihrer Schätzung war er über zehn Jahre älter als sie, aber gerade sein grauer Bart und die silbernen Schläfen machten ihn interessant. Wenn er lächelte, bildeten sich kleine Fältchen um seine Augen. Er kaufte seine Hemden grundsätzlich eine Nummer zu klein. Der Stoff spannte sich über seine Brust, sodass die Knöpfe nur noch mit Mühe zu halten schienen. Aber letztendlich entfaltete seine Kleidung damit die Wirkung, die er wohl beabsichtigte: Es betonte seine kräftige, durchtrainierte Statur.

»Fenja«, begrüßte er sie lächelnd. »Gehen Sie heute mit mir aus?«

»Fragen Sie das immer als Erstes, wenn Sie ein Geschäft betreten?«, mischte sich Ruben ein.

Fenja boxte ihm in die Seite und lächelte ihren Stammkunden an. »Verschwinde«, raunte sie Ruben mit gebleckten Zähnen zu.

Aaron Larsen hatte sie über das Fiasko mit Kasper völlig vergessen. Er war einer der wenigen Männer, die sie die letzten Jahre durch ihr Leben begleitet hatten, ohne sie flachzulegen oder umzubringen. Im Gegenteil – er war ein treuer Stammkunde, der nicht nur wegen Wolle oder Stricknadeln für seine Kinder hierherkam, sondern auch mit Näharbeiten. Er war ein Mann mit einem hübschen Lächeln und einer angenehmen Art. Sollte sie vielleicht mit *ihm* einen neuen Versuch starten? Könnte er ihre große Liebe sein? Fenja seufzte innerlich. Sie musste es versuchen, sonst wachte sie noch die nächsten zehn Jahre neben Ruben auf und wurde dieselben zehn Jahre jeden Tag umgebracht. Das wollte sie nicht aushalten.

Fenja sah zu, wie sich Ruben mit einem letzteren finsteren Blick auf Aaron zurückzog, und straffte sich. Sie zwang ihre Lippen zu einem noch breiteren Lächeln auseinander und wandte sich ihrem Stammkunden zu. »Wohin würden Sie mich denn ausführen, Aaron?«

Aaron Larson lehnte sich lässig gegen die Theke und lächelte sie an. »Eine Frau wie Sie verdient ein gewisses Ambiente. Eine Terrasse mit Blick über die Dächer Kopenhagens, ein Château Mouton Rothschild 2010 und Gespräche. Soll ich Ihnen etwas verraten? Ich liebe Unterhaltungen mit so anmutigen Geschöpfen, wie Sie eines sind, deren Witz, Charme und Klugheit meinem Geist einen Höhepunkt der besonderen Art bescheren.«

Am liebsten hätte sich Ruben unsichtbar gemacht und diesem Aaron ein paar fiese Streiche gespielt. Dieser verendete Silberfuchs auf seinem Kopf war doch sicher ein Toupet, das könnte vielleicht verrutschen … Er könnte ihn auch stolpern lassen, damit Fenja sah, wie tölpelhaft der Wichtigtuer im Grunde war. Doch solche Zaubertricks waren leider nicht mehr erlaubt, nachdem Ruben einmal von einem Menschen dabei gesehen worden war, und der volle Kleiderständer, der für derlei Albernheiten Sichtschutz bieten könnte, war zu weit entfernt.

Vielleicht könnte er die Knöpfe dieses Hohlkopfes dazu bringen, einfach abzuspringen? Wäre ja nur logisch, so strapaziert, wie die Dinger waren. Hatte er die Hemden vor zwei Jahren gekauft und war inzwischen fett geworden? Konnte er sich keine neuen, passenden Hemden leisten? Aber halt, wenn der Kerl plötzlich halb nackt vor Fenja stand, würde sie ihn mit ihren hübschen, großen Augen nur noch mehr anschmachten. Sie hatte ihn ohnehin schon angelächelt wie einen Honigkuchen.

Ruben kochte vor Eifersucht. Zwei verdammte Minuten! Zwei Minuten hatte Fenja gebraucht, um sich wieder in einen Kerl zu verknallen – in den allerersten, der zur Tür hereinkam. Bei diesem Playboy für Arme fing Fenja ernsthaft an zu sabbern? Wie konnte Ruben auch nur so blöd sein und ihr einreden, dass sie zusammen ihre große Liebe finden würden? Musste sie da nicht glauben, dass jeder Mann, der ihnen begegnete und ihr einen tieferen Blick schenkte, der Richtige war? Der Schuss ging nach hinten los. Garantiert ging der Schuss nach hinten los! Ruben mochte gar nicht darüber nachdenken. In seiner Vorstellung sah er die beiden bereits als glückliches Paar in den Siebten Himmel schweben, während er nur zuschauen konnte und wohl oder übel zu Kassandra zurückkehren musste.

Kassandra – in Rubens Magen bildete sich ein Kloß. Zweifellos würde sie sich an ihm rächen. Niemand entzog sich ungestraft ihrem Kommando.

Vor seinem geistigen Auge erschienen die Blitze, die für gewöhnlich aus ihrem Mund schlugen. Er war sich ganz sicher, diesmal würde einer davon bei ihm einschlagen. Ganz davon abgesehen, dass das Donnerwetter weitere Kreise ziehen würde. Der Groll dieser Frau würde kein Ende finden. Womöglich würde irgendwann auch Zeus toben, da sie ihm mit ihrem Zorn zu weit in sein Fachgebiet hineinpfuschte.

Zwangsläufig würde sich dann auch der Allmächtige einmischen. Darauf hatte Ruben nun gar keine Lust. Es gab so schon ständig Kompetenzgerangel um den Vorstandsvorsitz. Zeus forderte unablässig flachere Hierarchien, während der Allmächtige das letzte Wort für sich in Anspruch nahm. Wenn die beiden sich fetzten, war das manchmal bis auf Wolke Sechseinhalb zu hören.

Und wem gäbe man mal wieder Schuld? Ruben – dem Unschuldigen.

Er könnte sofort hinschmeißen, aber Kassandra würde alles daran legen, ihn in den hundert Jahren Kündigungsfrist ins Burn-out treiben. Da war er sich sicher.

Was also tun? Ruben strich sich übers Kinn. Vielleicht war das jetzt der richtige Moment, um eines dieser dämlichen Gadgets auszuprobieren. Fieberhaft überlegte er, welches in diesem Fall das geeignete war.

Zum Beispiel das Wahrheitsserum, das er in Form einer Kapsel bei sich trug. Er müsste unsichtbar sein, um dem Schleimer das Serum unterzuschieben. Aber wie? Vielleicht sollte er den beiden einen Kaffee kochen und es hineinkippen? Was das Serum mit Fenja anstellen könnte, darüber wollte er gar nicht nachdenken. Außerdem, wenn er das so machen würde, wäre er nicht viel besser als Fenja mit ihrem Liebestrank.

Ruben stöhnte unhörbar. Nein, er wollte sich nicht zu einer solch niederträchtigen Tat hinreißen lassen. Das machten doch nur Eifersüchtige und das war er doch nicht.

Nicht auf diesen …

Überhaupt, was war Aaron eigentlich für ein Typ?

Blitzartig wurde Ruben klar, dass er diesmal um den Fern-Gedankenleser nicht herumkam – unbequemer Sitz hin oder her. Er musste wissen, was im Kopf dieses armseligen Casanovaverschnitts vorging. Jetzt aber schnell, sonst war Larson weg, ehe er auch nur einen Gedanken hatte lesen können.

Fieberhaft kramte Ruben das wacklige Plastikteil aus dem Rucksack hervor. Ein verächtliches Geräusch entfuhr ihm, als er wieder einmal ›Made in Asiaheaven‹ las. So ein Mist, schon wieder ein Teil, das man nicht intuitiv bedienen konnte. Ah, da stand doch ganz klein etwas auf der Innenseite. Ruben kniff die Augen zusammen, um es zu entziffern. Wieder einmal verfluchte er, dass er kaum lesen konnte.

Nachdem er begriffen hatte, wie man das Teil benutzte, setzte er es mit Widerwillen auf den Kopf. Für Menschen sah das Gerät wie ein sogenannter Kopfhörer aus. Es drückte wie erwartet gegen den Schädel, denn es war nicht für solche ›Dickköpfe‹ wie Ruben gedacht.

Larson war schon im Begriff zu gehen, als der Gedankenleser endlich ansprang. Ruben wandte sich in Richtung des unliebsamen Konkurrenten.

Was er da mitbekam, ließ ihn innerlich jubilieren.

Danach richtete er sich auf Fenja aus. Sie versuchte sich gerade inbrünstig einzureden, dass dieser Kerl immer noch besser war als der Typ aus dem Museum, und damit eine bessere Wahl für die Liebe ihres Lebens. Aber im Grunde wusste sie, dass er es nicht war. Denn während sie den Kerl dümmlich anlächelte, versuchte sie, genau diesen Gedanken aus ihrem Gehirn zu vertreiben. Das passte ja hervorragend in Rubens Pläne! Nun musste er Fenja nur noch warnen, das war seine Helferspflicht. Wahrscheinlich war sie zu trotzig, um seine Warnungen in Sachen Aaron zu erhören. So viel hatte Ruben schon über sie herausbekommen. Die Gute war beratungsresistent – wie alle Frauen. Darauf konnte er sich verlassen wie auf den Donner nach dem Blitz. Aber er hätte seiner Pflicht Genüge getan und damit fiele keine Schuld auf ihn.

Kaum verkündete die Ladenglocke Larsons Verschwinden, zerrte Ruben den Gedankenleser vom Kopf und stellte sich neben seine Angebetete.

»Pah, Höhepunkt … geistiger Tiefpunkt!«, spottete er. »Der Höhepunkt, den der meint, ist eher körperlich.«

Ruben schlug das Herz bis zum Hals. Verzweifelt biss er sich auf die Unterlippe. War seine Eifersucht zu offensichtlich?

Fenja zuckte zusammen und blickte ihn erstaunt an. »Wo kommst du denn auf einmal her? Ich dachte, du wärst abgehauen wie gestern im Museum!«

»Nein. Ich wollte dich nur warnen. Geh nicht zu diesem Stelldichein.«

»Stelldichein?«

Fuck, jetzt hatte er doch glatt vergessen, die Jugendsprache zu benutzen. Das konnte nur passieren, weil diese Frau ihn vollkommen aus der Fassung brachte. Wieso nur hatte sie so eine starke Wirkung auf ihn? Er konnte es sich nicht erklären. Solche Gefühle hatte er in den ganzen achthundert Jahren, seit er ein Engel war, noch nie empfunden.

»Sorry«, stammelte er. »Ich meinte *Date*. Also noch mal: Date ihn bitte nicht! Ich habe dabei gar kein gutes Gefühl.«

»Zur Erinnerung: *Du* hast mich hierhergebracht«, protestierte Fenja. »Dir kann doch egal sein, mit wem ich in den Siebten Himmel komme. Mehr als sterben kann ich durch ihn eh nicht.«

»Na, dann geh doch dahin! Wirst schon sehen, was du davon hast!«, knurrte Ruben. Er schnappte sich ein Wollknäuel und griff so fest zu, wie er konnte. Am liebsten hätte er das flauschige Teil durch den Raum gepfeffert, aber das hätte Fenja sicher nicht gefallen.

»Ja genau! Ist ganz allein meine Sache!«, fauchte Fenja und drehte ihm den Rücken zu. »Als ob du beurteilen könntest, wer mich in den Siebten Himmel bringen kann!«

Ruben ballte die Faust, so fest es die Wolle zuließ. »Genau! Ist ganz deine Sache! Dann geh doch! Aber beschwer dich hinterher nicht, ich hätte dich nicht gewarnt!«

»Das mache ich ganz sicher nicht!«

»Schön wär's.«

Potz Blitz, jetzt entfuhr ihm schon selbst der dämliche Spruch seiner Chefin. In achthundert Jahren konnte man sich schon an so was gewöhnen. Dabei hatte er doch nie so werden wollen wie sie.

Die Liebe zur Fleischeslust

Das gewisse Ambiente entpuppte sich als Abholdienst mit einer Limousine. Wow. Nicht nur Fenja stand der Mund sperrangelweit offen, sondern auch Kasper, der seit dem Nachmittag auf der Treppe vor ihrem Wohnhaus hockte und ununterbrochen ihren Namen rief. Sie konnte es sehen, als sie an ihm vorbei auf die Straße hechtete.

»Fenja!«, krächzte er heiser. »Meine liebe Fenja, erhöre mich …«

Zum Glück hielt der Chauffeur die Wagentür auf. Fenja sprang hinein, und bevor Kasper ihr folgen konnte, schlug der Fahrer die Tür wieder zu und Kasper knallte mit dem Gesicht gegen die Scheibe. Ein erbärmlicher Anblick. Fenjas Magen zog sich zusammen. Der blöde Trank war daran schuld und *sie* zeichnete sich dafür verantwortlich. Vielleicht war es die gerechte Strafe für den Mord, aber sie kam sich trotzdem unheimlich schäbig vor.

Schnell wandte sie den Blick von dem sich wieder aufrappelnden Kasper ab. Der Wagen fuhr los und sie atmete erleichtert aus.

Die Limousine schob sich durch die Straßen Kopenhagens, an den bunten hohen Häusern vorbei und hielt schließlich vor einem Wolkenkratzer. Der Chauffeur brachte sie zum Fahrstuhl und drückte den obersten Knopf. Guter Gott, ein Penthouse?

Minutenlang surrte der Fahrstuhl, wechselten sich die Zahlen auf der Anzeige ab, bis er stoppte und die Türen sich öffneten. Zögerlich trat Fenja heraus und stockte. Die Fliesen glänzten wie polierter Marmor. Ach was, das war Marmor! Zwei Palmen standen in hohen Granitkübeln neben der breiten Glasfront und raschelten im Wind.

Ein Butler hielt ihr die Tür auf und verbeugte sich. Fenja schluckte schwer und schritt hinein. Ihre Schuhe versanken nun in weichem Flokati. Der Butler hüstelte hinter ihr. Sie musste sich zusammenreißen! Wenn der Eingangsbereich Fenja bereits derart fertig machte, würde sie wohl nicht lange genug überleben, um bis zur Wohnung zu gelangen.

Hoffentlich war Aaron die richtige Karte. Sie wollte nicht noch einmal sterben. Von der Dachterrasse zu fallen war nicht gerade ein sinnlicher Gedanke. Er brachte ihre Knie zum Schlottern. Dabei sollte es doch Aaron sein, der ihre Gelenke zu Butter werden ließ.

Zögernd betrat sie sein Penthouse. Ihre Absätze klackerten über das Parkett und waren offenkundig zuverlässiger als eine Türklingel. Aaron erschien in einer der vielen Türen, die vom Flur wegführten.

»Fenja. Sie sind wunderschön.« Aaron ergriff ihre Hand und hauchte einen Kuss darauf. Sie zitterte noch stärker. Natürlich nur aus brennender Leidenschaft. Warum auch sonst?

Rubens langes Gesicht, bevor sie losgefahren war, hatte ganz sicher nicht zu bedeuten, dass sie schon wieder in einen riesigen Haufen Mist griff. Nicht mit diesem Mann. Aaron hatte über ein Jahr lang zwei Mal die Woche ihren Laden aufgesucht, unter fadenscheinigen Begründungen. Jemand, der sie nur an der Nase herumführte, würde doch kaum eine solche Ausdauer entwickeln, oder?

Fenja war heiß und kalt zugleich und die protzige Einrichtung des Wohnzimmers sorgte dafür, dass sie sich noch mehr fehl am Platz fühlte. Sie trug zwar ihr teuerstes Kleid, aber die verknotete Stehlampe hinter dem Sofa hatte mit Sicherheit mehr gekostet.

Fenjas Rock schwang beim Gehen, streichelte ihre eigenen Waden und verstärkte die Gänsehaut auf ihren Armen. Sie hatte so ein mieses Gefühl. Warum war sie nicht zu Hause geblieben? Bei Ruben?

Aaron führte sie auf die Terrasse hinaus und für einen Augenblick vergaß Fenja ihre Nervosität.

»Wow«, hauchte sie.

Vor ihr erstreckte sich das Lichtermeer Kopenhagens. Die bunten Lampen des Tivoli-Parks. Die verschlungenen Wege, sogar die Umrisse der Achterbahnen. Wie beleuchtete Ameisen schoben sich Autos durch die Straßen. In einem Fenster konnte sie die Silhouetten der Bewohner erkennen.

Aaron zog Fenja weiter zur Brüstung, doch sie schüttelte seine Hände ab und trat zwei große Schritte zurück. Oh nein. Sie würde kein Risiko eingehen.

»Haben Sie Höhenangst?«, fragte Aaron. Himmel, er wollte ihr einen schönen Abend bereiten, und sie weckte Sorge in ihm.

»Ein bisschen«, gab sie zu und lächelte zaghaft. Sie drehte sich um und flüchtete zum Sofa, das an der Hausmauer stand, und setzte sich. Das weiche Polster unter ihrem Hintern zu spüren beruhigte sie. Sie bräuchte nur die Hand hinter sich auszustrecken und könnte die Wand berühren.

»Da weiß ich ein gutes Gegenmittel.« Aaron griff nach der Flasche Wein. Kurz zögerte er, als wollte er ihr das Etikett hinhalten, aber dann schenkte er einfach ein.

»Das hilft gegen jegliche Form von Ängsten.« Lächelnd reichte er ihr ein Glas und setzte sich neben sie.

»Es ist auch ein probates Mittel, um zu hemmungslosem Sex zu kommen«, rutschte es Fenja heraus. Innerlich stöhnte sie. Na herrlich, sie versaute sich ihr Date selbst.

Aaron musste man zugutehalten, dass seine Gesichtszüge nur für einen kurzen Moment entgleisten. Er lächelte ein wenig bemüht. »Ich bin enttarnt.«

»Habe ich jetzt Ihr Spiel zerstört?«

Aaron drehte das Glas zwischen den Fingern, bevor er ihr einen schiefen Blick schenkte. »Ein wenig. Das Schönste ist doch, sich zu umgarnen und zu umwerben. Wenn es ein wenig unklar ist, ob man das Ziel erreicht.«

»Dann kann ich Sie trösten. Es ist überhaupt nicht klar, ob Sie das Ziel erreichen«, erwiderte Fenja schnippisch. Er sollte bloß nicht glauben, dass sie sich mit ein wenig Wein ausreichend abfüllen ließ, um sich von ihm die Klamotten von Leib reißen zu lassen. Andererseits … hatte sie überhaupt genug Zeit, die Tugendhafte zu spielen? Wie sollte sie nach nur einem gemeinsamen Abend wissen, ob Aaron die große Liebe war? Würde ihr das Sterben erspart bleiben, wenn sie auf dem richtigen Weg war? Himmel, warum hatte sie Ruben nicht danach gefragt?

Aaron rückte ein wenig näher. Er ergriff ihre Hände und streichelte über ihre Finger. »Ich liebe stolze Frauen. Es ist dann ein umso größeres Kompliment, wenn sie sich mir hingeben.«

»Sie vögeln also für Ihr Ego?«

Konnte ihr bitte jemand den Mund zukleben? Warum hielt sie nicht einfach die Klappe? Aber Aaron ließ sich nicht beirren. Er kam ihr so nahe, dass seine Nase über ihre Wange strich.

»Tun wir das nicht alle?«, raunte er ihr ins Ohr.

Sie schauderte. War das gut oder schlecht? Noch nie war sie so unentschlossen gewesen. Wenn er ihre große Liebe war, dann sollten sie das Vögeln aufsparen. Eigentlich. Andererseits kam ja die Liebe auch gern erst nach dem

Schnackseln. Ach, was sollte es! War sie halt ein Flittchen, aber sie wollte es unbedingt wissen. Es gab nur eine Möglichkeit, herauszufinden, ob dieser Mann Liebe und Leidenschaft in ihr weckte. Sie legte die Hand auf Aarons Wange, drehte seinen Kopf zu ihr herum und küsste ihn.

Seine Lippen fühlten sich angenehm an. Er war ein wenig passiv für ihren Geschmack, aber das konnte daran liegen, dass sie ihm gerade den Abend versaute.

Aaron riss sich von ihr los und stand plötzlich kerzengerade vor ihr. Er fuhr sich mit einer Hand durch die Haare und begann über die Terrasse zu tigern, als müsste er einen Weltrekord aufstellen. »Eine Frau wie Sie ist mir noch nicht passiert, Fenja.«

Toll. Das sagten sie alle und nie war es ein Kompliment.

Sie wollte zurück zu Ruben. Was auch immer dieser Engel an sich hatte, bei ihm fühlte sie sich nicht wie eine dumme Gans, sondern *richtig*. Sie wollte lieber jeden Tag sein blödes Lied hören, als nur eine Stunde länger die Animositäten eines Mannes ertragen, der nur vielleicht die Güte besaß, sie zu lieben.

Fenja erhob sich ebenfalls und strich ihr Kleid glatt. »Ich gehe jetzt.«

»Warte, Fenja!« Aaron stürzte zu ihr. »Du verwirrst mich. Das hat noch keine Frau geschafft. Eine Frau wie dich will ich unbedingt in meiner Sammlung haben.«

»Sammlung?«, stieß sie empört aus. Sie war doch keine Figur aus einem Überraschungsei, die man sich ins Regal stellte. »Ich gehe jetzt!«

Sie kam bis in den Flur, bevor sich Aaron ihr erneut in den Weg stellte. Ach, wenn sie die Kerle verließ, wurden sie plötzlich anhänglich oder wie?

»Ich fürchte, ich kann dich nicht gehen lassen.« Kein

Lächeln zuckte um Aarons Mundwinkel. Im Gegenteil, er sah so ernst aus wie ein Arzt, der ihr gerade die Krebsdiagnose verkündete.

»Das solltest du aber tun, wenn du nicht den Rest deines Lebens als Eunuch zubringen willst«, fauchte Fenja.

Aaron legte den Kopf in den Nacken und lachte schallend. Sein Gelächter bescherte ihr Gänsehaut. Der Kerl war verrückt. Noch verrückter als sie und das konnte sie unmöglich so hinnehmen. Sie versuchte, sich an ihm vorbeizudrücken, doch Aaron packte sie am Arm.

Sie schoss herum, holte mit der Faust aus und zielte auf ihn, aber er duckte sich rechtzeitig. Er versetzte ihr einen Stoß, der sie geradewegs in einen anderen Raum katapultierte.

In der Mitte stand ein großes Bett, daneben eine Kommode. Aber dort lag nicht etwa eine Auswahl netter kleiner Sexspielzeuge. Auch keine Peitschen. Gott, sie wünschte, es *wären* Peitschen. Dann wäre er nur ein armer Irrer, der sich von schlechten Filmen das Gehirn vernebeln ließ. Nein, dort lagen Messer! In allen Größen und Varianten.

Fenja wirbelte herum. Sie musste raus hier. Aber sie prallte nur gegen Aaron. Er knallte die Tür zu und schlang einen Arm um sie.

Fenja kreischte und strampelte. Sie versuchte, sich loszureißen, doch gegen seine Kraft kam sie nicht an. Mist, seine Hemden spannten vielleicht nicht nur, weil sie zu klein waren, sondern weil er wirklich kräftige Muskeln hatte. Was war er? Ein Serienkiller, der gefrorenen Leichen stemmte? Oder war alles nur ein verrücktes SM-Spielchen?

Er schleifte sie zur Kommode und griff nach einem Messer. Fenja schnappte nach Luft. Aarons Performance war ziemlich überzeugend. So überzeugend, dass Fenja kalte

Schauer über den Rücken liefen. Wie sollte sie reagieren?

»Oh nein«, wimmerte Fenja und beschloss, dass sie besser so tat, als ob es ein Spiel wäre. Ihre Kehle war wie zugeschnürt, sie rang um Luft, damit sie weiterreden konnte. »Ich gehöre nicht zu den Frauen, die auf solche … Spielchen stehen. Ich will nicht weggehen, aber es wird mir gerade zu … ungemütlich. So habe ich mir das nicht vorgestellt. Lass uns Wein trinken, die Aussicht genießen, reden, knutschen, vögeln. Was du willst!«

»Das ist aber schade, ich mag diese … Spielchen. Es läuft genauso, wie *ich* es mir vorstelle«, raunte Aaron. Er musterte sie mit eiskalten Gletscheraugen, die selbst das Höllenfeuer löschen würde.

Als Fenja erstarrte, entlockte es Aaron ein dämonisches Grinsen. »Ein gut laufendes Date«, zischelte er, wie der Leibhaftige persönlich.

Der hatte seltsame Vorstellungen von einem gut laufenden Date!

Fenja rammte ihm den Absatz in den Fuß. Mit einem Ächzen lockerte Aaron seinen Griff. Eine Gelegenheit, die sich Fenja nicht entgehen ließ. Sie entwand sich ihm, wirbelte herum und schlug ihm mit der flachen Hand kräftig ins Gesicht. Erst links, dann rechts. Aaron zuckte zurück. Sollte sie noch mal zuschlagen? Nein, lieber zur Tür. Fenja sprang nach vorn, doch im nächsten Moment riss er sie an den Haaren zurück und sie taumelte gegen seine Brust. Kaltes Metall berührte ihren Hals.

Erneut schlang Aaron einen Arm fest um sie und sie spürte, wie die Klinge ihre Haut anritzte.

»Bitte nicht«, flehte sie leise.

»Wenn sich Frauen mit deinem Stolz hingeben, ist es ein besonderes Kompliment«, raunte ihr der durchgeknallte

Typ ins Ohr. Scharfer Schmerz vernebelte ihre Sinne. Etwas rann über ihre Brust. Für einen Moment sah sie Rubens Gesicht vor dem Fenster. Dieser Mistkerl. Er hatte es gewusst und nichts getan, um sie zu retten. Sie war sich nicht sicher, ob sie wirklich schluchzte oder nur in ihren Gedanken weinte. In ihr war nichts als unendliche Traurigkeit, als die bleierne Schwäche endlich ihr Bewusstsein auslöschte.

Ruben flatterte mit seinen gewaltigen Schwingen vor dem Fenster des Penthouses und schloss verzweifelt die Augen, als er mit ansehen musste, wie dieser Halunke zustach. Aarons weit aufgerissene Augen verrieten, dass er komplett wahnsinnig war. Wieder schmerzte Ruben das Herz, als er das Blut aus Fenjas Hals laufen sah. Ein weiteres Trauma für seine Seele.

So richtig übel wurde ihm aber, als Aaron Fenja zum großen Bett trug. Was hatte der Irre jetzt vor? Er würde doch nicht … doch, er würde. Leichenschändung! Das war so was von abscheulich! Kranker konnte ein Hirn nicht sein. Unendlicher Ekel überkam Ruben.

Das konnte er nicht zulassen!

Er schluckte und rang um Luft. Wie konnte er diese Schandtat verhindern? Fieberhaft ratterte es in seinem Kopf. Dieser verrückte Larson öffnete bereits seine Hose.

Ein geeignetes Gadget fiel Ruben auf die Schnelle nicht ein. Vor Stress bekam er Kopfschmerzen, dann platzte der Knoten in seinem Hirn. Er musste sich doch nur auf seine Stärken besinnen!

»Genau!«, rief er, als ihm die rettende Idee kam. Er würde

diesen gefährlichen Irren besingen, bis er zersprang wie Glas. Er musste nur die richtige Tonlage treffen. Ein Jahrhundert lang hatte er sich mit der Theorie dieser Kunst beschäftigt. Ein faszinierendes Fachgebiet und obendrein Gehirnjogging für in die (hunderte) Jahre gekommene Engel.

Die Kunst des Glaszersingens war ein vortreffliches Gadget – immer dabei, doch noch nie erprobt. Dabei musste man die richtige Anregungsfrequenz in einer ausreichenden Stärke finden. Sie durfte nicht über oder unter der Eigenfrequenz des Zielobjekts liegen. Ob es machbar war, einen Menschen zu zersingen, wusste Ruben nicht, aber unmöglich war es gewiss nicht. Vielleicht würde Aaron nicht springen wie Glas, aber Ruben könnte ihm mit seiner Stimme zumindest starke Schmerzen und einen gehörigen Zellschaden verpassen – von bleibender Taubheit mal abgesehen. Bei einem lebenden Ziel brauchte es eine ganze Bandbreite von Frequenzen, um die verschiedenen Zellen angreifen zu können. Aber wenn einer es schaffte, dann er. Wozu hatte er denn seine himmlisch gestärkte Ausnahmestimme? Fenja wäre dabei auch außer Gefahr, denn tote Zellen konnten nicht mehr sterben.

Also holte Ruben tief Luft und machte ein paar Stimmübungen. Zunächst musste er die Fensterscheibe zersingen, danach würden die Schallwellen direkt zu dem Psychopathen dringen.

Den richtigen Ton fürs Glaszersingen hatte Ruben auf Anhieb drauf. Seine Stimme vibrierte derart mächtig, dass sein ganzer Körper in Wallung geriet. Ja, er musste sich sogar selbst die Finger in die Ohren stecken, schließlich sollte sein absolutes Gehör keinen Schaden nehmen.

Er konnte die Bewegungen der Scheibe sehen, bevor sie

zersprang. Aaron sah erschreckt zu Ruben hinaus. Seine Hose rutschte ihm die Beine abwärts zu Boden, dann steckte er sich die Finger in die Ohren. Doch das nützte ihm wenig.

Es war wie der Angriff einer Schallkanone. Rubens Stimmbänder vollführten einen wahren Hexentanz, bei dem er seiner Kehle nie gehörte Töne entlockte. Vor allem solche, die ein menschliches Ohr nicht wahrnehmen konnte.

Der akustische Angriff verursachte Aaron sichtlich Schmerzen. Der Barde verkniff sich das triumphierende Grinsen, um weitersingen zu können. Doch er ergötzte er sich an den Qualen des Mörders.

Der Schuft krümmte sich eine gefühlte Ewigkeit in schierer Agonie. Er rollte auf dem Boden hin und her, während sein gequältes Gesicht besorgniserregend blau anlief.

Morgen würde Ruben gewiss heiser sein, aber das war ihm gerade so was von egal.

»Jetzt ist aber gut!«, brüllte jemand hinter ihm. »Wenn du ihn umbringst, sammelst du Minuspunkte.«

Ruben zuckte zusammen, drehte sich um und blickte direkt in Amors pausbäckiges Gesicht.

»Was willst du hier?«, knurrte er.

Amor lächelte Ruben verlegen an und zuckte mit den Schultern. »Sorry, ich soll dir auf Kassandras Geheiß einen neuen Flüsterknopf bringen.« Umständlich kramte er in der Brusttasche seines weißen Gewandes und sah immer wieder entschuldigend hoch. Offensichtlich war ihm der Auftrag sehr unangenehm. Aber warum machte er ihn dann? Kassandra war ihm gegenüber doch gar nicht weisungsbefugt.

»Das darf ja wohl nicht wahr sein«, schimpfte Ruben. »Hat man denn niemals seine Ruhe vor dieser Furie?«

Amor biss sich auf die Unterlippe, ehe er antwortete. »Warum sollte es dir da besser ergehen als mir? Kassandra hat im Himmel sämtliche Alarmglocken geläutet. Sie sieht eine fatale Entwicklung voraus.«

Ruben runzelte die Stirn. »Und warum schickt sie *dich*? Nein, anders. Warum hörst du auf ihre Kassandrarufe?«

Amor schluckte und holte tief Luft. »Ähm … Weil ich in gewisser weise Schuld an dieser ganzen Misere bin.«

»Du?! Wieso?« Rubens Nüstern blähten sich und Amor flatterte ein Stück zurück.

»Ja … ähm … Du weißt ja, dass du nicht dieselbe energetische Zusammensetzung wie die Götter hast«, antwortete Amor und räusperte sich.

»Ja, weil ich immer wieder auf die Erde muss. Das ist nichts Neues«, antwortete Ruben und hob die Augenbrauen.

»Genau. Dadurch sind deine Zellen empfänglich für himmlische Viren«, krächzte Amor.

»Himmlische Viren? Nie gehört.« Ruben zog die Augenbrauen zusammen, eine tiefe Falte bildete sich zwischen ihnen.

Amors Brustkorb hob und senkte sich schnell. »Ja … ähm … nur wenige wissen, dass die Spitzen meiner Pfeile mit dem Liebesvirus kontaminiert sind.«

»Ja, und? Komm zum Punkt! Ich muss hier noch was zu Ende bringen«, grummelte Ruben, kreuzte die Arme und trommelte mit den Fingern darauf herum.

»Also, du musst dich in diesem Bereich des Himmels aufgehalten haben, in dem sich ein paar dieser Viren verbreitet haben, die mir aus dem Sicherheitslabor entwischt sind«, murmelte Amor und senkte den Blick.

Ruben schnappte nach Luft. »Willst du damit sagen …?!«

»Ähm. Genau … will ich. Der Infizierte verliebt sich in den nächsten Menschen, der ihm begegnet.« Amor wich Rubens Blick erneut aus und knetete sich die Finger.

»Fuck!«, fluchte Ruben so heftig, dass Amor noch einmal ein Stückchen zurückwich.

»Exakt! Fuck!«

Ruben runzelte die Stirn. »Dann bin ich also verliebt? Und ich dachte schon, was sind das für komische Gefühle.«

»Ja genau, so ist es. Tut mir wirklich leid.«

Ruben schluckte schwer. Verliebtheit als Betriebsunfall. Sein Kopf brummte, doch ihm wollte nicht klar werden, was das genau bedeutete. »Und was mach ich jetzt?«, flüsterte er schwach.

»Den Fall abgeben. Und dringend den Flüsterknopf wieder einsetzen.«

Ruben schnappte nach Luft. »Bleib mir mit diesem Scheißding vom Acker!«, schnauzte er.

»Nicht so voreilig, der hier ist besser als der, den du bisher hattest. Diesen Flüsterknopf habe ich bestellt. Himmlisch deutsche Wertarbeit.«

»Deutsche Wertarbeit? Das war mal«, schnaubte Ruben und machte eine abfällige Handbewegung.

»Wie auch immer … steck ihn dir ins Ohr, damit Kassandra endlich mit dem Gekeife aufhört«, flehte Amor verzweifelt.

»Die hört nicht auf. Und ich kann es mir dann wieder in voller Lautstärke anhören, sobald ich den Knopf drinhabe.«

Amor seufzte. »Ja, Frauen in Führungsetagen, ein zweischneidiges Schwert.«

Ruben stutzte. »Redest du jetzt nicht ein wenig altmodisch daher?«

Amor sah ihn skeptisch an. »Findest du?«

»Na ja, du nicht?«

»Ich weiß nicht. Ich habe jeden Tag mit den Unterschieden zwischen den Geschlechtern zu kämpfen. Vielleicht bin ich da irgendwie … nun ja … müde.«

»Um Himmels willen sag doch so was nicht«, erwiderte Ruben sarkastisch.

»Die Lage hat sich in den letzten Jahrzehnten zugespitzt. Manchmal habe ich das Gefühl, so schlimm war es noch nie. Ich glaube, ich stehe kurz vor dem Burn-out.«

Ruben schüttelte den Kopf. »Nana, so schlimm wird es schon nicht sein.«

»Du kannst dir nicht vorstellen, was Kassandra für einen Druck auf uns alle ausübt. Die versaut den Schnitt der Coachengel. Alle müssen mit ihrem Tempo mithalten. Personalmangel? Egal!«

»Wenn *ich* das aushalten kann, dann kann das auch jeder andere«, brummte Ruben.

Amor lachte auf. »Eben nicht. Nicht jeder hat ein so dickes Fell wie du.«

Ruben liftete die Augenbrauen. »Dickes Fell? Also, das glaub ich nicht!«, empörte er sich.

»Ach was weißt du denn schon. Ab jetzt musste ich zu meiner Arbeit auch noch den Einkauf und die Qualitätskontrolle übernehmen, weil sich alle Götter über die schlechte Qualität der Gadgets beschwert haben«, erklärte Amor genervt.

»Das hört sich gut an. Es wird Zeit, dass jemand auch mal auf andere Eigenschaften als den Preis schaut.«

»Kassandra macht mir jedenfalls ziemlich die Hölle heiß. Also steck dir endlich dieses verdammte Ding ins Ohr, damit ich gehen kann«, grummelte Amor.

»Du kannst jetzt gehen«, sagte Ruben. »Ich mach das –

später. Jetzt muss ich erst mal Fenja nach Hause bringen. Schließlich soll das Präzisionsteil doch nicht während des Transports verloren gehen.« Mit diesen Worten steckte er den Flüsterknopf in seine Brusttasche.

Amor nickte, mit einem Hauch von Skepsis im Gesicht, doch er schien tatsächlich zu nah an der inneren Kündigung, um sich damit weiter befassen zu wollen, zuckte mit den Schultern und wandte sich ab. Sorgfältig rückte er seinen Pfeilköcher zurecht, bevor er mit einem Winken davon schwebte.

Ruben winkte zurück und warf einen Blick in die Wohnung, wo Aaron immer noch ohnmächtig auf dem Boden lag. Seine Mundwinkel zuckten dämonisch, dann öffneten sich seine blutunterlaufenen Augen. Er sah aus wie die Ausgeburt des Teufels.

Einen kurzen Moment bereute Ruben, nicht weitergesungen zu haben. Doch der Mörder war sichtlich angeschlagen und schloss wieder die Augen. Vielleicht starb er ja doch noch.

Aber darum würde sich Ruben später kümmern. Zuerst war Fenja dran. Er wollte sie so schnell wie möglich wieder für sich haben, deshalb musste er sie sofort mitnehmen. Außerdem könnten Nachbarn bei dem Lärm die Polizei gerufen haben. Besser sie waren weg, bevor die Freunde und Helfer kamen und sie schon wieder in die Pathologie brachten.

Durch Aarons Gedanken hatte Ruben erfahren, dass Fenja nicht sein erstes Opfer war. Gut, dass der Widerling im Laden schon darüber nachgedacht hatte, ob noch genügend Platz in der Truhe war. Sobald sie in Sicherheit waren, würde er die Polizei rufen, falls sie nicht schon informiert worden war. Das frische Blut und die Leichenteile in der Gefriertruhe würden ausreichen, um Aaron festzunehmen, falls der noch nicht tot war.

»Machen Sie sofort auf! Polizei!«, ertönte es auch schon streng durch die Tür.

Fuck! Eine Minute zu früh. Schnell schluckte Ruben sein Unsichtbarkeitsserum. Wer hätte gedacht, dass er das noch mal brauchen würde.

Ein lautes Krachen kündigte an, dass aus seinen Plänen erst einmal nichts wurde. Eine Horde schwer bewaffneter Polizisten stürmte spektakulär die Wohnung. Ecke für Ecke arbeiteten sie sich bis zu Fenjas Leiche durch. Hologrammkastenreif legte einer zwei Finger an ihren Hals. »Sie ist tot!«, murmelte er.

Ach nein, wirklich?

»Seht nach, ob das Schwein hier noch irgendwo ist!«, flüsterte ein anderer.

Neugierig lugte Ruben durch die zersungene Scheibe. Aaron wimmerte, als wollte er die Polizisten zur Hilfe rufen. Einer der Polizisten wagte sich weiter in den Raum.

»Hier ist er, hinter dem Bett «, rief einer der Polizisten. »Er sieht erbärmlich aus, stöhnt und krümmt sich, als hätte er große Schmerzen, wirkt aber körperlich völlig unversehrt. Ihr könnt die Waffen herunternehmen, der ist wehrlos.«

Neugierig wagten sich jetzt auch die anderen Polizisten hervor, umkreisten den leidenden Aaron und sahen ihn ratlos an.

»Vielleicht hat das etwas mit dem ohrenbetäubenden Lärm von vorhin zu tun«, spekulierte einer von ihnen.

»Lärm als Waffe?«

»Seht mal das Loch in der Scheibe.«

»Vielleicht eine neue Geheimwaffe der Militärs.«

»Oder Außerirdische.«

»Habt ihr schon mal an Islamisten gedacht?«

»Ist das jetzt nicht zu weit hergeholt? Lassen wir erst mal die Spusi ran.«

»Sollen wir den Tatort nach weiteren Hinweisen durchsuchen?«

»Das ist vielleicht nicht unsere Sache. Der Verletzung der Leiche nach zu urteilen könnte es sich aber auch um den gesuchten Serienkiller handeln. Kann jemand der Soko Schächter Bescheid geben? Um den Lärm kümmern wir uns danach«, meinte einer, den Ruben als Einsatzleiter identifizierte, da er einen Stern mehr auf der Schulterklappe hatte.

»Ja, Chef. Wird sofort erledigt, Chef«, murmelte einer in der Horde.

Ruben klingelten die Ohren von den vielen Spekulationen. Jeder der Polizisten hatte einen anderen Senf dazuzugeben. Erstaunlich, dass die Polizei diesmal die richtigen Schlüsse zog. Rubens Brust schwoll vor Stolz, er hatte Aaron mit seinem Gesang dingfest gemacht. Tief atmete er durch. Da sollte jetzt noch mal jemand sagen, er hätte keine Stimme.

Plötzlich bildete sich Schweiß auf seiner Stirn. Wenn er jetzt das Blitzdings einsetzte, um Fenja zu entführen, würden alle Beteiligten die Vorfälle vergessen.

Okay, dachte er, dann werde ich Fenja eben ein weiteres Mal aus der Pathologie holen. Aber erst in ein paar Stunden. Sollten die sich dort doch ruhig den Kopf darüber zerbrechen, wer die Leiche geklaut hatte.

Es waren schließlich noch genug andere Opfer da, um den Kerl vor Gericht zu bringen. Für den guten Zweck würde er warten, immerhin hatte er einem Serienkiller Einhalt geboten. Das war definitiv die zusätzlichen Umstände wert. Außerdem würde Aaron ohnehin niemand glauben, dass ein Engel vor dem Fenster geschwebt war und die Scheibe zersungen hatte.

Nach dem vierten Kerl sollst du ruh'n

Guten Morgen, Engelein
Ich weck dich auf und komm herein
Nein du darfst nicht sauer sein
Dieser Typ ist bloß ein Schwein
Einfach alles könn' wir sehen
In unserm Himmel, in unserm Himmel
Doch nun ist es geschehen
Du baust Mist nur wegen 'nem Pimmel.

Das Lied nervte, aber das war ihr egal. Alles war ihr egal. Ruben, sein Geklimper, Kasper, Johan, Aaron und wie sie alle hießen. Die Kerle konnten ihr gestohlen bleiben. Alles konnte ihr gestohlen bleiben. Ihr ganzes Leben. Es war doch ohnehin nichts mehr davon übrig. Sie wollte einfach nur noch sterben – ohne hinterher wieder in ihrem Leben aufzuwachen. Doch nicht einmal das war ihr vergönnt.

Aber zur Hölle fahren, das konnte sie doch noch, oder?

Fenja öffnete nicht die Augen. Sie wollte Ruben nicht sehen. Sie wollte keinen neuen Tag beginnen müssen. Sie wollte einfach nur hier liegen bleiben. Für den Rest des Tages. Für den Rest der Woche. Ihr ganzes untotes Leben lang.

Rubens Gesang verklang und Fenja kippte ein wenig, als Ruben sein Gewicht auf der Matratze verlagerte. Durch ihre geschlossenen Lider konnten sie den Schatten sehen, der sich über sie schob.

»Fenja?« Ruben strich über ihre Wange, aber sie würde die Augen nicht aufschlagen. Wenn sie sich tot stellte, würde er sie sicher in Ruhe lassen.

»Fenja, ich weiß, dass du wach bist!«

Aber Fenja gab keine Antwort. Sie rührte sich auch nicht, als die Matratze ein wenig heftiger wippte.

»Fenja?« Rubens Stimme klang besorgt. Der Engel streichelte ihr über die Stirn, dann zog er ernsthaft eines ihrer Augenlider hoch.

»Lass mich in Ruhe«, fauchte Fenja. »Lass mich einfach in Ruhe!«

Tränen brannten in ihren Augen. Sie zerrte die Bettdecke unter sich hervor und wickelte sich darin ein. Danach presste sie sich das Kissen auf das Gesicht. Tote mussten ja nicht mehr atmen, also brauchte sie auch keinen Platz für die Nasenspitze zu lassen. Und wenn sie trotzdem erstickte – egal, wahrscheinlich erwachte sie einige Minuten später eh gleich wieder.

»Aber Fenja, was ist denn los?« Ruben streichelte über die Decke. Eine zarte Berührung, die ihr endgültig den Rest gab.

Dicke Tränen quollen zwischen ihren Lidern hervor und wurden vom Kissen aufgesogen. Der feuchte Stoff presste sich ihr ins Gesicht. Sie hasste dieses Gefühl. Sie hasste einfach alles. Sie hatte ihr Leben versaut, weil sie sich in den schlimmsten Bastard verliebt hatte, den diese Welt je gesehen hatte. Ihre große Liebe würde sie eh nie finden. Ständig geriet sie an Psychopathen. Sie wollte nicht mehr jeden Tag sterben. Jedenfalls nicht durch einen Mann.

Da gefiel ihr der Erstickungstod durch zu langes Liegen unter einer Bettdecke wesentlich besser. In den Himmel schaffte sie es ohnehin nicht. Sie würde ihre Großeltern niemals wiedersehen. Fenja hatte immer auf ein Leben nach dem Tod gehofft und darauf, dass sie vor allem ihre *bedste* und ihren *bedstefar* eines Tages wiedersah. Aber das würde niemals geschehen. Die zwei hatten es sicher auf Wolke Sieben oder Acht oder Sechsundvierzig geschafft, aber sie, Fenja, würde früher oder später in die Hölle kommen. Oder auf der Erde bleiben – was irgendwie dasselbe war.

Heftige Schluchzer schüttelten sie. Sie zog die Beine an, machte sich so klein wie möglich. Die Dunkelheit der Decke gab ihr ein wenig Halt und doch schien ihr Inneres bersten zu wollen.

»Fenja … Fenja, meine herzallerliebste Fenja. Was ist mit dir?«, flüsterte Ruben leise und zärtlich. »Antworte doch! Ich mach mir Sorgen.«

Er zog etwas an der Decke und Fenja lockerte ihren Griff darum. Sie ließ zu, dass er das Kopfkissen weit genug wegschob, um ihr Gesicht sehen zu können. Ihre Augen waren geschwollen und rot. Ihr Handy lag vor dem Bett. Ruben wagte einen kurzen Blick auf das Display. Einhundertachtundachtzig verpasste Anrufe von diesem Kasper.

Sie wischte sich mit der Hand über die Nase. »Sorgen? Du?«

»Natürlich«, bestätigte Ruben, legte eine Hand auf ihre Wange und wischte eine Träne mit dem Daumen weg. »Ich … ich mag dich doch.« Am liebsten hätte er ›ich liebe dich‹ gesagt, aber das hätte Kassandra vom Himmel aus beobachten können und er wollte lieber auf Nummer Sicher gehen. Gott sei Dank konnte sie ohne Gadgets keine Gedanken lesen – hoffte er jedenfalls. Ganz sicher konnte man sich bei ihr niemals sein. Ruben seufzte. Wahrscheinlich kannte ihn seine Chefin nach achthundert Jahren nur zu gut.

»Du hattest recht«, schniefte Fenja leise. »Ich hätte dieses Aas nicht daten dürfen.«

Ihr trauriger Blick zerriss Ruben fast das Herz. Wieder kullerten dicke Tränen über Fenjas Wangen. Sie zuckte wie unter Krämpfen.

Hatte er jetzt Schuld, dass es ihr so schlecht ging? Vielleicht hätte er nachdrücklicher darauf bestehen sollen, dass sie nicht diesem Serienmörder in die Arme lief? Ruben schluckte schwer. »Okay, die Sache mit diesem Larson lief etwas suboptimal«, erklärte er.

»*Etwas* suboptimal?!«, schluchzte Fenja heftig. »Alle Männer, die mir gefallen, wollen mich töten und ich werde bis in alle Ewigkeit in meiner eigenen Leiche festhängen.«

Letzteres wäre doch wunderbar, dachte Ruben. Natürlich besaß er genug Taktgefühl, das so nicht zu sagen. Auch ein Ich-hatte-dich-ja-gewarnt verkniff er sich, schließlich war seine Warnung aus gutem Grund nur halbherzig gewesen. Aber dass Fenja jetzt doch so leiden musste, tat ihm weh. Er streichelte zärtlich über ihre Wange. »Denk doch nicht so negativ«, antwortete er stattdessen und war stolz auf sich, dass er damit nichts von seinen Gefühlen preisgab. »Wer findet schon auf Anhieb den Richtigen?«

Ein heftiger Schluchzer bestätigte Ruben, dass es für sie wohl leider nicht so einfach war wie für ihn.

»Du musst jetzt erst mal auf andere Gedanken kommen und dann überlegen wir uns, wie wir weiter vorgehen«, schlug Ruben vor.

Fenja schob ihn unwillig weg und schluchzte erneut, was Ruben einen Stich versetzte.

»Fenja, bitte«, flehte er und streichelte ihr übers Haar. »Ich kann es nicht ertragen, dich so traurig zu sehen. Wollen wir nicht etwas Schönes unternehmen?«

»Etwas Schönes unternehmen?«, wiederholte sie erstickt. Ruben nickte eifrig. »Ja, etwas, das dich aufheitert. Heute machen wir nur das, was du willst. Keine Kerle, keine verkorksten Stelldicheins.«

Fenjas Blick erhellte sich etwas, tapfer wischte sie die Tränen aus dem Gesicht.

»Na siehst du. Das ist schon mal der erste Schritt«, sagte Ruben leise und lächelte sanftmütig. »Was tust du gewöhnlich, wenn du auf andere Gedanken kommen willst?«, fragte er.

»Eis essen.« Jetzt sah sie nachdenklich aus. »Ich habe schon länger nichts mehr gegessen oder getrunken, weil ich keinen Hunger oder Durst hatte. Kann ich überhaupt etwas zu mir nehmen, wenn ich doch tot bin?«, fragte sie.

»Ich glaube schon.« Ruben zögerte. »Solange wir sichtbar sind, sollten wir materialisiert genug sein, um zu essen und zu trinken.«

Fenja lächelte zaghaft. »Dann mache ich uns ein paar Smørrebrød. Was hältst du von Sauren Gurken und Chips – warte mal, besser Schweinekrusten. Du öffnest die Sektflasche und zum Nachtisch gibt es Danish Cookies mit Eis.«

Ruben wurde ein kleines bisschen flau im Magen. »Klingt nach einer wilden Mischung.«

»Wenn man Trost braucht, darf man ruhig ein bisschen wild sein.«

»Aber vergiss nicht, dass einem davon auch schlecht werden kann.«

Fenjas Augen füllten sich schon wieder mit Tränen.

»Äh, wahrscheinlich aber nicht«, beteuerte Ruben eilig. »Ich habe bisher nur selten etwas getrunken. Und wenn, dann ganz wenig, Manna, Nektar oder Ambrosia sind nicht so mein Fall. Wie es mit irdischem Essen ist, kann ich gar nicht sagen. Wahrscheinlich dematerialisiert es sich sofort in Energie.«

»Dann versuchen wir es? Komm, geh schon mal ins Wohnzimmer und zünde ein paar Kerzen an. Es wird gleich dunkel.«

Ruben nickte. Fenja setzte sich auf, wischte sich nachdrücklich über das gerötete Gesicht und schwang die Beine aus dem Bett. Ruben blickt ihr nach, als sie den Raum verließ, bevor er anfing, ein Feuerzeug zu suchen. Kaum war er fertig, kam sie schon wieder zurück – mit einer Sektflasche in der Hand.

»Dann mach mal auf«, forderte sie.

Ruben wich zurück. »Waaas?! Wie kommst du darauf, dass ich das kann?«

»Ist das nicht Männersache?«, fragte Fenja und legte den Kopf schief. Himmel, wie niedlich.

»Na ja, aber zu meiner Zeit gab es so was noch nicht. Tut mir leid.«

»Du meinst, du kannst es nicht?«

»Na und?«, meinte Ruben schulterzuckend. Es war ihm selten peinlich, dass er etwas nicht konnte, aber vor Fenja wollte er in jeder Situation glänzen. »In meinen Kreisen pflegt man keine Getränke aus verschlossenen Behältern zu trinken. Warum soll das Männersache sein?«, versuchte er, von seinen Defiziten abzulenken.

»Weil Frauen, die das können, unter dem Ruf leiden, dem Alkohol zu sehr zugetan zu sein. Außerdem erfordert es etwas Mut, deshalb überlassen sie das gerne dem Gentleman.«

»Nee nä? Echt jetzt?« Ruben war mal wieder stolz auf seine moderne Redewendung.

»Na ja, wenn ich es so recht überdenke …«, antwortete

Fenja unbedarft.

»Na komm, gib schon her«, forderte Ruben und streckte die Hand aus. »So schwer kann das doch nicht sein.«

»Nun, es ploppt anständig. Man darf die Flasche nicht schütteln, sonst schäumt sie über.«

Ruben versuchte, das Silberpapier abzuziehen, aber schon das stellte sich als schwierig heraus.

»Du musst … ach gib schon her«, sagte Fenja und nahm Ruben die Flasche wieder ab.

»Kommt nicht infrage«, schimpfte Ruben und holte den Champagner wieder zurück.

»Das wird doch nichts«, rüffelte Fenja und zerrte an der Flasche.

»Warum nicht?«, fragte Ruben und eroberte sie sich zurück.

»Jetzt lass mich«, fluchte sie.

»Du wolltest doch Smørrebrød machen!«

Doch Fenja ließ sich die Flasche nicht mehr aus der Hand nehmen. Flink hatte sie die Drahthalterung aufgedreht und sofort sprang der Korken mit einem lauten *Plopp* aus der Flasche und ein Schwall des schäumenden Getränkes bahnte sich den Weg über ihre Hand.

Ein lautes »Aua!« erschreckte sie und führte dazu, dass sie noch mehr dieses köstlichen Getränks verschüttete. Sie bemerkte Rubens schmerzverzerrtes Gesicht. Mit einer Hand bedeckte er ein Auge.

»Ups«, entfuhr es Fenja. »Das gibt bestimmt ein Veilchen.«

»Darüber macht man keine schlechten Witze. Das ist doch keine Blume.«

»Das nennt man so, weil es so blau ist … dabei sind deine Augen doch blau genug.«

»Sehr witzig«, grummelte Ruben beleidigt, schließlich wusste er das alles.

»Och komm«, tröstete Fenja und setzte sich neben ihn. Mit liebevollem Blick streichelte sie seine Wange.

Ruben wurde warm ums Herz. Ein ganzes Ameisenheer krabbelte über seinen Körper. Fenjas Augen funkelten so wunderbar, dass Ruben goldenes Glück bis in die Finger- und Zehenspitzen flutete. So fühlte sich Verliebtsein an? In seinem richtigen Leben hatte er Derartiges nie gefühlt.

Fenjas Hand strich über sein Haar und zog seinen Kopf zu sich. Ihre Lippen fanden sich wie von selbst. Fenjas waren so wunderbar weich. Die Berührung ließ einen kribbelnden Strom durch seinen ganzen Körper fließen. Schmetterlinge machten sich in seinem Bauch breit. Wie selbstverständlich öffneten sie beide ihre Lippen und ließen die Zungen miteinander spielen.

Es war so wunderbar!

Es fühlte sich an, als ob er noch lebte.

Nein besser – viel besser.

Mit einer Hand griff Ruben in Fenjas goldgelockte Mähne, mit der anderen zog er sie noch dichter an sich heran. Sie drückte sich mit einem wohligen Seufzer an ihn an. Ruben liebte anschmiegsame Frauen. Ihre Zungen tanzten, während ihre Nasenspitzen aneinander stupsten.

Ruben seufzte wohlig. Seine Hände wollten gerade auf zärtliche Wanderschaft gehen, da erschütterte ein gewaltiger Donner den Raum und ließ die Gläser im Schrank klirren. Zeitgleich erhellten Blitze die Dämmerung mit ihrem gleißenden Licht, das sogar durch die geschlossenen Lider drang.

Fuck! Kassandra war wütend.

Erschrocken löste sich Ruben aus dem Kuss.

Eine gewaltige Böe rüttelte an den Bäumen. Blitz und Donner drangen durch Mark und Bein.

»Was ist das?«, fragte Fenja verwirrt. »Der Weltuntergang?«

»Nein, meine Fachvorgesetzte Kassandra ist etwas böse.«

»Fachvorgesetzte? Etwas böse? Du machst Witze.«

»Ich wollte, es wäre so. Wir dürfen das nicht«, seufzte Ruben.

»Was dürfen wir nicht?«, fragte Fenja unsicher.

»Nach Paragraf 38364 Absatz 492 der Coachengelverordnung CEV ist es uns untersagt, uns in Klienten zu verlieben.«

»Im Ernst? Warum nicht?« Fenjas Stimme überschlug sich. Offensichtlich ging ihr das nahe.

In Rubens Bauch rumorte ein Felsblock. »Kann ich dir ehrlich gesagt gar nicht beantworten.« Er biss sich auf die Unterlippe, bis sie schmerzte.

»Das verstehe ich nicht«, flüsterte Fenja.

Ich auch nicht, dachte Ruben und sah sie hilflos an. Wieder füllten sich ihre Augen mit Tränen. Sie senkte den Blick und wischte sich über die Nase. Ihre Hände zitterten. Das Verbot störte sie. Das war schön und schrecklich zugleich. Aber was sollte er ihr zum Trost sagen?

Ruben schnappte nach Luft, er musste sie irgendwie trösten. »Komm, lass uns etwas anderes machen. Irgendwie ablenken – mit dem Holografiekasten.«

»Was?«

»Ähm … Bildschirm. Da läuft immer so erbaulicher Mummenschanz. Als es noch richtig tiefe Kästen waren, wäre ich zu gern hineingekrochen und hätte mitgemacht.« Mein Gott war er nervös. Dass Kassandra ihn auch nach achthundert Jahren noch so aus dem Konzept bringen konnte. Oder waren es Fenjas Gefühle, die ihn so durcheinanderbrachten? Er musste besser auf seine Sprache achten. Schließlich wollte er nicht altmodisch rüberkommen.

»Du bist ganz schön schräg. Ich mag das.« Fenja lächelte, doch auch ein Lächeln konnte traurig sein. Noch bevor Ruben reagieren konnte, sprang sie auf. »Ja, lass uns fernsehen, Champagner trinken und verrücktes Zeug essen«, erwiderte sie, nahm die Fernbedienung und drückte auf den Knopf. »Ich gehe in die Küche und schmiere schnell die Brote.«

Entschlossen ging Fenja in die Küche. Ruben sah ihr nachdenklich hinterher. Wie sollte das bloß weitergehen? Irgendwie. Irgendwie ging es ja immer weiter. Die Frage war nur, wie es endete. Sein tiefes Seufzen füllte den Raum.

Rubens Stimmung wurde sofort heller, als Fenja mit einem Tablett zurückkam und das Essen mit einem bemühten Lächeln auf dem kleinen Tisch vor ihnen abstellte. Fenja schnappte sich eins von den Broten und Ruben tat es ihr gleich. Sie schmeckten köstlich. Ein besonderes Erlebnis, denn achthundert Jahre hatte er sich nur mit Trinken zufriedengegeben. Entzückt sah Ruben zu, wie Fenja im Anschluss ihr Eis löffelte.

»Ich kann noch was schmecken, das ist so gut«, erklärte sie begeistert.

»Dann genieße es. Ich hätte es schon früher probiert, wenn ich gewusst hätte, wie es mundet.« Kaum ausgesprochen ärgerte er sich, dass er wieder ein altmodisches Wort benutzt hatte. Bei Fenja vergaß er einfach die Welt um sich herum.

»Wäääh! Du dematerialisierst übrigens nicht alles«, rief Fenja, als er aufstand, um den leeren Eisbecher zu entsorgen.

Ruben runzelte die Stirn. »Was meinst du?«

»Da ist ein fetter Fleck aus geschmolzenem Eis auf dem Sofa, das andere ist anscheinend absorbiert. Aber das Eis, es scheint einfach so durchzulaufen«, sagte sie und stand auf, um zu prüfen, ob es bei ihr genauso war.

»Bei dir ist kein Fleck. Vielleicht ist Eis zu kalt für meinen Körper, es gibt im Himmel ja kein Speiseeis. Wir sind auf Manna, Nektar und Ambrosia konditioniert. Da ich immer noch nicht ganz aus himmlischem Material bestehe, weil ich ja immer wieder auf die Erde muss, durfte ich mir auch ab und zu ein Gläschen Met genehmigen. Natürlich alles im himmlisch flüssigen Zustand. Unsere Energiezustände scheinen also noch unterschiedlich zu sein.«

»Und was bedeutet das?«, fragte sie.

»Dass du wahrscheinlich noch oft sterben musst, bevor du deine wahre Liebe findest«, antwortete Ruben und versuchte zu verbergen, dass ihn die Aussicht auf weitere gemeinsame Zeit mit Fenja einfach nur froh stimmte.

»Warum kannst *du* nicht meine große Liebe sein?«, sagte Fenja und schickte einen herzzerreißenden Seufzer hinterher.

Wenn sie wüsste, wie sehr ihm diese Frage zu Herzen ging. Ruben musste erst den trockenen Kloß herunterschlucken, der sich plötzlich in seinem Hals bildete, ehe er antwortete. Doch es gelang ihm nicht.

»Das geht doch nicht. Sieh das endlich ein. Ich habe einen Job im Vorgarten zum Siebten Himmel und ich soll dich eine halbe Wolke höher bringen. Ich werde nie zu dir rauf gelangen«, krächzte er mühsam.

»Wenn das heißt, dass wir nicht zusammen sein können, dann will ich da nicht hin«, protestierte Fenja.

»Sag das nicht«, bat Ruben inständig.

»Vielleicht können wir zusammen in die Hölle durchbrennen?« Fenjas Blick hellte sich auf.

Ruben fasste sich nachdenklich ans Kinn. Warum eigentlich nicht? Die ewige Verdammnis war zwar schlimm, aber die Qualen unerfüllter Liebe waren es schließlich auch.

Draußen knallte es ohrenbetäubend. Das gleißende Licht eines gewaltigen Blitzes blendete die beiden.

Ruben zuckte zusammen. Nein, sie mussten nicht in die Hölle. Sie konnten auf der Erde bleiben. Zusammen.

»Lass uns lieber unsere kleinen Freuden hier auf der Erde auskosten«, sagte Ruben sanft. »Hat man dir nicht beigebracht, dass in der Hölle alle Liebe ein Ende hat?«

Fenja schüttelte den Kopf und griff nach Rubens Hand. »Unsere Gefühle nicht, die kann kein Fegefeuer zerstören.«

»Schön wär's«, antwortete Ruben seufzend. Draußen schwoll der Donner allmählich ab, offensichtlich beruhigte Kassandra sich.

Love and kill me

Essen, Fernsehen und ein Mann, der ihr Herz höherschlagen ließ. Was brauchte es mehr, um eine Frau glücklich zu machen? Fenja musste nicht auf Wolke Sieben. Sie war bereits dort.

Verstohlen musterte sie Ruben von der Seite. Er starrte wie paralysiert auf den Bildschirm, zuckte zusammen, wenn etwas knallte, und lachte lauthals, wenn jemand einen Witz riss.

Sie würde ihn gern küssen. Aber immer, wenn sie ein wenig näher an Ruben heranrückte, donnerte es draußen so laut, dass sie wieder zurückzuckte. Himmel, sie war doch sonst nicht so ängstlich.

»Was … was ist eigentlich mit Aaron passiert?«, fragte Fenja leise. Der Gedanke, dass der Kerl frei da draußen herumlief, bescherte ihr Gänsehaut.

Ruben grinste. »Wurde von der Polizei festgenommen.«

Erstaunt riss Fenja die Augen auf. »Festgenommen?«

»Ja, sie haben deine Leiche gefunden. Dass du nicht mehr friedlich im Kühlhaus liegst, wird die Sache zwar ein wenig schwierig machen, aber ich denke nicht, dass das an Aarons Anklage etwas ändert. Zumindest die Leichenteile in seiner Kühltruhe sollten dafür sorgen, dass er für lange Zeit ins Gefängnis wandert.«

Das fühlte sich … verdammt gut an. Fenja lächelte und schmiegte den Kopf gegen Rubens Halsbeuge. »Ob das bei Kasper auch funktionieren könnte?«

»Was?«

»Na, ihn ins Gefängnis bringen?«

»Dein letzter Versuch war nicht gerade von Erfolg gekrönt«, wandte Ruben ein.

Oh, Himmel, daran wollte sie sich gar nicht erinnern. Nicht nur ein Mord ohne Leiche, sondern auch noch ein Mord, nach dem die Tote quietschlebendig durch Kopenhagen humpelte, im Nuttenfummel und mit aufgeriebenen Füßen. Kein Wunder, dass die Kerle sie ins Irrenhaus gesteckt hatten. Alleine der Gedanke trieb ihr die Schamesröte ins Gesicht. Frustriert rieb sie sich die Wangen.

»Tu das nicht.«

Rubens sanfte Stimme ließ sie aufsehen. Sein Blick ruhte so warm auf ihr, dass sich die Hitze in ihren Wangen unweigerlich vergrößerte. Blöder Mist.

»Du bist so schön, wenn du errötest.«

Wenn er so weiter machte, ging ihr Kopf noch in Flammen auf! Sie hätte schwören können, dass er bereits glühte. Rubens Hand fühlte sich wunderbar kühl an, als er ihr über die Wange strich. Sie rutschte näher an ihn heran und schlang die Arme um seinen Hals. Das Gewitter kam ihr zunehmend weniger Furcht einflößend vor. Es wurde zur Kulisse eines heimeligen Nachmittags, und den schönsten Stunden ihres bisherigen Lebens.

Vorsichtig küsste sie Ruben. Mit ihm fühlte es sich an, als wäre jeder Kuss der erste. Seine Lippen waren so weich und das kribbelige Gefühl in ihrem Bauch lieferte ihr einen Vorgeschmack darauf, wie es wäre, mit Ruben durch das Universum zu tanzen.

Ein krachender Donner verstärkte die Vibrationen in ihrem Inneren. Rubens Küsse wurden mutiger, und als seine Hände unter ihr Shirt schlüpften, seufzte sie wohlig.

Sie öffnete Rubens Wams, zupfte das Hemd aus dem Hosenbund und schob es nach oben. Sanft streichelte sie über seine Muskeln. So grässlich die Harfe klang, mit der er sie quälte, das schwere Instrument war ein gutes Training für einen gestählten Körper. Fenja schmiegte sich in seine Arme, kletterte auf seinen Schoß und drückte sich an ihn. Immer wieder küsste sie ihn. Bei jedem anderen Mann hätte sie schon längst versucht, ihm die Hosen von der Hüfte zu reißen und mehr zu fordern. Doch was Ruben in ihr weckte, war mehr als das übliche Verlangen. Irgendwann wollte sie ihn in sich spüren, doch hier und jetzt reichte ihr, eng an ihn gekuschelt zu sitzen, seinen Duft einzuatmen und ihn zu küssen.

Draußen krachte und toste es. Regen peitschte gegen die Scheiben. Die Blitze waren so grell, dass sie das Zimmer in zuckendes, kaltes Scheinwerferlicht tauchten. Aber das war Fenja egal. In Rubens Armen konnte ihr nichts Angst machen. Die Welt dort draußen konnte untergehen, für Fenja existierte nur Ruben. Sie fühlte sich in seinen Armen so beschützt und so wohl wie noch nie in ihrem Leben.

»Hilfst du mir, Kasper hinter Gitter zu bringen?«, flüsterte sie, die Stirn in Rubens Halsbeuge geschmiegt, und strich ihm durchs Haar. Sie spürte sein Nicken mehr, als sie es sah.

»Aber heute bleibt keine Zeit mehr dafür.« Seine Haare kitzelten sie im Gesicht, als er den Kopf drehte, um einen Blick auf die Uhr zu werfen.

Fenja schluckte hart. Er hatte recht. Der Tag war schon alt und würde bald vergehen. Sie wusste, wie die Tage für sie endeten.

»Muss ich wirklich jeden Tag sterben?«, hauchte sie leise.

»Ja«, erwiderte Ruben bedrückt.

Sie hatte keine Ahnung, wie es diesmal vonstattengehen würde. Brach jemand ein und erschoss sie? Stolperte sie auf dem Weg ins Bad über die Türschwelle und brach sich das

Genick? Erstickte sie an einem zu großen Stück Schokolade in ihrem Eis?

Keine der Möglichkeiten klang berauschend. Der Tod war niemals schön, aber vielleicht gab es eine Möglichkeit, ihn erträglich zu machen. Fenja löste sich aus der Umarmung und ging in die Küche. Mit einem spitzen Messer kehrte sie ins Wohnzimmer zurück.

Als Ruben es sah, zuckte er zurück und hob abwehrend die Hände. »Ich dachte, über dieses Stadium wären wir bereits hinaus. Küsse ich denn so schlecht? Ich krieg das besser hin, ich schwöre.«

»Bitte töte mich«, forderte Fenja.

Ihre Bitte schien ihn zu schockieren. Hatte er gerade noch verstört die Stirn gerunzelt, wirkte er nun völlig entsetzt.

»Fenja …«, stammelte er. »Ich kann das nicht.«

Fenja blieb vor dem Sofa stehen und hielt Ruben den Griff des Messers hin. »Bitte. Du musst es nur halten. Ich möchte wenigstens ein Mal selbstbestimmt sterben. Es führt ohnehin kein Weg daran vorbei«, flehte sie leise.

Ruben rappelte sich auf und griff zögerlich nach dem Messer. Seine Hand zitterte, als Fenja sie auf die erforderliche Höhe hob.

»Fenja, ich …«

Fenja strich ihm über die Wange und lenkte seinen Blick von dem Messer in ihr Gesicht. »Sieh mir in die Augen.«

Sie sah die Sorge in seinem Blick und auch die Verzweiflung. Wie konnte man von ihr fordern, dass sie sich auf Erden nach der Liebe des Lebens suchte, wenn dieser Engel sie so ansah. Noch nie hatte jemand sie so angesehen. Wieso war er nicht auf Wolke Sieben? Die Frauen mussten sich doch um ihn gerissen haben.

Fenja umklammerte Rubens Handgelenk, als er das Messer senken wollte. »Bitte. Sonst muss ich es selbst tun.«

Mit einem beherzten Schritt trat sie näher an ihn heran. Rubens Augen weiteten sich, im ersten Reflex zuckte er zurück, doch Fenja packte seine Faust entschlossen und rammte sich das Messer in die Brust. Sie spürte den tiefen, scharfen Schmerz, der sich jedoch mit süßem Glück vermischte, als ihre Lippen auf seine trafen und er ihren Kuss verzweifelt erwiderte.

Allerdings nur kurz. Sie hatte offenbar danebengetroffen. Es tat verflucht weh, sie rang verzweifelt nach Luft, aber ihr Herz hämmerte weiter. I himlens navn, hjælp! Aber der Himmel ließ sie im Stich. Der Schmerz fuhr durch ihre gesamte Brust. Sie hustete, krümmte sich und spuckte Blut. Ruben fing sie auf und ließ sich mit ihr zu Boden sinken. Behutsam legte er sie hin und kniete neben sie.

»Es tut mir so leid, Fenja. Diesmal mach ich es richtig.« Rubens traurige Stimme brach ihr zusätzlich das Herz, verkrampfte ihren gepeinigten Körper. Sie sah das Messer aufblitzen, erneut zuckte scharfer Schmerz durch sie hindurch, doch diesmal überkam sie die gnädige Schwärze.

Ruben bebte am ganzen Körper und starrte auf das Messer hinab, das in Fenjas Brust steckte und welches er mit beiden Händen umklammerte. Vor sich selbst erschrocken ließ er los, hob Fenja hoch und trug sie auf ihr Bett. Mit einem Ruck entfernte er das Messer und warf es wütend in die Zimmerecke.

Ruben war, als hätte man *ihm* das Messer ins Herz gerammt. Eben noch hatte er sich gewünscht, bis in alle Ewigkeit mit Fenja nach ihrer großen Liebe zu suchen – und sie nie zu finden. Bis in alle Ewigkeit jeden Morgen neben ihr zu erwachen und mit ihr den Tag zu verbringen. Jeder schöner, als der zuvor – bis, nun, bis in alle Ewigkeit. Doch nun wurde ihm erst so richtig klar, was es hieß, sie dafür täglich sterben sehen zu müssen. Vor allem schwante ihm, dass sie sich von nun an jeden Tag von ihm umbringen lassen wollte. Das war nun wirklich nicht seine Vorstellung von Liebesglück. Dieses eine Mal hatte er sich hinreißen lassen, weil Fenja es wünschte, und obwohl er damit praktisch auf ewig dazu verdammt war, Kassandra zu dienen – oder auf ewig zu frohlocken. Beides keine verlockenden Aussichten, aber er hatte es trotzdem getan. Aus Liebe. Würde er es wieder tun? Wenn er noch ein wenig Zeit mit Fenja verbringen wollte, musste er es wohl. Aber könnte er es auch? Und wenn ja, wie lange, bis er daran völlig zerbrach?

Ruben schluckte. Es fühlte sich an, als wäre seine Seele von einem kalten, eisernen Mantel umhüllt. Doch im Inneren dieses eisigen, harten Mantels brodelte es. Dort waren die herrlichen letzten Stunden eingekerkert, die sein Herz endgültig in Flammen gesetzt hatten.

Wie sie sich beim Fernsehen an ihn gekuschelt hatte. Er hatte sich dabei gefühlt, wie einer dieser romantischen Helden im Holografiekasten. Es war ein tolles Gefühl, dass seine breite Brust ihr Geborgenheit schenken konnte. Und wie sie ihn dabei angesehen hatte! Als hätte sie dasselbe wie er gedacht. Und diese Entschlossenheit in ihrem Blick, als sie ihren unseligen Kasper ans Messer liefern wollte.

Oh - wie sie Ruben geküsst hatte, beim Todeskuss. So hatte ihn bisher noch keine Frau geküsst.

Der Atem stockte ihm, als er daran dachte, wie Fenja die

Augen beim Todesstoß aufgerissen hatte.

Nein, so konnte es nicht bis in alle Ewigkeit weitergehen. Das würde er nicht ertragen.

Er musste sich unbedingt etwas einfallen lassen.

Nachdenklich setzte sich Ruben zu ihr ans Bett und betrachtete sie. Bei jedem Erwachen war sie noch schöner. Die goldenen Haare leuchteten mit jedem Mal etwas mehr. Auch ihre Haut wurde immer weißer, fast wie Porzellan. In all den achthundert Jahren, die Ruben nun schon existierte, hatte er keine holdere Schönheit gesehen.

Er streichelte über ihr wundervolles Haar und die weichen Wangen. Selbst jetzt, wo sie kalt und tot war, elektrisierte ihn die Berührung.

Überwältigt von seinen Gefühlen lief Ruben eine Träne über die Wange. War es Glück oder Qual, dass Fenja auf Erden bleiben musste, bis sie würdig für Wolke Sieben war? Er wusste es nicht. Er wusste gar nichts mehr. Mit jedem ihrer Tode wurden seine Gefühle für sie stärker und er konnte immer weniger damit umgehen.

»Vergiss es! Kassandra wird dich derart grillen, wenn du wiederkommst, dass du den Unterschied zwischen Wolke Sechseinhalb und Hölle nicht erkennen wirst.«

Ruben zuckte zusammen. Amor stand plötzlich hinter ihm.

»Was willst du denn schon wieder?«, fragte Ruben genervt. »Wie kommst du überhaupt hier rein?«

»Soll das ein Witz sein? Durch die Wand natürlich. Irgendwie muss ich doch in Räumlichkeiten kommen, schließlich verlieben sich die Menschen nicht nur im Freien.«

»Ach, ja natürlich … ich bin etwas durcheinander«, murmelte Ruben und fuhr sich fahrig durch die Haare.

»*Etwas* durcheinander ist gut«, antwortete Amor.

»Was interessiert's dich? Verrate mir lieber, warum du schon wieder hier bist«, knurrte Ruben.

»Um dich höflichst dazu anzuhalten, endlich diesen verdammten Flüsterknopf ins Ohr zu stecken. Kassandra besteht darauf, dass ich dich so lange nerve, bis du dir das Ding freiwillig einpflanzt. Sie möchte dir dringlichst die Leviten lesen.«

Ruben seufzte. »Ja, das wette ich. Wenn sie sich doch nur dazu herablassen könnte, mich zu kündigen. Ihr ganzes Gezeter und all die Abmahnungen, das ist doch eine einzige Farce. Nichts, als ein leeres Versprechen.«

»Du hast es erfasst. Keiner von uns beneidet dich.«

»Vielleicht sollte ich den Allmächtigen selbst fragen, ob er mich versetzt.«

»Wenn du weiterhin solchen Mist baust, kannst du dir das schenken. Er möchte Fehlverhalten nicht belohnen, indem er Gesuche unterstützt. Du kannst dir außerdem sicher denken, dass dir Kassandra nicht gerade das beste Zeugnis ausstellen würde. Du hast damit äußerst schlechte Karten.«

Ruben nickte. Natürlich gab es im Himmel Anwälte, aber die durften nicht lügen. Und was war ein Anwalt wert, der nicht lügen durfte? Die Winkeladvokaten legten sich alle, kaum im Himmel angekommen, auf eine Wolke, schlugen die Beine übereinander, falteten die Hände unter dem Kopf und ließen den lieben Gott einen guten Mann sein. Sollte *er* doch dafür sorgen, dass Recht und Gebote eingehalten wurden. Wahrscheinlich hatten sie das auch auf Erden schon so gehandhabt und es nur deswegen in den Himmel geschafft.

Ein seltsames Geräusch ließ Ruben aufsehen. Amor hatte die Arme gekreuzt und trommelte mit seinen Fingern auf den Oberarm. Im Takt dazu, schlugen sirrend seine Flügel. Eine Inspiration für jeden Musiker.

»Würdest du jetzt bitte endlich diesen Knopf einsetzen? Ich habe heute noch was vor«, knurrte Amor.

»Nur, wenn du mir vorher die Lautstärkenbegrenzung einstellst«, sagte Ruben.

»Ach je! Das steht doch eh groß und breit darauf, wie man das macht. Kannst du nicht lesen, oder was?«

»Was glaubst du? Ich bin achthundert Jahre alt. Da sah die Schrift noch anders aus. Und du weißt ja, wie geizig Kassandra mit solchem Equipment ist. Schließlich war ich mal ein Mensch, du schon immer ein Gott. Da kennst du solche Probleme natürlich nicht.«

»Okay, wenn es unbedingt sein muss! Gib schon her«, knurrte Amor und hielt die Hand auf.

Ruben holte den Flüsterknopf aus seiner Brusttasche und gab ihn ihm.

Kurz fummelte Amor daran herum, dann streckte er ihn Ruben wieder entgegen. »So, jetzt müsste er funktionieren. Setz ihn ein! Vor meinen Augen!« Der Liebesgott sah ihn drohend an.

Ruben atmete tief durch. Es half nichts, er musste sich dazu durchringen. Schließlich wollte er es sich mit seinem Kollegen nicht verscherzen. Amor war einer, der nie den Gott heraushängen ließ. Das mochte Ruben sehr an ihm.

Mit verschwitzten Fingern nahm er den Knopf entgegen und stopfte ihn ins Ohr. In Erwartung der Schimpftirade seiner Chefin duckte er sich. Aber Gott sei Dank hatte sein Freund die niedrigste Lautstärke eingestellt. Ein Lächeln zwang sich in sein Gesicht. Kassandras Stimme war fast so lieblich wie Meeresrauschen. Okay – tosende Brandung. Leise gedrehte tosende Brandung.

»Das wird ein Nachspiel haben, mein Lieber!«, rauschte es in Rubens Ohr. »Gadgetinventur, Harfenputzen? Das ist noch viel zu gut für dich! Du wirst in der Hölle die Asche kehren. Ach, was! Selbst das ist nicht angemessen. Du … Du …!«

»Sorry Chefin, ging nicht anders. Ich hatte bisher noch keine Zeit, mich mit der neuen Technik auseinanderzusetzen«, antwortete Ruben bemüht gelassen.

Amor lächelte, winkte, drehte sich um und schwebte davon.

»Du fängst jetzt sofort wieder damit an, Fenja neue Vorschläge für die Liebe ihres Lebens zu machen. Und zwar vernünftige, sonst … sonst …«

Spöttisch hob Ruben die Brauen. Kassandra ging ihm so was von am A… vorbei. »Sonst was?«, höhnte er. »Du bringst mich und Fenja nicht auseinander!«

Ruben bezweifelte, dass es klug gewesen war, was er da in seinem Ärger zugegeben hatte. Egal, er konnte – wollte – seine Gefühle sowieso nicht mehr verbergen. Letztendlich war es auch egal, ob sie auf natürliche Weise entstanden waren, oder wegen einer amourösen Kontamination auf Wolke Sechseinhalb.

»Das werden wir ja sehen. Ich werde die Himmelspolizei einschalten. Du wirst verbannt. Wir bauen einen Knast für dich, wenn es sein muss! Dein Verhalten ist gesetzeswidrig!«

Himmel, wie wohltuend, dass die Lautstärke so massiv gedämpft war. Das minderte prompt den Respekt vor Kassandra und machte ihn übermütig. War es wirklich ein Verbrechen, sich zu verlieben? Niemand konnte doch etwas für seine Gefühle und in diesem Fall nahm keiner Schaden – im Gegenteil. Selbst die Sterbehilfe für Fenja war für Himmelsangestellte kein Verbrechen. Warum sollte er sich da weiter schikanieren lassen?

Mit provokantem Gesichtsausdruck ging er ins Bad, warf den Flüsterknopf ins Klo und betätigte die Spülung. »Pah! Um in die Hölle zu kommen, wird es nicht reichen«, grummelte er. Mit Kassandra konnte es sowieso nicht mehr schlimmer kommen.

Dass Kassandra ihn persönlich hier auf der Erde behelligen würde, war mehr als unwahrscheinlich. Zumindest, wenn sie wirklich so heftig unter Hausstauballergie litt, wie sie immer vorgab.

Ruben hatte jetzt Besseres zu tun. Seine Pflicht sah vor, Fenja wieder von den Toten zu erwecken. Diesmal jedoch wollte er besonders allerliebst klingen, deshalb absolvierte er sämtliche Stimmübungen, die er kannte.

Fachkundige Einbrecher sind selten

Seine Untat blieb dir verborgen
Du musst es wissen, du musst es wissen
Dann ziehe die Konsequenz
Er soll sich verpissen, er soll sich verpissen

Guten Morgen, Engelein
Ich weck dich auf und komm herein
Nein du darfst nicht sauer sein
Dieser Typ ist bloß ein Schwein
Einfach alles könn' wir sehen
In unserm Himmel, in unserm Himmel
Doch nun ist es geschehen
Du baust Mist nur wegen 'nem Pimmel
Guten Morgen, Engelein
Ich weck dich auf und komm herein
Nein du darfst nicht sauer sein
Dieser Typ ist bloß ein Schwein
Dieser Typ ist bloß ein Schwein
Dieser Typ ist bloß ein Schwein
Dieser Typ ist bloß ein Schwein
Dieser Typ ist bloß ein Schwein

Still blieb Fenja liegen. Zum ersten Mal nahm sie sich die Zeit, Rubens Gesang zu lauschen. Wieso war ihr bisher nie aufgefallen, wie schön seine Stimme klang? Lag es an dem Text und der nervigen Melodie? Sie konnte sich gut vorstellen, wie Ruben Songs von Kurt Cobain sang. Die Groupies würden kreischend alles auf die Bühne werfen, was ihnen zwischen die Finger kam. Blumen, Plüschtiere, Büstenhalter, ihre Handys, damit er sie ihnen nach der Show zurückgeben konnte. Während Fenja Rubens Worten lauschte, stellte sie sich vor, wie er all diese verrückten Hühner keines Blickes würdigte und nur Augen für sie hatte.

»Ich weiß, dass du wach bist«, hörte sie Rubens Stimme plötzlich ganz nah an ihrem Ohr. Sie drehte den Kopf und lächelte ihn an. Dann streckte sie die Arme nach ihm aus und zog ihn an sich. Sanft küsste sie ihn, und als er mit seiner Hand über ihre Wange strich, bis hinauf zu ihrer Stirn, erschauderte sie.

»Bereit für ein wenig Action?«, hauchte sie.

»Wenn es dir hilft.«

Rubens Lächeln vertiefte die feinen Fältchen um seine Augen. Er mochte zwar nicht das sein, was seiner Vorgesetzten als ihre große Liebe vorschwebte, aber die Aussicht, viele weitere Tage mit ihm zu verbringen, ließ Fenja lächeln. Sie könnten jeden Tag einen anderen Verbrecher in den Knast bringen, indem sie sich opferte. Damit wäre das tägliche Sterben nicht sinnlos und sie würden die Welt zu einem sichereren, schöneren Ort machen. Wenn man sich an Schmerzen gewöhnen konnte, dann vielleicht auch ans Sterben.

Fenja schlüpfte aus dem Bett und zog sich um, während Ruben sittsam den Blick abwandte. Er war der anständigste Mann, der ihr je begegnet war.

In bequemen Klamotten und flachen Schuhen stellte sie sich vor ihm hin und zog sanft seine Hände von den Augen. Sein Lächeln ließ die Schmetterlinge in ihrem Bauch vergnügte Loopings drehen.

Fenja bildete sich ein, zu wissen, wo sie einen Mann finden könnte, der ihr dabei behilflich war, Beweise gegen Kasper zu finden und ihnen unbefugten Zutritt zu seinem

Haus verschaffen konnte. War er erst einmal im Gefängnis, konnte er keiner anderen Frau mehr etwas zu leide tun und vielleicht konnten ihm die Psychologen dort helfen, die Wirkung des Trankes endlich hinter sich zu lassen.

Ruben griff nach ihrer Hand und sie verließen die Wohnung. Gemeinsam liefen sie die Treppen hinunter und hielten ein Taxi an. Erneut wurde Ruben blass, als er sich auf die Rückbank zwängte, doch unter Fenjas Berührung entspannte er sich. Sie küsste ihn, bis seine Schultern locker wurden und er die Arme nicht mehr um sie verkrampfte. Rubens Finger stahlen sich unter ihr Shirt. Mit einem leisen Seufzen schmiegte sie sich an ihn, fuhr mit den Fingern über das Wams, den Stoff seines Hemdes und suchte seine nackte Brust zwischen den Falten des Gewandes. Der Fahrer brummte etwas, das wie ›Könnt ihr das nicht zu Hause machen?‹ klang, doch Fenja scherte sich nicht darum. Sie wollte Ruben ablenken, um ihn nicht wieder auf dem Bürgersteig sitzen und wie eine Frau in den Wehen atmen zu sehen.

Das Taxi stoppte viel zu abrupt und lediglich Rubens beherzter Reaktion verdankte Fenja, dass sie nicht gegen die Lehne des Vordersitzes knallte.

»Wir sind da«, brummte der Taxifahrer.

Fenja reichte ihm das Geld und kletterte von Ruben herunter, um auszusteigen. Ruben tat es ihr merklich unsicher gleich und runzelte die Stirn. »Schon wieder ein Museum?«

Fenja nickte und nahm seine Hand. »Ja, wenn uns die Polizei nicht helfen will, dann vielleicht jemand von der Mafia.«

Vor ihnen erhob sich das historische Hauptportal des Staatlichen Kunstmuseums Kopenhagens. Heute um elf Uhr eröffnete eine neue Ausstellung mit Werken von

Wassily Kandinsky. Ein Mann mit Johan Olsens Liebe zur Kunst ließ sich das wohl kaum entgehen. Genauso, wie sich Fenja das nicht hatte entgehen lassen wollen. Welch Ironie, dass ausgerechnet Kasper ihr die Karten mitgebracht hatte. Und das an dem Tag, an dem er sie ermordet hatte. Wenn er geahnt hätte, dass sie ihm zum Verhängnis werden könnten, hätte er ihr stattdessen wohl Blumen mitgebracht. Fenja zeigte die Karten am Einlass vor, dann passierten sie die Taschenkontrollen. Etwa hundert Leute standen in Grüppchen herum und plauderten.

Unzählige Stehtische waren über den Ausstellungsraum verteilt. Kellner huschten zwischen den Gästen umher, boten Sekt und Orangensaft an. Auch ihnen wurde ein Tablett unter die Nase gehalten, aber Fenja winkte ab. Ruben hingegen nahm sich ein Glas.

»Interessante Bilder«, sagte Ruben und deutete auf das Gemälde ›Herbstlandschaft mit Booten‹. So viel dazu, Kandinsky hätte keine Landschaften gemalt. Warum hatte sie nie bemerkt, wie dumm Kasper teilweise war?

»Schöne Farben«, fügte Ruben hinzu.

»Sag so was bloß niemals über ein Kunstwerk«, gab Fenja zurück. »Es ist das Schlimmste, das du zu einem modernen Künstler sagen kannst. Die Farben sind sein Ausdrucksmittel. Das ist, als würdest zu jemandem sagen: schöne Gesichtszüge. Vor allem, wenn er gerade finster oder deprimiert dreinschaut. Es geht nicht darum, ob die Farben schön sind, sondern was sie bedeuten. Ein wütendes Rot, einsames Blau, oder ein deprimierendes Gelb.«

»Deprimierendes Gelb«, wiederholte Ruben verblüfft. »So was gibt es?«

»Es gibt Lieder mit traurigen Texten aber fröhlichen Klängen«, hielt Fenja dagegen. »Wie viele Songs werden in

Diskotheken gespielt, obwohl sie von Krieg, Depressionen oder Armut handeln?«

»Was ist eine Diskothek?«

»Ein Tanzlokal.«

»Ah«, machte Ruben und setzte das Glas an die Lippen.

Fenja packte ihn am Arm. »Vorsicht mit den Eiswürfeln! Vielleicht ist das Getränk zu kalt. Dann wirst du undicht, schon vergessen?«

»Ach ja«, murmelte Ruben. Er stellte das Glas auf einen Tisch und nickte der Frau zu, die sich dort selbst an einem Sektglas festklammerte. Für Fenjas Geschmack hellte sich ihr Blick viel zu sehr auf, als sie Ruben erblickte.

Demonstrativ hakte sich Fenja bei Ruben ein und fixierte ihre Konkurrentin so lange, bis sie wegsah. Automatisch folgte Fenja ihrem Blick und da war Olsen!

Fenja krallte sich in Rubens Arm.

»Au«, stöhnte ihr Engel. »Hör auf zu kneifen!«

»Da ist er«, raunte Fenja.

»Wir können ihn wohl kaum vor Publikum denunzieren!«

Oh, sie wollte Olsen auch nicht denunzieren. Sie wollte ihn erpressen, das war etwas völlig anderes! Fenja zog Ruben hinter sich her und steuerte auf den Mafioso zu. Dieser versenkte sich gerade in die Betrachtung abstrakter Figuren auf himmelblauem Hintergrund. Fenja tippte ihm auf die Schulter.

Olsen wirbelte herum, seine Hand ging zu der Pistole an seinem Gürtel. Er erstarrte mit offenem Mund, als er sie erkannte. »Das gibt's doch nicht!«

Fenja nutzte seinen Moment der Verwirrung, packte den Griff seiner Waffe, zerrte sie aus dem Halfter und trat einen Schritt zurück.

»Wow, jeder Cowboy wäre stolz auf dich«, gluckste

Ruben. Er schirmte ihre Aktion vor den Blicken der anderen Gäste ab, indem er sich zwischen sie und Fenja stellte und die Arme in die Hüften stemmte.

»Du musst einen guten Schutzengel haben. Ich habe gedacht, du bist tot«, sagte Olsen und beäugte misstrauisch seine Waffe in Fenjas Händen.

Sie umklammerte diese fest, zeigte mit der Mündung aber nur auf Olsens Beine. »Dreh dich um.«

»Ich lasse mir ungern in den Rücken schießen. Auch wenn ein Überfall in diesem Rahmen beeindruckend wagemutig ist und du es dir verdient hättest.«

»Ich will dich nicht erschießen«, gab Fenja zurück. »Ich will mit dir reden.«

»Tut mir wirklich leid, dass es mit dem Abendessen nicht geklappt hat.«

»Nicht darüber«, fauchte Fenja und entsicherte die Waffe.

Olsen runzelte die Stirn. »Dann gehen wir vielleicht da hinüber in den anderen Raum.« Er deutete direkt hinter sie.

Pah, er glaubte doch nicht etwa, dass sie so blöd war, sich mit ihm durch die Meute zu drängeln, damit er im Schutz fremder Leiber abhauen konnte.

»Wir nehmen die Herrentoilette«, sagte Fenja. Schließlich standen sie fast davor.

Olsen verzog unwillig das Gesicht, aber als Fenja die Waffe ein Stück anhob, setzte er sich in Bewegung. Braver Junge. Fenja versteckte die Pistole, indem sie ihre offene Jacke davor hielt, aber sie behielt den Finger am Abzug.

»Kannst du damit etwa umgehen?«, flüsterte Ruben.

»Japp.«

Ruben stöhnte. »Was bist du? Jesse James Schwester?«

Er hielt Fenja die Tür auf und wow! Diese Herrentoilette hier war größer als ihre verfluchte Wohnung! Die Pissoirs waren aus hellgrauer Keramik, der Boden bestand aus Marmorfliesen, und selbst die Kabinen besaßen helle, saubere Türen. Ein schmales Fenster knapp unter der Decke sorgte für ein bisschen natürliches Licht. Die grellen LEDs übernahmen die restliche Beleuchtung.

Außer ihnen war niemand hier. Ruben schloss ab und Fenja hob die Pistole wieder an.

»Du bist mir etwas schuldig«, stellte Fenja klar.

Olsen zog eine Augenbraue hoch. »Bin ich das?«

»Ja«, beharrte Fenja. »Ich will in ein Haus einbrechen. Das sollte für jemanden wie dich kein Problem sein.«

»Ich bin kein Einbrecher.«

Fenja wippte ungeduldig auf den Zehenspitzen. »Du bist ein Mörder, Drogendealer oder vermutlich noch Schlimmeres. Jetzt sag bloß, du bist zu bescheuert, um in ein Haus einzusteigen.«

»Fleischmafia«, warf Ruben ein.

Fenja drehte sich zu ihm. »Was?«

»Der Kerl ist von der Fleischmafia«, bestätigte Ruben.

»Egal. Einbrechen wirst du ja wohl können, oder?«, fragte sie und sah Olsen provokativ an.

»Warum sollte ich dir helfen?«, fragte Johan.

»Weil ich deine verfluchte Pistole in der Hand halte.«

»Du darfst aber niemanden töten«, raunte ihr Ruben zu.

»Aber ich kann ihm sein wichtigstes Körperteil weg-schießen!« Sie zielte auf Olsens Schritt.

»Du bist so ordinär«, seufzte Ruben.

Fenja war sich nicht sicher, ob das eine Beleidigung oder ein Kompliment war.

Olsen verschränkte die Arme vor der Brust und starrte Fenja an. Es war erstaunlich. Kein Muskel bewegte sich in seinem Gesicht. Das verunsicherte Fenja und sie schalt sich eine Närrin. Seine Augen waren bei ihrem ersten Zusammentreffen mit Sicherheit genauso grau, kalt und gefühllos gewesen. Aber sie hatte nur auf sein attraktives Äußeres geachtet und Rubens warnendes Gefuchtel ignoriert. Sie war eine oberflächliche Zicke, die sich jeden Reinfall der letzten Tage bitter verdient hatte.

»Ihr verschwindet besser«, sagte Olsen. Seine Stimme klirrte wie Eis. »Ich möchte hier ungern Leichen zurücklassen.«

»Deine Leiche liegt gleich kastriert in einer Herrentoilette«, zischte Fenja. »Ruben, was erwartet Männer wie ihn, wenn sie sterben?«

Ihr Engel schob die Hände in die Hosentaschen und zuckte die Schultern. »Höchstwahrscheinlich die Hölle.«

»Und wie ist die so?«

Ruben verzog das Gesicht. »Ein furchtbarer Ort. Es herrschen um die fünfzig Grad Hitze. Überall stinkt es bestialisch nach Schwefel. Aber der kommt nicht etwa aus irgendwelchen Lava-Quellen. Es sind die Ausdünstungen der Dämonen. Deren Lieblingsspeise ist Speck mit Bohnen. Man tritt ständig in ihre Hinterlassenschaften …«

Fenja wurde allein bei dem Gedanken übel. Das war ja widerlich! Der Mafioso wirkte alles andere als begeistert. Läuft.

»Du tätest also gut daran, deine Sündenliste mit einer guten Tat aufzuwiegen«, schloss Ruben.

Olsen öffnete den Mund, doch was immer er sagte, es wurde von einem lauten Knall übertönt. Glas klirrte und Fenja duckte sich.

»Autsch«, stöhnte Ruben und taumelte gegen die Wand. Sein Hemd war am Arm zerrissen und Blut tränkte den weißen Stoff.

Im zerbrochenen Fenster tauchte das Gesicht eines Mannes auf. Und ein Gewehr! Stand er da draußen auf einer Leiter?

Fenja zielte auf ihn und drückte ab. Der Rückstoß stauchte ihr Handgelenk. Ob sie getroffen hatte, wusste sie nicht. Es schepperte fürchterlich und der Schuss dröhnte ihr in den Ohren. Plötzlich tauchte Olsen vor ihr auf. »Du bist gut darin, mich zu beschützen.« Er packte ihr Handgelenk und drehte es herum, bis sie vor Schmerz aufschrie. Dann entwand er ihr die Pistole, aber zur Hölle, so einfach kam er ihr nicht davon!

Fenja sah zwar nicht gefährlich aus, aber sie war es! Wie hatte ihr Trainer sie früher genannt? Schlägerlilly! Weil sie ohne jegliche Koordination auf ihren Gegner losstürzte und nicht durch Technik, sondern durch Verbissenheit gewann. Sie tauchte unter Olsens Arm hindurch, wirbelte herum und sprang auf seinen Rücken. Olsen taumelte unter dem plötzlichen Gewicht. Fenja packte ihm am Kinn und warf sich mit dem gesamten Gewicht nach links. Das brachte ihn endgültig zu Fall. Sie krachten gegen eine Trennwand zwischen zwei Urinalen und polterten schließlich zu Boden – leider größtenteils auf Fenjas Körper. Doch sie lockerte ihren Griff nicht, zog sein Kinn stattdessen nach oben, damit er nur noch die Decke sehen konnte. Dabei schlang sie die Beine um seine Taille und drückte mit aller Kraft die Schenkel zusammen.

Olsen ächzte. Seine Arme ruderten in der Luft.

Mit offenem Mund stand ihr Engel nutzlos in der Gegend herum.

»Ruben«, keuchte Fenja. »Nimm ihm die Waffe ab!«

Endlich kam Bewegung in ihren himmlischen Begleiter. Er stürzte auf sie zu, wich einem Schlag von Olsen aus und drückte ihm einen Arm auf den Boden.

Fenja ließ los. Olsen nutzte die Gelegenheit, um sich von ihr herunterzuwälzen.

Sofort taumelte Fenja auf Ruben zu, riss ihm die Waffe aus der Hand und richtete sie auf Olsen. »Du hilfst uns!«

»Ich kann gleich niemanden mehr helfen.«

Er deutete über ihre Köpfe auf das Fenster. Ruben schnappte sich die abgebrochene Trennwand und schleuderte sie nach oben. Der Schuss des Schützen ging ins Leere, was man von der Trennwand nicht behaupten konnte. Ein Schmerzensschrei gellte draußen. Die Trennwand fiel zu Boden und der Schütze tauchte nicht noch einmal im Fenster auf. Ha, Volltreffer!

»Wow, James Bond wäre stolz auf dich«, lächelte Fenja und Ruben grinste schief.

»Vielleicht sollte ich euch als Security engagieren«, keuchte Olsen und rieb sich über die schweißbedeckte Stirn.

»Du scheinst ja mächtig beliebt zu sein«, spottete Fenja. Sie richtete die Pistole auf ihn. »Wir gehen jetzt. Du hast die Wahl zwischen uns und deinen Freunden da draußen, die bestimmt gerade wieder ihre Leiter aufstellen.«

Olsen verdrehte die Augen. »Meinetwegen. Weil ihr verrückt und unterhaltsam seid.«

Fenja grinste triumphierend und auch Ruben sah zufrieden drein. Er schubste Olsen sogar Richtung Tür. Eine Liebenswürdigkeit, die dieser mit wesentlich mehr Kraft zurückgab. Ruben krachte gegen eine Kabinentür, sie sprang auf und er knallte mit der Nase auf den Toilettendeckel.

»Hast du ein Glück, dass der geschlossen ist«, sagte Fenja.

»Also in Filmen wehrt sich die Geisel nie«, keuchte Ruben und rappelte sich auf.

»Dann siehst du die falschen Filme«, erwiderte der Mafioso ungerührt und sperrte auf.

Draußen erwartete sie das blanke Chaos. Die Schüsse waren nicht ungehört geblieben. Fünf Securitymänner starrten sie an, unsicher, ob sie schießen oder erst fragen sollten. Die Polizei war bestimmt auch schon auf dem Weg.

»Da liegt einer bewusstlos am Klo«, behauptete Fenja und deutete ins Innere der Herrentoilette. Drei der Securitymänner rannten hinein, die anderen beiden glotzten nur. Und wo zum Henker war Ruben? Er war doch gerade noch da gewesen.

Frische Luft umwehte Ruben, als er die Notausgangstür öffnete und den schrillen Alarm auslöste. Fenja würde mit Olsen einen Moment allein zurechtkommen, aber was, wenn noch mehr Verbrecher heranrauschten?

Rubens Gefühle bei dieser Sache waren mehr als zwiegespalten. Er fühlte sich wie vor achthundert Jahren, als bei dem üppigen Wildschwein-Mahl der Braten wie Stein in seinem Magen gelegen hatte. Flau und übel war ihm geworden. Er erinnerte sich noch lebhaft an die Schmerzen in der Brust, die in seinen linken Arm zogen. Kurz darauf hatte er sich im Himmel wiedergefunden.

Fenja wollte in Kaspers Haus einbrechen? Wozu? Das konnte nur in einer Katastrophe enden! Der arme Tropf starb gerade tausend Tode – aus Liebeskummer. Und was, wenn sich Fenjas Herz wieder für Kasper erwärmte, wenn sie ihm beim Trauern um sie sah? Wie heißt es doch so schön? Alte Liebe rostet nicht. Was passierte, wenn sie merkte, dass sie diesen Schuft doch noch liebte?

Dieser zwielichtige Mafioso würde ihr dabei auch noch die Hand reichen, so tun, als ob er ihr helfen wollte und danach ihren Untergang belächeln. Da war sich Ruben ganz sicher.

Und deshalb musste er eingreifen! Er musste Fenjas Pläne vereiteln. Er wollte ihr nicht noch einmal beim Sterben zusehen. Rubens Hirnwindungen kochten. Als Erstes musste er eventuelle schießwütige Irre abwehren. Die beiden am Toilettenfenster waren ganz sicher nicht die Einzigen gewesen. Ruben würde es nicht überraschen, wenn der Nachschub, wie schon vor zwei Tagen, aus der sicheren Panzerung ihrer Autos schießen würde. Fenja hätte keine Chance gegen sie. Dieses lieblich zarte Wesen, gegen diese bestialischen Kerle … Nein, die Gauner durften gar nicht erst die Gelegenheit erhalten.

Bloß, wie sollte er das ohne seine übermenschlichen Kräfte anstellen? Denn auffallen durfte er nicht, wenn er nicht schon wieder das Blitzdingsbums gebrauchen wollte? Ruben strich sich über den ewigen Dreitagebart. (Engeln hatten keinen Bartwuchs, er trug das verwegene Erbe aus Lebzeiten.)

Die Gadgets! Warum war er nicht gleich darauf gekommen?!

Er kramte in seinem Rucksack, bis er etwas fand, das wie eine Handgranate aussah. Schnell positionierte er sich und warf den Zip-Nagelbalken mitten auf die Fahrbahn. Die Granate entfaltete sich einmal über die Straße. Die Platzierung war gelungen, hier würde keiner mehr vorbeikommen, ohne platte Reifen zu riskieren. Das Gadget war so gut getarnt, dass man fast unweigerlich in die Falle tappen musste.

Jetzt noch schnell die anderen Balken platzieren. Es war zu vermuten, dass die Schurken alle Fluchtwege gleichzeitig versperren wollten, deshalb setzte er jeweils eine Granate in jede Richtung. Mit zufrieden verschränkten Unterarmen lauschte Ruben, dem dumpfen Geräusch, als die Reifen zerfetzten. Jetzt noch schnell weiter hinten eine zweite Salve Nagelgranaten werfen, damit so ein natürlicher Schutz für eventuell nachfolgende Unschuldige entstand.

Die räudigen Hunde stiegen aus und traten gegen die Felgen. Ein Stimmengewirr von Spekulationen drang zu Ruben herüber. Er konnte gar nicht folgen, wer was sagte.

»Was ist das denn?«

»Ich möchte mal wissen, wer uns da verpfiffen hat?«

»Das können nur Larsons Leute gewesen sein.«

»Aber woher wussten die das?«

»Los! Raus mit der Sprache! Wer von euch ist der Maulwurf?«, fragte einer der Verbrecher. Er war besser gekleidet als die anderen und fiel Ruben sofort ins Auge. Das war vermutlich der Boss.

Jetzt begann ein überraschend erbauliches Spektakel. Die Männer fingen an, sich gegenseitig zu beschimpfen und beschuldigen. Es herrschte das reinste Chaos.

»Das kannst doch nur du sein!«

»Wer brauchte denn Geld für den Hausbau?«

»Du wolltest doch nur deine Mutter rächen!«

»Und du willst meine Schwester heiraten! Ich weiß genau, dass du sie knatterst!«

Irgendwann zückte der Erste seine Waffe, dann taten es ihm alle anderen gleich – natürlich nur, um einander zu warnen. Ruck zuck fielen die ersten Ganoven in den Dreck. Vom Krach angelockt, kamen auch die Schufte der Gegenseite hinzu und im Handumdrehen war die schönste Schießerei im Gange. Der Schusswechsel war himmlisch ergiebig, wieder ein paar Schurken auf dem Weg zur Hölle. Aber vor allem kamen keine unschuldigen Passanten zu Schaden.

Ruben grinste zufrieden, dann drehte er sich zu Fenja um, die mit Olsen aus dem Nebeneingang stolperte.

»Du bist abgehauen«, rief sie ihm entgegen und starrte ihn mit weit aufgerissenen Augen an.

»Ich habe nur getan, was James Bond tun würde.« Ruben lächelte schief, dann sank er plötzlich in sich zusammen, als ihm schwante, dass sie nicht ungesehen entschweben konnten. »Müssen wir jetzt wieder mit einer dieser motorisierten, schrecklichen Kutschen abhauen?«

Zurückgewiesene Männer
morden länger

Ruben abzulenken war leicht. Fenja küsste ihn um den Verstand. Olsen verdrehte die Augen, aber er blieb auch brav sitzen. Nicht einmal der Taxifahrer sagte etwas. Das lag aber vielleicht auch an der Pistole, die Fenja halbwegs konzentriert auf Olsen richtete.

Diesmal setzte das Taxi sie vor Kaspers Haus ab.

»Wow«, entfuhr es Ruben, kaum, dass er ausgestiegen war. »Welch ein Gehöft.«

Fenja musste sich an ihm vorbeiquetschen, um aus dem Taxi zu kommen, aber sie konnte ihm seine Fassungslosigkeit nicht verübeln. Sie hatte genauso mit offenem Mund und hängenden Armen dagestanden, als sie das Haus das erste Mal gesehen hatte. Die weiße Fassade strahlte mit dem satten Grün des gepflegten Rasens um die Wette. Den durchgehenden Balkon im ersten Stock der Frontseite stützten dicke Säulen. Man konnte meinen, sie stünden vor einer Villa in Spanien und nicht in Kopenhagen. Kasper sehnte sich nach Exotischem. Er träumte von einer Altersresidenz in Portugal. Ob er dann die Putzfrauen zu vögeln und hinterher umzubringen gedachte?

Olsen gab dem Taxifahrer ein Bündel Geldscheine. »Vergessen Sie, was Sie gesehen haben. Ich wünschte, ich könnte es auch. Pornos im Internet anzusehen ist eindeutig besser, als live neben einem zu sitzen.«

»Hör auf zu jammern«, blaffte Fenja. »Konzentrier dich. Wir haben dir gerade dein verfluchtes Leben gerettet!«

»Pah.« Olsen verschränkte die Arme vor der Brust und

betrachtete die Kamera auf dem Pfosten der Toreinfahrt. Mist, der Bereich wurde überwacht. Die Streben des schmiedeeisernen Zauns zierten Pfeilspitzen. Um diese wiederum war Stacheldraht gewickelt. Doch Kasper und seiner Frau schien das an Sicherheitsvorkehrung wohl nicht genug zu sein. Obwohl sich jeder, der dumm genug wäre, über den Zaun zu klettern, aufspießen oder die Stacheln des Drahtes ins Fleisch rammen würde, waren in regelmäßigen Abständen Kameras installiert.

Nervös trat Fenja von einem Fuß auf den anderen. »Und was jetzt?«

»Wir gehen zur Rückseite des Grundstücks und klettern über die Mauer.« Olsen zog eine Zigarettenpackung aus seinem Sakko und bot Fenja eine an.

Sie schüttelte den Kopf. »Selbst wenn wir es drüber schaffen, wir werden dabei gefilmt.«

»Ich kenne die Sicherheitsfirma, die diese Kameras überwacht. Die gucken nur einmal pro Stunde auf die Monitore. Die Alarmanlage ist da viel interessanter.«

Fenja sah Ruben fragend an. Er zuckte die Schultern. Sie konnte nicht einschätzen, was ihr Engel von der ganzen Situation hielt. Er half ihr, aber war das Teil seines Jobs oder tat er das für sich selbst? Er wirkte ein wenig wie ein Welpe, der sich immer wieder die Schnauze an der geschlossenen Balkontür stieß. Aber er hinderte sie nicht an ihrem Vorhaben. Wie hätte sie sich *nicht* in ihn verlieben sollen? Er war anders als jeder Mann, den sie je kennengelernt hatte. Ruben machte andere nicht nieder, um sich selbst besser zu fühlen. Er unterstützte sie.

Im Moment lief er ihnen klaglos hinterher und drückte sich mit ihnen ins Gebüsch neben dem Grundstück. Den Zaun wechselte eine Mauer ab, die mindestens zweimal so hoch war wie Fenja. Ein kleiner Weg führte an ihr entlang, weg von der Straße. Ein Trampelpfad, dessen Pflege zu Wünschen übrig ließ. Fenja fluchte, als sie über Wurzeln und Sträucher stolperte.

Nur Olsen marschierte voran, als gäbe es einen Geschwindigkeitsrekord zu brechen.

»Der rennt uns davon«, keuchte Ruben. Ein Ast schlug ihm ins Gesicht und hinterließ einen Kratzer. Ein einzelner Blutstropfen glänzte an dem roten Strich an seiner Wange.

Fenja wollte stehen bleiben und den Tropfen wegküssen, aber Ruben legte ihr die Hand in den Rücken und schob sie voran. Eilig rannten sie hinter dem Mafioso her. Das Gestrüpp verhakte sich in ihrer Kleidung und Fenja fluchte leise, als sie Stoff reißen hörte. Sie hatte gerade angefangen, diesen Pulli zu mögen! Frustriert begutachtete sie das Loch – und prallte geradewegs gegen den Mafioso.

»Ihr seid schlechte Einbrecher«, lautete dessen vernichtendes Urteil. Trotz seines Designeranzugs sprang er die Mauer hoch, packte das Sims und zog sich hinauf. Auf der Mauer hockend, winkte er Fenja auffordernd. »Spring, ich packe deine Hand und zieh dich hoch.«

»Ähm«, machte Fenja. Sie war noch nie gut im Klettern gewesen. Als sie ansetzte, die Mauer hochzusteigen, rutschte sie ab und plumpste mit dem Hintern zurück auf die Erde. »Au!«

»Warte doch.« Ruben schüttelte das Gestrüpp ab und die Luft um ihn begann zu flimmern. Aus dem Nichts tauchten hinter seinem Rücken schneeweiße Flügel auf. So weich und einladend wie ein Daunenkissen.

»Himmel noch eins«, stöhnte Olsen. Er riss die Augen auf, verlor den Halt und fiel auf der anderen Seite der Mauer hinunter.

Ruben hob Fenja auf wie ein Bräutigam seine Braut und sie schmiegte sich an ihn. Eine unbändige Kraft schien sie zu durchströmen, als Ruben mit jedem Flügelschlag Blätter und Staub aufwirbelte.

Höher und höher schwebten sie, flatterten über die Mauer. Olsen sah ihnen mit offenem Mund zu.

Ruben landete neben ihm auf dem Rasen und Fenja seufzte leise. *Das* war mal ein Mann. Nicht wie dieser Kerl, der sich da auf dem Boden suhlte und aussah, als hätte er ein Gespenst gesehen.

Olsen blinzelte, als sich Rubens Flügel auflösten. »Genau deswegen sollte man als Händler nicht selbst Drogen konsumieren«, stöhnte er und rieb sich die Augen.

»Das ist modernste Technik«, behauptete Fenja. »Wird so auch in Modellflugzeugen oder Drohnen verbaut.«

Okay, jetzt starrte Olsen sie an, als wäre *sie* diejenige, die Drogen nahm.

Ruben setzte Fenja vorsichtig auf ihren Füßen ab und sie zerrten den Mafioso am Kragen auf die Beine. Zu dritt stolperten sie zwischen gepflegten Rabatten entlang, umrundeten großzügig den Pool und duckten sich hinter rundgestutzte Büsche, bis sie die Hintertür erreichten.

Fenja wollte die Hand nach dem Knauf ausstrecken, aber Olsen packte sie und deutete auf das blinkende Licht an einem unscheinbaren weißen Kasten, der neben der Tür in die Fassade eingelassen war. Verflixt. Als Fenja das letzte Mal hier gewesen war, waren alle Türen sperrangelweit offen gewesen. Mist, warum hatte sie nicht daran gedacht, dass ein paranoides Ehepaar mit Stacheldraht am Zaun auch die Hintertür verrammelte? Olsen hatte die Alarmanlage sogar noch erwähnt. Die Nervosität brachte sie schier um.

»Wie lautet das Geburtstagsdatum seiner Frau?«, fragte

Olsen. Noch immer starrte er Ruben misstrauisch an und verrenkte sich den Hals, um auf dessen Rücken sehen zu können.

»Hey, konzentrier dich.« Fenja boxte dem Mafioso gegen die Schulter. »Warum sollte das das Passwort sein? Kasper liebt seine Frau nicht.«

»Das spielt keine Rolle.«

»Nicht?«, wunderte sich Fenja.

»Nein, die nehmen immer das Geburtsdatum ihrer Frau. Ist das Einzige, was sie sich merken können.«

»Dann ist es der 6.8.1975«, sagte Fenja. Woher sie das wusste? Weil Kasper an diesem Tag nie Zeit für sie gehabt hatte. Und ja, Fenja gab es zu: Sie hatte Kasper und seinem Ehedrachen hinterherspioniert. Sie hatte gehofft, diesem Weib irgendetwas reinwürgen zu können. Eine Schönheits-OP zum Geburtstag vielleicht. Oder eine Anzeige bei der Polizei wegen häuslicher Gewalt, so, wie dieses Weib mit Kasper umgesprungen war. Aber scheinbar stand der Mistkerl darauf. Wie hatte Fenja das nicht bemerken können? Sie war all die Zeit nicht mehr eine nette Unterhaltung für ihn gewesen, ein Spielzeug, das sein Ego pushte, damit seine Frau darauf herumtrampeln konnte!

Olsen drückte die Zahlen und zu Fenjas Überraschung schrillte nicht sofort eine Sirene los. Ruben drehte den Knauf der Tür und sie sprang auf.

Fenja drückte sich an den beiden Männern vorbei und schlug Olsens Hand weg, die nach der Pistole unter ihrem Pullover tastete. Als ein Heulen aus einem der Zimmer drang, fuhren sie allesamt zusammen.

»Warum ist das Schicksal solch ein Arsch? … Kannst du nicht sehen, wie sehr ich dich liebe?«

Ein markerschütterndes Schluchzen folgte.

Olsen hielt sich wohl für verflucht clever. Wieder griff er unter Fenjas Pullover und bekam tatsächlich den Griff der Waffe zu fassen, aber Fenja schlug ihm mit der Faust auf die Nase. Der Mafioso stöhnte und kassierte von Ruben noch einen Tritt gegen das Schienbein.

»Tritt ihm noch in den Bauch«, schlug Fenja vor.

Aber Rubens Gewaltausbruch schien schon wieder vorüber zu sein. Er schüttelte den Kopf. »Das kann ich nicht. Ich bin ein Engel. Ich darf keine Menschen verprügeln. Nur aus Notwehr.«

Schade. Fenja zog die von Olsen so begehrte Pistole unter dem Pullover hervor und richtete sie auf den Mafioso. Dieser presste ein Taschentuch auf seine blutende Nase.

»Du gehst vor«, befahl Fenja flüsternd. Denn schon wieder drang ein unmenschliches Heulen in den Flur. Fenjas Nackenhaare sträubten sich.

Olsen warf ihr einen vernichtenden Blick zu, dabei sah sie seinen Rücken, denn er starrte sie über einen Spiegel hasserfüllt an, als er an einer wuchtigen Holzkommode vorbeimarschierte. Seine Schuhe scharrten über die Marmorfliesen, er gab sich nicht die geringste Mühe, leise zu sein, und doch brach das Schluchzen nicht ab. Geschweige denn kreischte jemand nach der Polizei.

Fenja folgte dem Mafioso, Ruben war ihr dicht auf den Fersen. Sie spürte seine Hand in ihrem Rücken. Einmal mehr wünschte sie sich, mit Ruben einfach zu Hause geblieben zu sein. Rachsucht war doch bestimmt eine Todsünde, oder? Warum hatte sie im Religionsunterricht nicht besser aufgepasst? Aber Kasper gehörte nun mal ins Gefängnis, ehe er noch mehr verbrach. Wenn sie es geschickt anstellten, landete sogar Olsen im Knast. Zwei gute Taten an einem Tag, das sollte über das Motiv hinwegsehen lassen, oder?

Vorsichtig schob sich Fenja hinter Olsen ins Wohnzimmer und erstarrte.

Kasper kniete vor einem golden leuchtenden Tisch. Nein, nicht der Tisch leuchtete. Er war mit unzähligen Kerzen geschmückt, so wie der Rest des Raumes. Zwischen den Lichtern standen Bilder. Fotos von *ihr*. Kasper hielt die Hände gefaltet und stützte sein Kinn darauf. Tränen liefen aus seinen brennend roten Augen über sein Gesicht und vergrößerten die Pfütze, die sich auf dem Boden gebildet hatte. Wow, müsste er nicht bereits dehydriert sein? Aber nein, neben Kasper lagen ein halbes Dutzend leere Wodkaflaschen. Schluchzend wischte er sich Rotz und Tränen aus dem Gesicht, bevor er sein Handy ergriff.

»Immer noch keine Nachricht! Fenja! Liebe meines Lebens … Wo bist du nur? … Sieh nur, was ich für dich aus Liebe getan habe! … Ich habe sie umgebracht, weil sie sich nicht scheiden lassen wollte! … Sieh doch! … Ihren Zehen sind weg … Sie hat keinen Reiz mehr … Genauso wie die anderen … Endlich könnten wir zusammen sein. So, wie du es immer wolltest.« Wütend warf Kasper das Handy fort und fixierte ein bestimmtes Bild. Oh Gott, es war auch noch ein Nacktbild. Wie hatte sie sich jemals zu so etwas hinreißen lassen können?

Fenja konnte nicht anders. Entsetzt, mit offenem Mund, starrte sie hinab auf Kasper. Ruben schlich an ihr vorbei zu einer Kiste, die neben Kasper stand. Der schluchzende Mann zuckte zwar zusammen, als der Engel plötzlich neben ihm auftauchte, aber er schien erheblich Mühe damit zu haben, sich von Fenjas Nacktbild loszureißen.

Ruben lüftete den Deckel der Kiste, würgte und taumelte zurück. »Das ist ja furchtbar. Du wirst im tiefsten Höllenkreis versinken«, sagte er zu Kasper.

Fenja verrenkte sich den Hals, trat schließlich näher und spähte in das Innere der Kiste. Sie riss die Augen auf. Fuck. Fuck. Fuck! In der Schachtel lagen Zehen! Menschliche Zehen! Ein Schauer lief ihr über den Rücken. Kasper hatte immer mit Vorliebe ihre Zehen liebkost. Er liebte es, daran zu lutschen, manchmal hatte er so lange daran geknabbert, bis sie angefangen hatte zu kichern. Waren das etwa Abdrücke von Zähnen auf einem besonders abstoßenden Exemplar? Hatte Kasper die Zehen etwa vorher liebkost, ehe er sie abgeschnitten hatte? Herrgott, hätte er das auch mit *ihrer* Leiche getan? Oder hatte ihn der Liebestrank so verwirrt, dass er es nicht gewagt hatte? Unweigerlich wackelte Fenja mit ihren Zehen und war erleichtert, als alle gegen das Innere ihrer Schuhe stießen. Ein gespaltenes Verhältnis zu ihren Zehen war das Letzte, was sie jetzt noch gebrauchen konnte.

Ruben würgte, Fenjas Mageninhalt wollte auch nichts lieber als hier raus.

Nur Olsen wirkte nicht sonderlich überrascht. Seine Lippen kräuselten sich höhnisch. »Deswegen hat er sich immer freiwillig gemeldet, wenn es darum ging, Frauen zu entsorgen.«

»Zu entsorgen?«, brüllte Fenja.

Olsen zuckte die Schultern. »Polizistinnen, Ehefrauen von Polizisten, Zeuginnen.«

Diesmal war es Fenja, die würgte. Kasper arbeitete für einen Mafioso? Aber er war doch Finanzberater! Sie verstand nichts mehr. Das war ihr zu hoch. Ihr Gehirn kapitulierte. Olsen kam wieder ein wenig näher. Unweigerlich packte Fenja die Pistole fester und zielte auf Olsens Bauch. Konnte sie nicht mal für fünf Minuten ungestört hysterisch werden? Verfluchte Hölle!

»Fenja …« Kaspers Stimme ließ sie herumfahren.

Kasper starrte nicht mehr auf das Bild, sondern auf sie! Oh, nein, nein, nein! Der Irre sollte gefälligst weiter auf ihre nackten 2-D-Titten stieren.

»Fenja, mein Liebling. Du bist da.« Kasper robbte auf Knien zu ihr, beugte sich vor und küsste ihre Füße. Es war so widerlich. Fenja wollte sich gleichzeitig übergeben, ihn erschießen und in Tränen ausbrechen.

»Oh, ich habe dich so vermisst.« Kaspers Finger strichen über ihre Knöchel. »Mein Schatz, mein Honigbärchen, meine Sternschnuppe am finsteren Nachthimmel. Ich bin jetzt frei. Frei für dich. Willst du meine Frau werden? Ich werde den Boden anbeten, auf dem du gehst. Du bist meine Luft zum Atmen. Jede Nacht werde ich deinem sinnlichen Leib huldigen …«

Da sprengte sich Fenja lieber selbst in die Luft.

Kasper rappelte sich auf, breitete die Arme aus und wollte sie ernsthaft umarmen. »Bitte werde meine Frau. Ich liebe dich, Fenja Knudsen.« Die Lippen gespitzt kippte er mit dem Oberkörper nach vorn. Oh … na, warte!

Fenja lächelte süßlich, kam diesem verflixten Mistkerl näher und versuchte, Rubens entsetzten Blick zu ignorieren. Sie würde Kasper im Leben nicht heiraten und erst recht nicht im Tod! Sie wollte einfach nur ein kleines Gefühl genießen. Kasper hauchte ihr seinen alkoholgetränkten Atem ins Gesicht. Mit aller Kraft zog Fenja das Knie an und rammte es Kasper in die Weichteile. Kasper jaulte auf und taumelte zurück.

Ein Moment, den ausgerechnet dieser verfluchte Mafioso nutzte, Ruben anzuspringen.

»Bleib weg von ihm«, brüllte Fenja und drückte ab. Die

Kugel zerschmetterte die Glasvitrine. Der Rückstoß stauchte ihr das Handgelenk. Der Knall brüllte in ihren Ohren, umwölkte ihren Hörsinn wie Watte. Kasper warf sich mit ganzem Gewicht auf sie.

»Lass mich los.« Fenja schlug nach ihm, blindlings, verrenkte sie sich doch viel mehr den Kopf nach Ruben, als sich um Kasper zu kümmern. Ging es ihm gut? Ihm durfte nichts passieren. Er konnte nichts dafür. Er machte nur jede Dummheit mit, die sie sich ausdachte. Wenn ihm etwas zustieß, würde sie sich das nie verzeihen. Kasper versuchte, ihr seine schmierigen Lippen ins Gesicht zu drücken und gleichzeitig die Pistole aus der Hand zu reißen, aber sie klammerte sich daran fest. Der nächste Schuss erklang, diesmal traf sie die Decke. Mit dem nächsten verfehlte Olsen nur knapp. Der Mafioso knallte Rubens Kopf mit dem Gesicht voran gegen die Wand. Ruben sank kraftlos auf die Knie. Fenja schrie vor Sorge auf, aber dem Himmel sei Dank, Olsen wandte sich von ihm ab. Er stürzte nun auf sie zu, trat ihr Handgelenk zu Boden. Versehentlich drückte sie ab, allerdings schlug die Kugel nur in der Türschwelle ein.

Olsen trat fester auf ihr Handgelenk. Fenja stöhnte, ihr Griff lockerte sich und Olsen kickte die Waffe weg.

Kaspers Gesicht tauchte über ihr auf. Seine Augen waren immer noch blutunterlaufen, aber sein Blick hatte sich geändert. Er war nicht mehr entrückt, sondern grimmig.

»Fenja, mein Raubkätzchen. Wie bist du überhaupt hier reingekommen?«

Ernsthaft? *Das* war seine vordringlichste Frage?

»Ich habe sie mitgebracht«, sprang ausgerechnet Olsen ein.

»Johan, ich bin dir wirklich zu Dank verbunden, wo hast du sie gefunden?«, schnurrte Kasper. Der Blick gefiel Fenja ganz und gar nicht. Wie eine Katze, die sich das Mäulchen leckte, bevor sie den Vogel umbrachte.

»Geh von mir runter«, schrillte Fenja. Himmel, klang sie wirklich so hysterisch, wie es ihr vorkam?

Kasper lächelte. »Die Welt ist klein. Ich habe dich vermisst, mein Täubchen. Ich war untröstlich, als du scheinbar tot vor mir zusammenbrachst.« Er wälzte sich von ihr runter, packte sie um die Taille und zerrte sie auf die Beine. Sie trat ihm auf den Fuß. Mit dem Absatz eines High Heels würde ihm das ordentlich wehtun, aber auch so ließ er sie los.

»Ich bin wirklich froh, dass du noch lebst.« Kasper trat wieder auf sie zu und strich ihr über die Wange. Angeekelt wich Fenja zurück, eilte zur Zimmertür, flüchtete in den Flur. Aber verflucht, Olsen drückte sich an Kasper vorbei und blockierte die Tür zur Terrasse.

»Du hast mich umgebracht!«, brüllte Fenja, außer sich vor Wut und Angst.

»Ich bedaure meinen Irrtum sehr«, raunte Kasper. Schnell trat er auf sie zu und zog sie an sich. Er presste seine Lippen auf ihre. Ekel übermannte sie. Sie stemmte die Hände gegen seine Brust, trat ihm gegen das Schienbein, und als er endlich abließ, versetzte sie ihm eine Ohrfeige. »Fass mich nie wieder an!«

Kasper rieb sich die brennende Wange. Er zog die Augenbrauen zusammen, ja, er fletschte sogar ein wenig die Zähne. »Das ist nicht die anschmiegsame Fenja, die mich mit ihrer Anhänglichkeit genervt hat, bis ich vergaß, wie sehr ich sie liebe.«

»Das ist die Fenja, die dich verabscheut. Du Ekel, du Monster!«

Erneut riss Kasper sie an sich und küsste sie. Er presste

sie so fest an sich, dass sie keinen Finger rühren konnte. Doch, eine Sache konnte sie noch tun. So fest wie möglich biss sie ihm in die Lippe. Kasper knurrte vor Schmerz und stieß sie von sich. Sie taumelte gegen Olsen, der sie am Arm packte. So grob, dass ihr vor Schmerz die Tränen in die Augen schossen.

»Niemand weist mich zurück«, knurrte Kasper. Sein Blick wurde glasig. »Ich dachte, ich hätte dich getötet.«

»Hast du ja auch«, brüllte Fenja und wand sich in Olsens Griff.

»Nein, du irrst dich. Zum Glück habe ich versagt«, hauchte Kasper. »Wir werden heiraten, uns lieben, ich werde jeden Zentimeter deines Körpers küssen, dich anbeten und deinen Zehen huldigen. Das mochtest du doch immer.«

Fenja würgte. Nicht nur, weil ihr furchtbar schlecht war, sondern um Kasper zu zeigen, wie sehr sie ihn verabscheute. Und weil sich Olsens Arm in ihren Magen presste. Kasper verstand es so, wie es gemeint war – als Abfuhr.

Sein verklärter Blick verhärtete sich. Die Herzchen wichen blankem Hass. Der Hass eines zurückgewiesenen Mannes.

»Lass es lieber wie einen Unfall aussehen«, rief Olsen und stieß Fenja in Kaspers Arme. Der kurze Moment der Freiheit reichte nicht, um das Gleichgewicht zu finden und abzuhauen. Zudem stand Kasper Olsen kräftemäßig in nichts nach. Fenja trat um sich, strampelte, boxte, aber sie landete keinen Treffer, der ihr nutzte.

Unbarmherzig zerrte Kasper sie die Treppe hinauf in den ersten Stock, den Flur entlang in sein Schlafzimmer. Oh Gott, er würde doch nicht … Aber er zwang sie nicht aufs Bett. Nein, er schubste Fenja durch die offene Balkontür. Wind strich über Fenjas Gesicht und zerzauste ihr die

Haare. Erneut versuchte sie, sich loszureißen, es war ein Kampf wie gegen Stahlringe. Nur für einen Moment lockerte Kasper den Griff. Aber bis sie es realisierte, war es zu spät. Dieser heuchlerische Mistkerl bückte sich, hob sie hoch und ließ sie kopfüber über die Brüstung baumeln.

»Nein«, schrie Fenja. »Lass mich los. Tu das nicht.« Ihre Beine trafen Kaspers Schulter, doch er reagierte kaum, packte sie nur noch entschlossener. Fenja zappelte, ihre Bauchmuskeln schmerzten. Da bekam sie Kaspers Ärmel zu fassen. Verzweifelt klammerte sie sich an ihn, den Mann, den sie einst so geliebt hatte. »Du liebst mich doch«, hauchte sie leise. Zumindest hätte ihm das der Trank einreden sollen. Kaspers Augen weiteten sich und sein Blick wurde traurig. »Ja, Fenja, ich liebe dich.«

Olsen tauchte neben Kasper auf und verdrehte die Augen. »Sie lullt dich ein, gib her.« Entsetzt musste Fenja feststellen, wie Olsen ihre Beine packte und Kasper beiseiteschob. War es etwa schon wieder so weit? Konnte nicht ein Tag ohne ihren Tod enden? Das war doch Mist! Wie sollte man da nicht depressiv werden? Die Angst schnürte ihr die Gedärme zusammen.

Sie packte Olsens Arm und schwang sich nach oben. Ihre Bauchmuskeln ächzten, genauso wie Olsen, als sie sich an seinem Kragen festklammerte.

»Verfluchtes, renitentes Weibsstück«, knurrte er und wich mit dem Kopf zurück.

»Dann sterbt eben zusammen«, brüllte Kasper.

Olsen schwankte, riss die Augen auf und kippte über die Brüstung. Mit Fenja! Wind zerrte an ihren Haaren. Unaufhaltsam sah sie die Betonfliesen der Terrasse auf sich zukommen. Sie hörte das eigene Schreien in ihren Ohren. Sie hörte sogar noch den dumpfen Aufprall ihres Körpers, das

Knacken der Wirbel in ihrem Nacken, dann wurde es still.

Fenjas Schreie hallten in Rubens Ohren, rissen ihm regelrecht die Eingeweide heraus

Er rannte die Treppen hinauf, in Richtung der Stimmen. Fenjas spitzer Aufschrei gellte durch das Haus, dann folgte ein dumpfer Aufprall und dann … Stille. Ruben stoppte, lauschte. Kein Mucks war mehr zu hören. Fenja war vermutlich tot. Wieder einmal. Aber diesmal sollte sie nicht umsonst gestorben sein!

Kasper hatte behauptet, er hätte seine Frau umgebracht, um frei für Fenja zu sein. Natürlich, so ein Mistkerl wie er reichte nicht einfach die Scheidung ein! Wenn er seine Frau loswurde, dann so, dass er gleichzeitig auch ihr Geld erbte.

Hinter der ersten Tür, die Ruben aufstieß, fand er nur ein leeres Badezimmer, aber direkt daneben ging es ins Schlafzimmer, dessen Balkontür offenstand.

Vor dem Kingsize-Bett mit quietschpinker Bettwäsche lag eine Frau. Die vierschrötige Gestalt lag völlig verkrampft da, die Fäuste geballt, den Brustkorb aufgebäumt. Die nackten Füße besudelte Blut und … ihre Zehen fehlten! Zögernd näherte sich Ruben der Toten. Ihre Augen starrten ins Leere, der Mund stand weit offen und ihr Gesicht hatte die Farbe von vergammeltem Flieder. Dunkle Punkte zierten ihren Hals. Sie war erwürgt worden. Wenn das und die Zehen nicht ausreichten, Kasper hinter Gitter zu bringen, dann wusste Ruben auch nicht weiter.

Er fuhr herum, eilte zu dem Telefon, das er vorhin im Flur gesehen hatte, und wählte die 112. »Hier liegt eine tote

Frau im Schlafzimmer!« Er legte auf. Die konnten doch hoffentlich die Nummer zurückverfolgen, oder? In der Flimmerkiste ging das jedenfalls. Ach verflucht!

Erneut rannte Ruben in den ersten Stock, doch diesmal schlich er sich wesentlich vorsichtiger an den Zimmern entlang. In einem sah er endlich Kaspers Gestalt auf dem Balkon stehen. Wo war der Mafioso?

Ruben schlich näher. Kasper lehnte über die Brüstung, sein Blick war starr vor Trauer.

»Fenja, meine Fenja. Warum konntest du mich nicht lieben?«, flüsterte er.

Der Anblick war unheimlich. So stark waren Xenias Tränke? Vielleicht sollte Ruben sie auch mal besuchen … Nein! Seine Gefühle für Fenja waren kurz davor, ihn nicht nur zum Narren, sondern zur tragischen Figur zu machen. Nein, das wollte er nicht. Wenn Fenja zu ihm kam, dann aus wahrer, reiner Liebe und nicht, weil ein Zaubertrank ihre Hirnchemie verändert hatte.

Auch wenn Rubens Gefühle womöglich nur von Amors Virus beeinflusst waren, wurde es nicht unbedingt besser, wenn auch Fenja manipuliert wurde. Nicht umsonst stand in den Gesetzen geschrieben, dass solche Methoden unlauter waren.

»Ich werde dir einen schönen Sarg kaufen. Einen, der deiner Schönheit gerecht wird. Ich trage dir nicht nach, dass du mich abgewiesen hast. Nun bist du tot. Du findest Ruhe und auch ich werde sie finden. Die Ruhe vor deinen unseligen Verführungskünsten«, murmelte Kasper.

Hatte er Fenja wirklich über die Brüstung geworfen? Ruben stellte sich vorsichtig neben ihn, aber vermutlich könnte er auch eine Bombe zünden, Kasper bekam gerade nichts mit. Ruben blickte über die Brüstung und tatsächlich

… auf den Betonfliesen der Terrasse lag Fenjas verdrehter Körper. Gleich daneben lag Olsen. Sein Gesicht verzerrt von Schmerz und Wut. Er hustete und krümmte sich.

»Ich bring ihn um«, keuchte er. Olsen versuchte, sich auf die Seite zu drehen, doch er zappelte nur wie ein Käfer auf dem Rücken und rang keuchend nach Luft. Die Polizei brauchte ihn nur noch aufzusammeln, und ins finsterste Verlies zu werfen. Hoffentlich konnte Fenja jetzt endlich mit Kasper abschließen und ein neues Kapitel beginnen. Eines, in dem Ruben vorkam?

Das wäre unfassbar schön. Ruben entfernte sich vorsichtig wieder von Kasper, rannte die Treppe nach unten bis in den Garten. In der Ferne hörte er bereits die Polizeisirenen. In wenigen Minuten würden sie hier sein.

Olsen krümmte sich noch immer wie ein Fisch auf dem Trockenen und ächzte erschrocken, als Ruben neben ihm auftauchte und seine Flügel ausbreitete.

»Ich werde zu alt für den Scheiß«, keuchte der Mafioso.

Ruben lächelte grimmig. Im Gefängnis würde der Schurke genug Zeit haben, über seine paranormale Begegnung nachzudenken. Der Engel hob Fenja auf seine Arme, schlug mit den Flügeln und stieg immer höher.

Er erreichte eine Höhe, in der sie beide nicht mehr zu erkennen waren. Doch dort oben war es kalt und der Wind wehte heftig. Wenn er noch ein bisschen höher stieg, würde es angenehmer sein, aber da wäre er Kassandra gefährlich nahe. Ruben musste schnell sein, ehe seine Chefin kapierte, dass er ganz in ihrer Nähe war.

Nichts wäre schlimmer, als würde Kassandra ihn jetzt erwischen. Jetzt, wo Fenja endlich ihren Ex entsorgt hatte und frei für Ruben war.

Liebe, die selbst den Himmel durcheinanderwirbelt

Guten Morgen, guten Morgen
Guten Morgen Engelein
Dieser Tod blieb dir verborgen
Doch du darfst nicht traurig sein
Ich weck dich auf und komm herein

Ja, wir müssen fröhlich sein
Dieser Typ ist bloß ein Schwein
Oh, auf deinen guten Taten
Tanzen meine Träumereien

Ja, wir müssen fröhlich sein
Dieser Typ ist bloß ein Schwein
Oh, auf deinen guten Taten
Tanzen meine Träumereien

Fenja musste gestehen: Langsam gewöhnte sie sich daran, von Rubens Gesängen geweckt zu werden. Sie lösten das schwammige Gefühl der Traurigkeit über ihren erneuten Tod, schoben es beiseite und füllten sie mit hellem Licht. Ihrer Liebe zu Ruben. Mit einem Lächeln drückte sie das Gesicht noch ein wenig tiefer ins Kissen und genoss das Gefühl der weichen Bettwäsche und den Klang von Rubens sanfter, tiefer Stimme. Und da war noch etwas. Die wohlige Sehnsucht in ihrem Inneren, die sie dazu veranlasste, zu Ruben hinüberzurobben, einen Arm um seine Taille zu legen und die Nase gegen seine Hüfte zu drücken.

»Hast du ein Glück, dass Engel nicht pupsen«, spottete

Ruben. Die Harfe klirrte, als er sie beiseitelegte und in Fenjas Arm nach unten rutschte, bis er mit ihr auf Augenhöhe war.

»Kannst du dich eigentlich an alles erinnern, was am Tag zuvor passiert ist?«, fragte er neugierig.

»Ich denke schon«, erwiderte Fenja. »Ich weiß, dass wir gestern in Kaspers Haus waren. Mit Olsen.« Sie stockte. »Ist Kasper im Gefängnis?«

Ruben nickte und grinste. »Ich bin mir ziemlich sicher, dass die Polizei die beiden eingesammelt hat. Kasper *und* Olsen. Kaspers Frau lag tot im Schlafzimmer und die abgetrennten Zehen waren mit Sicherheit keine Wachsattrappen. Wenn die Beamten erst mal herausfinden, dass die zwei die Gehilfen des Teufels sind, kommen die auch so schnell nicht wieder raus.«

»Gehilfen des Teufels?«, staunte Fenja. »Ist das eine Metapher?«

»Nein, ich glaube wirklich, dass sie Gehilfe des Teufels sind. Die Mistkerle schleichen überall auf der Erde herum und verursachen Kummer und Leid. Oder sie verführen arme Seelen, machen sie drogenabhängig oder locken mit der Aussicht auf Geld, Sex und Ansehen.« Ruben schob Fenja eine Strähne aus dem Gesicht, drehte sie in seinen Fingern und kitzelte sie damit an der Nase. Fenja prustete und schüttelte abwehrend den Kopf.

»Was passiert mit den Leuten, die sie verführt haben?«

»Diese armen Seelen kommen in die Hölle.«

Fenja zögerte. »Warum bin ich nicht in die Hölle gekommen? Ich habe versucht, Kasper von mir abhängig zu machen.«

»Er hat dich umgebracht.« Ruben küsste sie auf die Stirn. »Ein Pluspunkt für dich, aber ein Abzug für ihn. Im

Gefängnis hat er genügend Zeit zur Sühne.«

Fenja setzte sich auf und schlang die Arme um Rubens Hals. Überglücklich küsste sie ihn auf die Wange, die Augenlider, die Stirn, den Mund, seine Barstoppeln. Ruben lachte und versuchte, ihre überschwänglichen Küsse abzuwehren. Schließlich legte er fest die Arme um sie und küsste sie, bis ihr vollends schummrig wurde.

Sie schnappte an seinen Lippen nach Luft und Ruben küsste ihre Wange.

»Und du bist dir wirklich sicher, dass er im Gefängnis ist?«, hakte sie nach.

»Ziemlich sicher.«

»Können wir ihn besuchen?« Der Gedanke, Kasper wiederzusehen, hinterließ einen bitteren Geschmack. Sie vertraute Ruben und doch … Sie musste unbedingt sehen, wie Kasper hinter Gittern saß. Ihre Seele brauchte das. Ihr war bewusst, dass es nur die Untersuchungshaft war, aber doch nur ein Narr könnte ihn wieder freisprechen.

»Wir könnten uns als seine Anwälte ausgeben«, schlug Ruben vor.

Fenja seufzte und strich ihm über die Lippen. »Du bist der erste Mann, der mich bei jeder Schandtat unterstützt, egal wie verrückt sie ist. Alle anderen haben ihre Zeit damit verbracht, mir zu sagen, dass ich schön bin, aber sie hielten mich für dumm.«

»Na ja«, erwiderte Ruben gedehnt. »In deinem Denken gibt es nicht nur Sternstunden. Aber ich habe noch nie mit jemandem so viel erlebt wie mit dir.«

Hmpf. Er konnte froh sein, dass sie ihn liebte, sonst wäre sie jetzt beleidigt gewesen! Allerdings hatte er recht. Jede Sekunde mit Kasper war dumm gewesen. Warum war sie auf ihn hineingefallen? Und auf all die anderen unzähligen

Idioten? Musste sie wirklich erst mehrmals sterben, um zu begreifen, dass sie einen Mann wie Ruben brauchte? Oder gab es so gute Männer nur im Himmel?

Fenja küsste Ruben noch ein letztes Mal, dann kletterte sie aus dem Bett. In ihrem Schrank hing noch einer von Kaspers Anzügen.

Fenja zog ihn heraus und legte ihn neben Ruben aufs Bett. »Probier ihn an.«

Ruben erwürgte sich zwar beinahe bei dem Versuch, die Krawatte zu binden, aber das Ergebnis war absolut bespringenswert. Ruben war nicht nur ein Engel. In diesem Anzug sah er aus wie ein Gott! Er betonte seine Schultern, seine männliche Ausstrahlung, auch wenn er ständig am Kragen zerrte. Fenja entschied sich für ein schlichtes schwarzes Kostüm und hohe Pumps. Wenn sie beide in diesem Aufzug nicht als Anwälte durchgingen, dann zumindest als Psychologen.

Fenja frisierte ihre Haare glatt nach unten hängend. Vergebliche Liebesmüh. Als sie vor dem Gefängnis aus dem Taxi stiegen war Rubens Unterlippe nicht nur geschwollen, Fenjas Haare standen wieder wirr ab.

Mit einem entrückten Lächeln marschierte er auf den Polizisten hinter dem Tresen zu.

»Wir sind die Anwälte von Kasper A. Dam. Wir möchten mit unserem Klienten sprechen«, trug Ruben so versnobt vor, dass sich Fenja nur mit Mühe ein Kichern verkneifen konnte. Sie bemühte einen unbeteiligten, fast gelangweilten Gesichtsausdruck.

»Haben Sie einen Termin?«

Ruben spähte verunsichert zu Fenja. »Aber er ist doch erst ...«

»... gestern festgenommen worden«, sprang Fenja ein.

»Er soll in zwei Stunden dem Haftrichter vorgeführt werden. Die Vorwürfe sind verdammt ernst. Mord an seiner Ehefrau und voraussichtlich auch noch in mehreren anderen Fällen.«

»Lichtbildausweis«, schnarrte der Beamte routiniert und hielt die Hand auf.

Fenja zog ihre Geldbörse aus der Handtasche und reichte ihm ihren Pass.

»Und Ihrer?«, wandte sich der Beamte an den Engel.

»Äh«, ächzte Ruben.

Fenja fuhr ihm durch die Haare und zwinkerte dem Beamten zu. »Mein Praktikant, erst seit drei Tagen bei mir. Ziemlich vergesslich, aber dafür kann er die Staatsanwältin weich bums- äh flirten.«

Der Beamte starrte sie durchdringend an. Fenja hatte keine Ahnung, ob er ihr glaubte. Er deutete auf die Besucherstühle. »Bitte warten Sie einen Moment.«

»Sie lassen uns rein?«, platzte Fenja heraus. Himmel, konnte ihr bitte jemand auf den Hinterkopf schlagen? Das erhöhte schließlich das Denkvermögen.

»Wenn ihr beide seine Anwälte seid, dann kommt der in hundert Jahren nicht raus. Mir soll das nur Recht sein«, knurrte der Polizist.

Oha, Kasper schien bei seinen neuen Freunden bereits außerordentlich beliebt zu sein. Fenja verkniff sich jede Frage, besser, sie strapazierten die Gutmütigkeit des Mannes nicht zu sehr. Sie griff nach Rubens Hand und ließ sich mit ihm auf den Stühlen nieder.

Fenja wippte nervös mit einem Fuß, bis Ruben beruhigend seine Hand auf ihr Knie legte. Sanft zog er mit dem Zeigefinger kleine Kreise auf ihrem Oberschenkel, die sie nach Luft schnappen ließen. Der Himmel steh ihr bei. Obwohl … nein, lieber doch nicht. Der Himmel konnte ihr gestohlen bleiben.

Eine Beamtin holte sie ab und führte sie in den hinteren Teil des Gebäudes. Die Sicherheitsüberprüfung dauerte nur kurz. Ruben gluckste, als er abgetastet wurde. Offensichtlich war er kitzelig.

Noch einmal mussten sie warten, bis man ihnen eine massive stählerne Tür öffnete und in einen kleinen Raum führte. Er war gerade mal so groß wie Fenjas Badezimmer. Das einzige Mobiliar stellten ein Tisch und drei Stühle dar. Künstliches Licht erhellte den Raum. In einer Ecke hatte sich ein Mann in Uniform positioniert. An dem blanken Holztisch saß Kasper. Seine Wangen waren eingefallen, dunkle Ringe zeichneten sich unter seinen Augen ab. In seinem Blick blitzte reine Mordlust auf, als er Fenja erkannte.

Unweigerlich trat sie einen Schritt zurück. »Kann es sein, dass der Trank nachgelassen hat?«

»Er hat gesagt, durch deinen Tod könnte er Ruhe finden«, erzählte Ruben und zuckte die Schultern. »Oder Zähnefletschen ist seine Version von Balzen.«

Wie ein Raubtier starrte Kasper Fenja an, und als sie sich ihm gegenüber zögerlich an den Tisch setzte, beobachtete er akribisch jede ihrer Bewegungen.

»Hallo Kasper«, begrüßte sie ihn schüchtern. Sie wollte am liebsten sofort wieder gehen, aber dann würden sie und Ruben auffliegen. Also blieb sie sitzen und blickte den Gefangenen tapfer an. Immerhin war *sie* es gewesen, die hierher gewollt hatte. Weil sie sich hatte vergewissern müssen, dass Kasper wirklich im Knast saß.

»So, so, meine Anwälte«, spie Kasper verächtlich aus.

»Du hast mich umgebracht«, zischte Fenja. »Schon wieder!«

»Dein Glück ist abartig. Hast du das deinem aktuellen Stecher hier zu verdanken?« Kasper nickte zu Ruben, der ihm dezent den Mittelfinger zeigte, indem er sich mit jenem an der Wange kratzte.

»Er ist mein Schutzengel«, fauchte Fenja und warf Ruben einen schmachtenden Blick zu.

»Mal sehen, ob er dich auch dieses Mal retten kann.« Mit einem Satz schoss Kasper hoch, hechtete über den Tisch und schlang die Finger um ihren Hals. Fenja schrie auf. Brutal drückte er ihren Kehlkopf zusammen. Ruben und der Beamte hatten zu tun, ihn von ihr herunterzuzerren. Die Tür sprang auf und mehrere Männer stürmten den Raum. Sie rangen Kasper zu Boden und verpassten ihm Handschellen. Beschützend legte Ruben Fenja einen Arm um die Schulter und schob sie mit sich aus dem Zimmer.

»Dich erwische ich schon noch«, brüllte ihnen Kasper hinterher.

Fenja zitterten die Knie, doch in Rubens Arm beruhigte sie sich mit jedem Schritt. Vor allem aber, als sie wieder auf der Straße standen, mitten im pulsierenden Leben Kopenhagens. Autos hupten, Kinder lachten, Passanten rempelten sie. An einer Fassade hing ein riesiges, porentief reines Frauengesicht und warb für Make-up. Ein anderes Plakat pries die Wirkung eines Waschmittels an. Alles war so banal. Weit weg von der düsteren, kalten Welt eines Gefängnisses. Weit weg von Kaspers inbrünstigem Hass. Weit weg von ihrem Tod.

Hier in der Menschenmenge erschien ihr alles nur wie ein furchtbarer Traum. Kaspers Feindseligkeit schnitt ihr tief ins Herz. Sie hatte ihn geliebt und er hatte es nur mit dem Trank ein wenig erwidert. Vielleicht war sie wirklich so dumm, wie alle immer sagten. Fenja ließ den Kopf hängen.

Tränen stiegen ihr in die Augen. Toll, jetzt brachte sie auch noch ihr Selbstmitleid zum Heulen. Dabei war sie doch selbst an allem schuld. Was suchte sie sich auch solche Kerle aus?

Sie spürte Rubens Hände an ihren Schultern, die hinauf zu ihrem Hals wanderten und die Stellen liebkosten, die Kasper so brutal gepackt hatte. Fenja schluckte schwer und hob die Lider. Rubens Finger strichen über ihre Wange, verteilten die Feuchtigkeit, die ihr aus den Augen kullerte.

»Willst du ein Eis essen?«, schlug er vor.

Sein Versuch, sie aufzumuntern, trieb ihr die nächste Sintflut in die Augen.

»Möchtest du einen Drink? Schokolade?«, fragte Ruben mit ein wenig Panik in der Stimme. »Wir könnten tanzen gehen. Oder du übst an mir einen Runde Selbstverteidigung. Oder wir gehen ins Kino.«

Er ratterte all die Vorschläge so verzweifelt schnell herunter, dass Fenja unweigerlich lachen musste. Ruben war süß. Nein, er war sehr viel mehr. Es gab einen Grund, warum dieser Mann ein Engel geworden war. Er war einfach eine Seele von einem Mann.

»Warum bist du nicht selbst auf Wolke Sieben?«, fragte Fenja und schnäuzte sich in ein Taschentuch.

»Für mich gibt es kein Gegenstück, keine Seele, die zu mir gehört«, erklärte Ruben. Er nahm ihre Hand. »Komm, wir suchen dir einen Eisladen.«

Aber Fenja blieb stehen und stoppte ihn, indem sie an seiner Hand zog. »Ruben«, begann sie zögerlich. »Ich muss dir etwas sagen.«

Ruben drehte sich zu ihr um und neigte den Kopf zur Seite. Fenja senkte den Blick und verhakte die Finger mit den seinen.

»Was musst du mir denn sagen?«, fragte Ruben leise.

Er kam auf sie zu, legte einen Finger unter ihr Kinn und hob es an. Fenja biss sich auf die Lippe. »Ich … ich …« Herrgott, es war doch sonst auch nicht so schwer. Wie oft hatte sie das schon zu einem Mann gesagt, nur um dann enttäuscht zu werden? Doch genau das machte ihr nun Angst. Was, wenn er lachte, sich umdrehte und einfach wegging? Was, wenn er dann auch versuchte, sie umzubringen? Ihre Knie zitterten und ihr Kopf schien plötzlich wie leer gefegt. Fenja schloss die Augen und atmete tief durch.

Es wollte aus ihr heraus.

»Ich liebe dich!«

Nur einen kurzen Moment durchflutete Ruben der warme Strom reinen Glücks, dann kamen erste Zweifel auf. In was für eine Lage manövrierte er sich hier gerade? Wie sollte er da jemals unbeschadet wieder herauskommen? Welches Leid würde er Fenja zufügen, wenn er jetzt einfach seinen Gefühlen freien Lauf ließ?

Dann kam ihm die Sache mit Amors Liebesvirus wieder in den Sinn. Was, wenn seine Gefühle nur auf der Infektion gründeten? Wenn sie nur ein Strohfeuer seines Hormonhaushalts waren? In absehbarer Zeit würde sein Immunsystem damit fertig und dann? Würde er der Nächste sein, der Fenja das Herz brach?

Andererseits, war es für solche Überlegungen nicht längst zu spät?

Fenja sah zu ihm auf, so beseelt, so glücklich und verklärt. Jedes Wort, das über ihre Lippen kam, war wahr. Sie liebte ihn wirklich. Gleichzeitig wurde Ruben klar, dass sie die erste Frau überhaupt war, die ihn jemals geliebt hatte.

Sein Respekt Fenja gegenüber stieg ins Unermessliche. Fenja liebte ihn so, wie er war. Er hatte kein Geld, er war kein strahlender Held, er war einfach nur er. Ein gefühlsduseliger Liebescoach. Nur mäßig klug, dafür mit viel Sinn für die schönen Dinge im Leben und, nicht zu vergessen, großer Hilfsbereitschaft.

Sie war die erste Frau, der er begegnete, die das wirklich zu schätzen wusste. Er hatte ihr tatsächlich helfen können, zu erkennen, was für miesen Typen sie bis dahin immer aufgesessen war.

Fenja hatte sich blenden lassen, von gutem Aussehen, smartem Auftreten und natürlich Geld. Typen, die so viel erreicht hatten, waren meist skrupellos, andernfalls war es schwierig, das alles zu erlangen. Genauso skrupellos nutzten sie dann auch die Frauen aus, die in sie verliebt waren.

Ein Wunder, dass Fenja noch ihren Gefühlen traute und Ruben echte Liebe entgegenbrachte.

Und er? Benutzte er sie nur, um vor der zänkischen Kassandra zu flüchten wie ein desillusionierter Ehemann? Falls ja, würde er sie auch nur ausnutzen wie ein solcher. Er wäre keinen Deut besser als dieser Kasper und Fenja nur eine nette Ablenkung vom grauen Himmelsalltag. Und das alles, obwohl sie ihn wirklich und wahrhaftig liebte.

Ruben schluckte schwer.

Er hatte eine Verantwortung für seinen Schützling und er würde sich seinen wahren Gefühlen stellen müssen. Am besten so schnell wie möglich, bevor der Schaden noch größer wurde.

Aber was, wenn es gar kein Schaden war, und er Fenja genauso wahrhaftig liebte wie sie ihn?

Weiter kam er mit seinen Gedanken nicht, denn plötzlich wurde es taghell und ein ohrenbetäubender Lärm drang an sein feines Gehör.

Ruben zuckte ehrfürchtig zusammen, seine Knie wurden weich. Fenja klammerte sich mit einem erstickten Laut an ihn und brachte ihn ins Wanken. War das Kassandra? Selbstbewusst stellte er sich breitbeinig hin und zog Fenja so dicht wie möglich an sich heran. Eine warme Woge durchflutete ihn, als sie vertrauensvoll den Kopf an seine Brust legte. Er hatte kaum Zeit, darüber nachzudenken, aber ein Wärmegefühl hatte er in all den achthundert Jahren auf Wolke sechseinhalb nicht gehabt.

Egal, was nun auf sie beide zukam – er würde Fenja beschützen. Er würde nicht von ihrer Seite weichen. Er würde sie mit seinem längst vergangenen Leben beschützen, mit all seiner Engelskraft, seinen himmlischen Worten und wenn er Kassandra ins Koma quatschen oder singen musste. Er hatte achthundert Jahre Zeit gehabt, sich auf diesen Tag vorzubereiten!

Weiter konnte Ruben nicht über seine Gefühle grübeln, denn es donnerte abermals. Und das in einer Heftigkeit, wie er noch nie erlebt hatte.

Offensichtlich war Kassandra richtig wütend. Ob sie sich herab auf die Erde wagte, um ihn zu holen? Trotz ihres Zorns war es eher unwahrscheinlich. Götter zeigten sich wirklich nur in den seltensten Ausnahmefällen auf der Erde. Außerdem litt sie ja an dieser Hausstauballergie.

Weiter kam er mit seinen Spekulationen nicht, denn vor ihnen erschien Thor – der leibhaftige Gott des Donners und der Blitze. Die warnrote Farbe seines Gewandes stach als Erstes in Rubens Augen und ließ seinen Atem stocken.

Wie konnte es sein, dass ausgerechnet *er* auf die Erde

kam? Da musste doch ein weit gewichtigerer Grund vorliegen. Sein Fall war doch kaum bedeutsam genug, dass sich Thor da einzumischen bequemte. Ruben erzitterte vor Ehrfurcht. »Hi ...«, stammelte er.

Weiter kam er nicht.

»Still, du Gewürm! Wie kannst du es wagen, dich den Gesetzen des Himmels zu entziehen?«, fuhr ihn der Gott mit gefährlich tiefer Stimme an. Die ganze Umgebung vibrierte unter seinem Bass. Thors Augen funkelten böse, als er aus seinem goldenen Kutschenwagen stieg. Die leuchtende, elektrisch knisternde Aura sammelte sich zu Blitzen, als er seinen steinernen Hammer über den Kopf schwang.

Mit voller Wucht schlug er damit auf den Boden und verursachte eine gewaltige Detonation, die optisch einer kleinen Atombombe glich.

Fenja krallte sich so fest an Ruben, dass sein Lederwams durch ihre Fingernägel Kratzer bekam. Sie schrie und schrie und schrie – es wollte kein Ende nehmen.

»Kannst du dieses vermaledeite Weib nicht zum Schweigen bringen?«, donnerte Thor.

»Vermaledeites Weib?« Jegliche Angst rutschte aus Fenjas Stimme und wich blanker Empörung. »Ich geb dir gleich vermaledeites Weib!«

Ruben zerriss es das Herz. Nur sie konnte das: Innerhalb einer Sekunde von tiefster Angst zu einer derart rasenden Empörung zu wechseln, dass Hodensäcke in Gefahr gerieten. Aber Thor gegenüber war das ungeschickt. Diesen Gott forderte man lieber nicht heraus.

Ruben wich zurück, so weit Fenja es zuließ. Er atmete tief durch und streckte die Brust heraus. »Hör doch selbst auf, solch Heidenlärm zu machen! Wen willst du damit beeindrucken?«, schrie er todesmutig.

Zu seiner Überraschung ließ Thor vorsichtig den Hammer sinken und stellte ihn neben sich ab. »Ich muss das tun. Kassandra …«, antwortete er kleinlaut und schüttelte den Kopf.

»Nee nä – echt jetzt? Und ich dachte immer, nur ich stünde unter ihrer Fuchtel«, entfuhr es Ruben überrascht. »Du willst mir doch nicht erzählen, dass sie dir Aufträge erteilt.«

Thor sackte zusammen und senkte den Kopf. »Diese unselige Weihnachtsfeier. Im Metrausch habe ich ihr damals verraten, dass eine scharfe Zunge wie eine Waffe benutzt werden kann, und wie man damit Blitze schleudert«, nuschelte er.

»Ich habe mich schon gewundert, dass sie das auf einmal konnte«, erwiderte Ruben staunend.

Fenja löste endlich die Finger von Rubens Brust und starrte den Wettergott sichtlich irritiert an.

Zeus seufzte so tief, dass sein Hammer vibrierte. »Glaubst du wirklich, Apollon ist der Einzige, dem sie eine Gabe aus dem Kreuz leiert? Die hat es drauf, das sag ich dir. Sie weiß, wie man alkoholbenebelte Hirne manipuliert.« Thor maß Fenja mit einem schiefen Blick. »Ist die hier ein ähnliches Kaliber?«

»Ich muss Weicheier nicht erst betrunken machen …«, schleuderte Fenja ihm entgegen.

Ruben legte seinem Schützling schnell eine Hand auf den Mund. Er musste sich ein Grinsen verkneifen, als er sich vorstellte, wie Kassandra dem Wettergott auf der Nase herumtanzte. »Und warum hat sie dich heruntergeschickt?«, fragte er.

»Ich soll euch holen und zu einer himmlischen Anhörung bringen«, erklärte Thor schulterzuckend.

»Und für diesen Botengang lässt du dich missbrauchen?«, fragte Ruben überrascht. »Dafür gibt es doch die Himmelspolizei.«

»Denen traut Kassandra nicht. Außerdem komme ich auch im Namen der anderen. Es ist in unser aller Interesse, dass Kassandras Wettermacherei ein Ende hat.«

»Das kannst du laut sagen. Die Menschen fragen sich bereits, warum die Unwetter so zugenommen haben. Man spricht bereits von Folgen des Klimawandels.«

»Na ja, das ist nicht ganz falsch. Er ist der Grund dafür, dass mir in den letzten Jahren so warm ist, da werde ich furchtbar launisch«, entschuldigte sich Thor. »Kassandra hat mir versprochen, keine Blitze mehr zu erzeugen, wenn ich euch zur Anhörung schleife. Dann entspannt sich die Wetterlage auf der Erde wieder ein bisschen.«

Ruben nickte. »Du glaubst ihr?«

»Was bleibt mir anderes übrig?« Thor sah aus wie ein begossener Pudel. »Ich weiß nicht, was passiert, wenn der Allmächtige erfährt, dass ich so leichtsinnig mit unseren Dienstgeheimnissen umgehe.«

»Ich werde bei der Anhörung wahrscheinlich ziemlichen Ärger bekommen«, seufzte Ruben. »Mein Auftrag lief auch nicht gerade nach Plan.«

»Stell dich dem wie ein Mann. Wer Fehler macht, muss auch die Verantwortung dafür übernehmen. Man wird dir schon nicht den Kopf abreißen. Gutes Personal ist knapp und Kassandra braucht dich«, meinte Thor.

»Und was passiert mit Fenja?«

»Die soll einen anderen Coach bekommen, so weit ich weiß.«

Fenja zog Rubens Finger von ihrem Mund. »Ich will keinen anderen Coach!«

Die beiden Männer sahen Fenja überrascht an.

»Lass uns in die Hölle durchbrennen, wenn wir im Himmel nicht zusammen sein können«, bat sie Ruben erneut.

Energisch schüttelte Ruben den Kopf. »Das Thema hatten wir doch schon. Du weißt nicht, was du da verlangst.«

Thor rieb sich nachdenklich am Kinn. »Euer Fall scheint nicht ganz so einfach zu sein wie mir Kassandra weismachen wollte. Vielleicht tröstet es euch, wenn ich sage, dass Salomon persönlich die Anhörung leiten wird.«

»Mir ist egal, wer die Anhörung leitet. Ich werde nie wieder einen Schritt von Rubens Seite weichen«, rief Fenja entrüstet.

Ruben schluckte. Vor Thor zu fliehen war so gut wie unmöglich. »Sei vernünftig, Liebes«, beschwichtigte er Fenja. »Ich will nur dein Bestes. Wir können uns nicht bis in alle Ewigkeit vor Kassandra verstecken.«

»Salomon ist bekannt für seine weisen Urteile«, tröstete Thor. »Bei wahrer Liebe ist er sowieso nachsichtig.«

Fenja sah misstrauisch von einem zum andern, nickte und lockerte ihren Griff. Ruben nahm ihre Hand und drückte sie fest. »Ich glaube, wir können«, sagte er zu Thor.

»Na dann, folgt mir zum Wagen und haltet euch fest«, forderte Thor sie auf.

Das vertrottelte Gericht Salomons

Mit ›Wagen‹ war übrigens kein Auto gemeint, sondern ein verdammter *fliegender* Streitwagen! Jetzt wünschte sich Fenja, sie könnten doch zur Hölle fahren. Denn dann würde es abwärtsgehen und nicht aufwärts. In Rubens Armen fühlte sie sich sicher. Da gab es nur einen winzigen Haken. Nicht *er* lenkte dieses Höllengefährt, sondern dieser weinerliche Hammerträger. Der fuhr, als hätte er noch Restalkohol für fünf Weihnachtsfeiern im Blut.

Fenja klammerte sich an den Rand des Wagens. Sie brauchte all ihre Kraft, um nicht bei jeder zerklüfteten Wolke wie bei einem Schlagloch aus dem Wagen geschleudert zu werden. Ruben hatte den Arm um sie gelegt, presste sie an sich und war so grün im Gesicht wie Fenja sich fühlte. Endlich stoppte der Wagen. Ruben atmete durch. Fenja hatte vor zweitausend Höhenmetern das Atmen schlichtweg vergessen. Jetzt fühlten sich ihre Lungen leer an. Sie nahm einen zaghaften Zug von der himmlischen Luft.

Vorsichtig sah sich Fenja um. Wo waren sie? Der Boden schien aus marmornen Fliesen zu bestehen, doch die dicke Wolkenschicht, die darüber lag, vermittelte den Eindruck, als ginge es mehrere Hundert Kilometer nach unten. Als könnte man hinab auf die Erde fallen, wenn man nicht aufpasste, wo man hintrat. Doch die Wolkendecke – oder vielmehr der Wolkenboden – schien außerordentlich stabil.

Fenja klammerte sich noch immer an Ruben fest. Er seufzte. »Fuck.«

Vorsichtig löste sie die Finger von seinem Hemd und strich den zerknitterten Stoff glatt. Sie lugte über seine Schulter und erschrak.

Hinter Ruben stand eine Frau, die Fenja unweigerlich an die Direktorin ihrer Grundschule erinnerte. Ein harter Zug verzerrte ihre Lippen, und ihre Augen schienen Blitze abzufeuern. Oder bildete sie sich das nur ein?

Die Miesmuschel stand in der Mitte mehrerer Tische, die ein Oval bildeten, an dessen Stirnseite das Pult eines Richters stand. Auf der gegenüberliegenden Seite, hinter einem einzelnen Tisch mit einem Stuhl, standen unzählige Bankreihen, prall gefüllt mit Zuschauern. Unzählige Männer und Frauen saßen eingezwängt zwischen großen weißen Flügeln. Sie stießen sie sich gegenseitig die Federn ins Gesicht, fluchten und zerrten daran. Es war viel zu eng für die etwa zweihundert Engel. Waren sie alle nur wegen Ruben und ihr da?

Ein Mann, der ihr nur bis knapp zur Hüfte reichte, mit dicken blonden Locken und einem leicht zerknitterten Paar Flügel auf dem Rücken schob sich zu Ruben durch. »Ich bin dein Verteidiger.«

»Toll«, seufzte Ruben.

»Dein Verteidiger?«, fragte Fenja. Was hatte das überhaupt zu bedeuten? Ruben schien zu wissen, was auf ihn zukam, aber sie verstand nicht das Geringste. War das hier das Jüngste Gericht? Aber warum brauchte Ruben ein Verteidiger? Oh, die sollten bloß nicht glauben, sie könnten ihr einen anderen Coach aufdrücken! Ruben brauchte nicht nur einen Verteidiger, sondern auch einen Fürsprecher – und Fenja war bereit!

Die verbitterte Frau, die Fenja an ihre Grundschullehrerin erinnerte, trat an ihre Seite. »Und ich«, schnaubte sie, »bin die Staatsanwaltschaft, wenn man so will. Ich vertrete deine Interessen, Fenja. Mein Name ist Kassandra.«

»Und in welchem Fall?« Vielleicht stand Fenja auf der

Leitung, aber sie verstand wirklich nicht, was diese Frau von ihr wollte. Die Staatsanwaltschaft vertrat *ihre* Interessen? So was brauchten doch nur Opfern und Geschädigte.

Kassandra richtete sich auf und warf Ruben einen bösartigen Blick zu. »Im Fall eines Engels, der seine Befugnisse nicht nur weit überschritten hat, sondern außerdem seine Autorität und seine Verantwortung auf absolut inakzeptable Weise ausgenutzt hat!«

»Aber, was hat er denn gemacht?«, fragte Fenja kleinlaut.

»Was er gemacht hat?«

Fenja zog die Schultern hoch. Gute Güte, konnte die Frau kreischen.

»Er hat deine Notsituation schamlos ausgenutzt. Nicht nur für einen Stich, sondern für sehr viel mehr«, fauchte Kassandra.

»Einen Stich? Aber er hat doch gar nicht genäht.«

Kassandra starrte sie durchdringend an. Es war schwer zu sagen, ob die Verkörperung der Staatsanwaltschaft darauf keine Antwort hatte, oder ob es ihr einfach zu blöd war, zu antworten.

Ein großer bulliger Mann packte Ruben am Kragen und zerrte ihn zum Tisch links vom Richterpult. Kassandra hingegen schob Fenja auf die gegenüberliegende Seite. Fenjas Knie schlotterten, als sie sich auf den Stuhl setzte. Sie konnte es nicht leugnen. Dass alles hier verunsicherte sie, und zwar gewaltig. Sie war noch nie vor Gericht gewesen, egal, in welcher Funktion!

Kassandra bedeutete ihr keinen Moment später, wieder aufzustehen. Ein alter Mann in einer weißen Toga schlurfte heran. Sein Bart war so lang, dass er über den Boden schleifte, und so weiß, dass er sich kaum von den Wolken abhob. Der silberne Gehstock, um den sich die langen dünnen Finger krümmten, schien schwer zu sein. Er setzte ihn immer nur wenige Zentimeter voran, um einen Schritt nach dem anderen zu machen. Zwei Mal setzte er den Stock versehentlich auf seinen Bart und stolperte.

»Verflixt noch eins.«

Fenja überraschte die kräftige Stimme. Sie passte nicht zu der schmächtigen, schwachen Gestalt. War das etwa Salomon? Der Richter?

Mit der freien Hand vollführte der alte Mann eine wegwerfende Geste. »Setzt euch schon mal hin. Kann sich nur noch um Äonen handeln.«

Er ächzte, als er endlich das Richterpult erreichte, und ächzte noch viel mehr, als er mühsam die Stufe erklomm und sich auf den Stuhl plumpsen ließ.

»Es ist ein Unding, dass die Sänfte wegen Kostenreduzierung gestrichen wurde«, knurrte der Richter und griff nach dem Hammer. »Ich erkläre die Anhörung für eröffnet.« Er ließ ihn auf den Tisch niedersausen. »Au, verdammt!« Salomon steckte sich den getroffenen Finger in den Mund. »Also, worum geht's eigentlich?«, nuschelte er.

Kassandra räusperte sich. »Es geht um den Engel Ruben. Er wurde mit dem Fall beauftragt, die Geschädigte …«

»Wen?«, fragte Fenja.

Kassandra hob die Stimme. »Die Geschädigte Fenja Knudsen …«

»Aber …«

»Ruhe«, fauchte Kassandra.

Fenja warf Ruben einen verzweifelten Blick zu. Der jedoch starrte Kassandra an, als könnte er sich kaum an ihr sattsehen. Unweigerlich keimte in Fenja Eifersucht auf. Aber das war unsinnig! Oder?

»Sein Auftrag war wie immer, seinen Klienten in den

Siebten Himmel zu bringen. Dafür durfte sie, Fenja, zurück in ihren Körper und auf der Erde bleiben, bis sie ihre große Liebe gefunden hat. Sie musste jedoch jeden Tag sterben. Das ist für unsere Kunden seelisch immer ein wenig schwer zu verdauen, vor allem, wenn die Tode gewaltsam erfolgen. Umso mehr müssen die Coaches ihren Schützlingen beistehen und schnellstmöglich ans Ziel bringen. Aber Ruben ...« Kassandra zeigte mit dem Finger anklagend auf Fenjas Lieblingsengel. »... hatte nur ein Ziel! Fenjas Bett. Er weckte in ihr Gefühle, die kein Engel in seinem Schützling zu wecken hat.«

Fenja hob die Hand. »Darf ich was sagen?«

Der Richter warf Kassandra über seine Brille hinweg einen fragenden Blick zu. »Sind deine Ausführungen beendet?«

»Nicht ganz, aber im Wesentlichen. Es fehlte eigentlich nur ein Satz: Er ist eine Schande für Wolke Sechseinhalb, ich fordere seine Strafversetzung in die Hölle!«

Ruben fiel die Kinnlade runter. Genauso wie Fenja. Dem Richter hingegen fiel der Hammer hinunter. »Au!«

Ein besonders eifriger Engel sprintete zum Richterpult, bückte sich und gab seinem Vorgesetzten den Hammer zurück. »Äh, danke«, stotterte Salomon, dann deutete er auf Fenja. »Nun, dann beginnen wir mit der Vernehmung. Bitte, gutes Kind, setz dich in die Mitte.«

Unsicher stand Fenja auf und nahm auf dem einzelnen Stuhl in der Mitte Platz.

»Also«, begann der Richter. »War Ruben tatsächlich in deinem Bett?«

»Ja, aber ...«

Kassandra schnaubte so laut wie ein wütender Stier, der in der nächsten Sekunde alles niedertrampeln wollte.

Der Richter wirkte empört. »Dann ist es also wahr!«

»Aber nein!«, rief Fenja.

»Also war er nicht in deinem Bett?«

»Doch.«

»Was denn jetzt?«

»Er war jeden Tag in meinem Bett.«

Der Richter ließ den Hammer auf den Tisch donnern. »Dieser unselige Sittenstrolch.«

»Ich bin doch jeden Tag im Bett aufgewacht und er hat neben mir gesungen.«

Der Richter stöhnte. »Ich hasse Verhandlungen, die derart ins Detail gehen. Was andere in ihren Betten treiben, ist mitunter schauderhaft abstrus.«

Er zuckte zusammen, als Fenja aufsprang. »Jetzt hört doch zu! Er hat mich mit seinem Gesang von den Toten geweckt. Deswegen lag er neben mir im Bett. Er war immer voll bekleidet! Er hat sein Lied mit der Harfe begleitet! Habt ihr ihn schon mal singen hören? Das hat nicht das Geringste mit Sex zu tun!«

Der Richter wurde leicht rosa im Gesicht und kicherte. »Sie hat das Wort gesagt.« Dann räusperte er sich betont ernst. »Also kam es nicht zu Unsittlichkeiten.«

Was waren bitte *Unsittlichkeiten*? Sex? Hatten sie nicht gehabt! Aber in diesem antiquierten Weltbild, das hier herrschte, zählten vermutlich schon Küsse. Fenja sah zu Ruben. Himmel, wenn sie jetzt log, erschien das bestimmt auf ihrer Sündenliste, und wenn sie die Wahrheit sagte, würde sie ihn belasten.

»Wir können ihn entfernen lassen, wenn du Probleme hast, vor ihm zu sprechen«, warf Kassandra scharf ein.

»Nein!«, rief Fenja aus. »Da war nichts Unsittliches.«

Unsittlich war schließlich ein weit gefasster Begriff.

Küssen war für *sie* nichts Unsittliches. Sie liebte Ruben. Kassandra schien zu kochen, aber der Richter lächelte milde.

»Und wie war das mit der Liebe? Liebst du ihn?«

»Ja«, erwiderte Fenja zaghaft.

»Ha!«, rief Kassandra. »Sie wiederholt es.«

Fenja wandte sich ihr zu. »Willst *du* ihn etwa für dich haben?«

Kassandra wurde blass. »Bitte was?«

»Gib's zu, du willst ihn haben«, fauchte Fenja.

»Warum, zum Henker, sollte ich das wollen?«

Fenja verzog spöttisch die Mundwinkel. »Ich habe mitbekommen, wie du mit ihm durch diesen blöden Flüsterknopf diskutiert hast. Ihr habt euch gestritten wie ein altes Ehepaar. Erzähl mir nicht, dass du ihn nur als Mitarbeiter betrachtest.«

»Das ist doch wohl die Höhe.« Kassandras Faust sauste auf die Tischplatte nieder. »Er ist mein Untergebener.«

»Und wie oft hast du dir vorgestellt, dass er sich dir auf den Bettfedern unterordnet?«, fauchte Fenja.

Kassandra verschränkte die Arme vor der Brust. »Auf diese Diskussion lasse ich mich nicht ein. Ich denke, es reicht.«

»Das denke ich auch«, seufzte der Richter. »Wenn du dich bitte wieder neben die Staatsanwältin setzen würdest, Fenja. Ruben, du bist dran.«

»Angeklagter ... Ruben ... Was hast du zu diesen Vorwürfen zu sagen?«, fragte Salomon.

»Wieso Angeklagter? Ich denke, es ist nur eine Anhörung?«, erwiderte Ruben überrascht.

»Das hat sich geändert! Wir sprechen hier von Missbrauchsvorwürfen, mein Lieber!«, zischte Kassandra.

»Missbrauch? So ein Blödsinn«, schnaubte Ruben entrüstet. »Ich …«, liebe Fenja, wollte er sagen. Aber dann fiel ihm ein, dass das Gefühl vielleicht nur an Amors Liebesvirus lag, und schluckte den Rest des Satzes herunter. Trotzdem, was konnte er für seine Infektion?

»Wenn die Vorwürfe so schwerwiegend sind, warum ist dann Amor mein Verteidiger? Er ist viel zu sehr mit Kassandra verbandelt. Ich stelle einen Befangenheitsantrag«, verlangte Ruben, nachdem er all sein Selbstbewusstsein zusammengekratzt hatte.

»Das ist ja die Höhe! Woher weißt du überhaupt, dass es so was gibt?«, schimpfte Kassandra. »Außerdem – gibt es in Liebesdingen einen besseren Verteidiger, als den Liebesgott selbst? Wie du siehst, komme ich dir total entgegen, und du beschwerst dich?«

»Mir fällt auch keiner ein, der in diesem Fall besser geeignet wäre. Mir fällt im Moment *überhaupt kein* anderer Verteidiger ein«, murmelte Salomon und schlug ein paarmal mit dem Hammer, um die Unruhe im Publikum unter Kontrolle zu bringen. »Also, warum sollte Amor befangen sein?«, fragte er Ruben und sah ihn eindringlich an.

Ruben schluckte schwer. Wenn er jetzt sagte, dass Kassandra Amor in der Hand hatte, weil er zu schlampig mit seinem Virenmaterial umgegangen war, würde Fenja unweigerlich erfahren, dass seine Gefühle für sie nicht echt waren. Das wollte er um jeden Preis verhindern. Er wollte ihr auf keinen Fall wehtun.

»Ich ziehe den Antrag wieder zurück«, krächzte Ruben

heiser.

Als er Kassandras triumphierendes Gesicht sah, wünschte er sich für einen Moment, er wäre Medusa. Dann könnte er sie in eine verdorrte Steinstatue verwandeln. Passte schließlich zu ihrem Teint!

Allmählich fing er an, diese selbstsüchtige Frau zu hassen. Sie war für die Mitarbeiterführung in Liebesdingen denkbar ungeeignet. Gleich nach dem Prozess würde er die Kündigung einreichen. Die hundert Jahre Kündigungsfrist würde er schon irgendwie herumbringen. Und sei es mit Harfenputzen und Gadgetzählen. Besser als ihr Gezeter anzuhören war es allemal.

»Dann sind wir uns ja einig«, verkündete Salomon. »Also, wie lautet jetzt die Anklage?«

»Unzucht mit Abhängigen«, kreischte Kassandra hysterisch.

Ruben riss überrascht die Augen auf. Der Vorwurf klang ganz schön schwerwiegend. Mit Harfenputzen würde er da nicht davonkommen.

»So ein Quatsch!«, rief Fenja.

»Bitte antworte nur, wenn du gefragt wirst«, tadelte Salomon sie. Die Unruhe im Saal flammte wieder auf. »Ruhe!«, schimpfte Salomon und klopfte mit dem Hammer.

»Also war es keine Unzucht?«, fragt er Fenja, als das Raunen wieder abgeflaut war.

»Ich liebe ihn«, wiederholte sie trotzig. »Genauso wie diese Verrückte da.« Sie deutete auf Kassandra. »Sie kann es nur nicht vertragen, dass Ruben nicht *ihr* schrilles Kreischen in den Ohren haben will, wenn er irgendwann mal Sex hat, sondern meines.«

»Ich verbitte mir diese Unterstellungen«, keifte Kassandra. »Nicht *ich* habe alles gevögelt, was mir zwischen die Schenkel kam.«

»Weil dich keiner rangelassen hat«, blaffte Fenja. »Du solltest dir mal die Augenbrauen zupfen. Das sieht aus, als hättest du zwei haarige Raupen im Gesicht.«

»Ach, Miss High Heel kennt sich auf einmal mit der Liebe aus.« Aus Kassandras Mund schlugen Blitze, aber Fenja starrte sie ungerührt an.

»*Ich* sehe auf den Dingern wenigstens sexy aus.«

»Hat dir ja unheimlich viel gebracht«, ätzte Kassandra. »Vier Kerle in vier Tagen und ausnahmslos alle haben dich umgebracht. Selbst Ruben.«

Fenja verlor sämtliche Farbe aus den eben noch zornesroten Wangen. »Aber er musste doch …«, stotterte sie. »Einer musste mich ja töten. Er wollte es nicht. Ihm war es schon zuwider, das Messer zu halten.«

Ruben ging das Herz auf. Am liebsten wäre er zu ihr gegangen, hätte sie in den Arm genommen und niemals wieder losgelassen. Wenn man ihn ließe, er würde sich mit ihr zu einer untrennbaren Einheit verschmelzen. Er würde ALLES, aber auch wirklich ALLES für diese Frau auf sich nehmen.

»Was hat das mit der Unzucht zu tun?«, giftete Kassandra. »Der Vorwurf bleibt bestehen.«

»Was ist mit Paragraf 38364 Absatz 492 der Coachengelverordnung CEV?«, wimmerte Ruben hilflos.

»Ich habe den Vorsitz hier nur unter der Voraussetzung angenommen, dass es nicht in einer Paragrafenreiterei endet«, rief Salomon genervt. »Ich urteile nach den Zehn Geboten und damit Schluss! Alles andere mache ich nach Gefühl. Ich werde den Teufel tun und mir ständig die aktuelle Gesetzeslage reinpfeifen.«

»Nach Gefühl?«, fragte Fenja ungläubig.

»Die beste Methode in Liebesdingen«, bestätigte Salomon. »Fahren wir fort mit der Beweisaufnahme. Gibt es Zeugen oder Beweise für die Unzucht?«

»Natürlich! Ich habe es gesehen!«, zischte Kassandra.

»Nicht wirklich, du hast dir eingebildet, es zu sehen. Du hast doch Angst, dich auf die Erde herabzulassen«, spottete Ruben.

»Ich sehe alles! Und das weißt du«, schimpfte sie.

»Das glaubt dir doch keiner. Deine Hellseherei, das ist kein Beweis«, verteidigte er sich mit letzter Kraft. Das war seine einzige Chance, er musste Kassandra als unglaubwürdig hinstellen.

Ruben sah ängstlich zu Fenja. Sie presste die Lippen aufeinander und starrte Kassandra an, als stellte sie sich vor, wie sie seine Vorgesetzte erwürgte.

»Dir glaubt doch sowieso keiner deine Visionen«, höhnte Ruben.

»Das stimmt nicht. Ich bin auch noch da, ich habe es gesehen«, piepste Amor und wischte sich mit einem großen Taschentuch den Schweiß von der Stirn.

So ein Nestbeschmutzer, Duckmäuser und Speichellecker! Der ließ sich bestimmt wegen der entflohenen Liebesviren von Kassandra erpressen. So ein Würstchen! Als Ruben ihn giftig ansah, erstarrte Amor mit sichtlich schlechtem Gewissen.

Über den Wolken brechen
Herzen lauter

Fenja war verstört. Aber nicht diese positive Verstörtheit, die mit dem warmen Gefühl einherging, dass schon alles gut wurde. Nein, ihr Magen krampfte sich zu einem eisernen Klumpen zusammen.

Dieser Amor hatte seine Zulassung als Verteidiger bestimmt nur geschenkt bekommen. Erst sagte er nichts und dann stimmte er der Gegenseite zu!

Der Richter schüttelte verzagt den Kopf, bedachte Ruben mit einem mitleidigen Blick und nahm die Brille ab. Er putzte sie mit dem Zipfel seines Gewandes.

Schließlich räusperte er sich. »Nun, da alle Beteiligten angehört wurden, verkünde ich mein Urteil.« Umständlich fummelte er sich die Brille auf die Nase. Sie rutschte ihm auf die Nasenspitze herunter und er schob sie wieder hoch, nur damit sie erneut hinabglitt. Der Knoten in Fenjas Magen verwandelte sich in einen Feuerball. Sie sah Ruben an, der ihr ein schiefes Lächeln schenkte.

»Es ist festzustellen, dass Ruben seinen Pflichten nicht nachgekommen ist. Anstatt für Fenja die große Liebe zu finden, hat er sich mit ihr unnötig in der Weltgeschichte herumgetrieben. Als wäre das nicht bereits genug, hat er das Abhängigkeitsverhältnis von Fenja ihm gegenüber benutzt, um seinem Schützling nahezukommen und unangemessene Gefühle in ihr zu wecken. So inbrünstig, wie sie ihre Liebe beteuert, grenzt das bereits an Gehirnwäsche!«

Fenja starrte Salomon fassungslos an. Was redete er denn da? Gehirnwäsche?

»Ich werde gleich *dein* Gehirn waschen! Bei neunzig Grad und mit erhöhter Schleuderdrehzahl!«, fauchte sie.

Der Richter warf ihr über den Rand seiner Brille einen tadelnden Blick zu und hob die Stimme, um fortzufahren: »Die Entscheidung ist gefallen. Fenja wird ein anderer Engelcoach zugeteilt. Hephis, um genau zu sein.«

Fenja zuckte, als plötzlich ein fremder Mann neben ihr auftauchte. Er lächelte sie aufmunternd an, doch gegen den Klumpen in ihrem Magen half das überhaupt nichts! Ihr Platz war bestimmt nicht an der Seite dieses schwarzhaarigen Schönlings, sondern an Rubens Seite. Sie wollte sich an Kassandra vorbeidrücken, um zu Ruben zu gelangen, aber Hephis packte sie am Arm und hielt sie zurück.

»Lass mich los«, zischte Fenja. Aber er packte nur fester zu. So fest, dass sie wimmerte.

»Ruben wird die nächsten fünfhundert Jahre damit zubringen, unsere himmlischen Akten zu entstauben und zu ordnen. Eine Staublunge hat bisher noch jeden davon abgehalten, ein weiteres Mal eine solche Dummheit zu begehen«, verkündete der Richter.

Ruben senkte den Kopf und Fenja konnte sein Seufzen hören.

»Aber noch etwas, Ruben.« Ruben hob den Blick, als der Richter ihn ansprach. »Du solltest wenigstens so anständig sein, und Fenjas Gedanken geraderücken. Sag ihr, dass du ihr die Gefühle nur vorgegaukelt hast. Dann ist sie frei und kann endlich ihre große Liebe finden.«

Entsetzt starrte Fenja Ruben an. Sie konnte nicht glauben, was der Richter da von sich gab. Ihr Engel sollte das alles vorgegaukelt haben? Niemals! Das hatte er nicht. Ruben nicht. Er war der anständigste Mann, den sie kannte. Niemals würde er so etwas tun. Niemals würde er sie so abscheulich belügen wie alle anderen vor ihm.

»Fenja, ich …«, hob Ruben an. Sein trauriger Blick schnürte ihr die Kehle zu. Tränen brannten ihr in den Augen. »Fenja, ich liebe dich …« Ruben stockte und senkte den Blick. »… nicht.«

Er sprach das letzte Wort so leise, aber Fenja konnte es trotzdem vernehmen. Sie wünschte, sie hätte es nicht gehört. Dieses Wort riss ihr das Herz aus der Brust, damit alle Anwesenden darauf herumtrampeln konnten.

»Kannst du mir das bitte erklären?«, fragte Fenja ihren Ex-Engel mit erstickter Stimme. Tränen brannten in ihren Augen und Kassandra strich ihr ernsthaft über den Rücken. Fenja schlug die Hand dieser verbitterten Ziege weg.

»Wahrscheinlich habe ich diese Gefühle nur, weil ich mich vor Kurzem mit Amors Liebesvirus angesteckt habe. Ihm sind bei der Produktion ein paar von den Viechern entwischt«, erklärte Ruben heiser.

»Liebesvirus?«, fragte der Richter.

»Ja, BLR – Besonderer Liebes Rausch. Sozusagen das Gift auf Amors Pfeilen. Es blockiert die Andockstellen von Pheromonen, sodass mehr von ihnen im Blut bleiben und im Gehirn wirken und waschen können«, warf Kassandra mit wichtigem Gesichtsausdruck ein.

Salomon fiel die Kinnlade herunter, was altersbedingt ein klapperndes Geräusch verursachte. »*Was*? Das ist ja eine ganz neue Sachlage. Ich wusste gar nicht, dass eure Klienten derart manipuliert werden«, rief Salomon, nahm seine Brille ab und putzte sie mit seinem Gewand. »Das grenzt ja an eine Farce.«

Das Raunen der Zuschauer wurde lauter. Manche kicherten sogar über Salomons hektisches Brillenputzen. »Damit wird er auch nicht klarer sehen«, scherzte einer.

Wenn es nach Fenja ging, waren Engel allesamt Scheißkerle! Und -frauen! In ihrem ganzen Leben war sie niemals so gedemütigt worden! Kasper hatte sie immerhin in der Privatsphäre ihrer Wohnung umgebracht. Ruben aber stellte sie in aller Öffentlichkeit bloß. Versetzte ihr einen Stich ins Herz. Er war schlimmer als Kaspar. Und dann redete er sich mit einem Virus heraus. Wie billig. Das änderte nichts an der Tatsache, dass er sie auch nur belogen hatte. Ein unterdrücktes Schluchzen entwich ihrer Kehle.

»Was glauben Sie, was für ein Knochenjob es ist, wahre Liebe wachsen zu lassen? Wo gibt es die schon? Und nebenbei gesagt, *wir* benutzen keine unlauteren Mittel wie Amor. Kein Wunder, dass er so berühmt für seine Erfolgsquote ist. Aber Sie sollten sich die Zahlen mal genauer ansehen. Wie viele, der von ihm angestifteten Romanzen, kommen wirklich in den Siebten Himmel? Da sieht die Sache nämlich plötzlich ganz anders aus. Die Scheidungsraten steigen immer noch an!«, ereiferte sich Kassandra.

Das Raunen der Menge schwoll an.

»Schluss jetzt!«, donnerte Salomon und hämmerte verzweifelt gegen den Lärm an.

Fenja war das alles egal. Der gesamte Himmel sollte doch einfach in Flammen aufgehen, es spielte für sie keine Rolle mehr. Sie würde nie ihre wahre Liebe finden. Sie verliebte sich ja doch nur in die falschen Männer. Nicht mal im Himmel fand man einen ehrlichen Kerl, und sollte sie doch mal einen finden, würde sie es sowieso nicht bemerken. Weil sie unsagbar dumm war.

Diesmal strich Hephis Fenja über den Rücken, aber die Berührung löste lediglich Widerwillen in ihr aus. Sie wand sich aus seinem Griff. »Lass mich in Ruhe«, zischte sie. Die erste Träne kullerte über ihre Wange.

»Lasst mich einfach alle in Ruhe!«

Fenja schluchzte, wandte sich um und lief davon. Sie drängte sich an einem großen Mann mit weißem Bart vorbei.

»Fenja«, rief Ruben. Nein! Sie wollte ihn nicht hören. Sie wollte nie wieder etwas von ihm hören.

Fenja wusste nicht, wohin sie laufen sollte. Die Rufe hinter ihr wurden allmählich leiser und der Schmerz in ihrem gebrochenen Herzen umso stärker.

»Haltet ein mit euren Rufen!«, befahl Salomon. »Wir werden dieses unsägliche Verfahren auch ohne Fenja beenden! Sie wird schon nicht verloren gehen.«

Er klopfte und klopfte und klopfte und prompt brach der Hammer entzwei. Er warf ihn über die Schulter hinter sich und kramte aus den Falten seines Gewandes einen neuen heraus. »Ich stelle fest, dass die Beweisführung in diesem Verfahren mehr als schlampig gehandhabt wurde. Außerdem stellt sich jetzt tatsächlich die Frage der Befangenheit, wenn Amor eine mögliche Ansteckung verschuldet hat und dadurch erpressbar war. Aber die wichtigste Frage in dieser Sache ist fürs Erste, ob Ruben BLR-positiv oder -negativ ist. Gibt es da einen entsprechenden Test?«

»Ja, aber dafür war keine Zeit, Euer Ehren«, antwortete Kassandra kleinlaut.

»Sieh an, jetzt bin ich auf einmal Euer Ehren? Ich werde euch mal was sagen, *Euer Ehren* verpisst sich – wie man neuerdings so schön sagt. Die heutigen Verfahren sind nichts mehr für einen alten Mann wie mich. Soll sich doch Justitia selbst mit euch Dilettanten abeseln! Aber zunächst wird die Beweisführung abgeschlossen und sämtliche Beteiligte auf Befangenheit untersucht. Da die gesamte himmlische Ordnung unter Verdacht steht, ist das ein Fall für die HSuSB, die Himmlische Spionage- und Sicherheitsbehörde.«

Kassandra mahlte mit dem Kiefer. »Wer hier wohl der Dilettant ist!«, presste sie hervor.

»Jetzt reicht es aber! Du kommst in den Arrest, wegen Verdunklungsgefahr! Du kannst dir nicht alles herausnehmen!«, schimpfte Salomon. »Es wird auf höherer Instanz weitergehen, ob dir das passt, oder nicht.«

Die Lautstärke im himmlischen Gewölbe schwoll geradezu ohrenbetäubend an. In Ermangelung eines Ersatzhammers nahm Salomon einen Brieföffner und klopfte und klopfte und klopfte …

»Ihr holt jetzt Fenja zurück«, brüllte er irgendwann gegen den Lärm an.

»Lasst mich dabei sein«, bat Ruben den Richter.

»Meinetwegen. Aber erst, nachdem man dir Blut abgenommen hat«, befahl Salomon.

Zum ersten Mal seit Prozessbeginn schöpfte Ruben Hoffnung. Es gab anscheinend doch noch Gerechtigkeit im Himmel.

Zur Hölle mit den Engeln!

Fenja lief über Wolken und zwischen Wolken hindurch. Sonne brannte auf ihre Haut und blendete sie. Konnten Engel eigentlich Sonnenbrand bekommen? Sie wünschte wirklich, sie könnte sich ernsthaft mit derart banalen Fragen beschäftigen. Doch die Wahrheit war: Nichts vermochte es, sie von Ruben abzulenken.

Irgendwann blieb sie stehen und rang um Luft. Vielleicht musste sie nicht mehr atmen, aber Heulen und Rennen gleichzeitig war sogar für eine Tote eine Herausforderung. Sie rieb sich über die brennenden Augen und drückte den nassen Ärmel gegen die Stirn. Fenja wünschte, sie wäre *richtig* tot, aber nicht einmal das war ein Ausweg, wie es schien. Es gab kein *Ruhe in Frieden* nach dem letzten Atemzug. So, wie es auf der Erde geendet hatte, ging es im Himmel weiter. Demütigungen, Lügen, arrogante Pisser.

»Fenja, komm zurück.«

Zögernd drehte sie sich um. Hephis kletterte von einem Wolkenhügel herunter und streckte die Hand nach ihr aus. »Ich weiß, es tut weh. Aber wir werden jemanden finden, der dich wirklich liebt, dann wird der Schmerz in null Komma nichts verschwunden sein.«

Fenja wich vor ihm zurück. Sie hatte schon jemanden gefunden, der sie wirklich liebte. Zumindest hatte sie das geglaubt. Aber ihr Bauchgefühl hatte sie ein weiteres Mal im Stich gelassen. Hatte Ruben wirklich irgendeinen Liebesvirus abbekommen? Das klang zu absurd.

»Er hat diesen Schwachsinn nur behauptet, weil ihr ihn dazu gezwungen habt«, fauchte Fenja.

Hephis lachte. »Sei nicht albern. Er hat endlich seine

Pflicht getan und wenigstens zum Schluss etwas Anstand gezeigt. Er ist nicht der erste Engel, der seine Schützlinge vögeln will, und er wird auch nicht der letzte sein, der das Vertrauensverhältnis ausnutzt, um etwas Vergnügen für sich herauszuholen.« Hephis grinste anzüglich. »Auch Engel machen Fehler und ihnen jucken manchmal die Kronjuwelen. In diesem Fall ist er aufgeflogen, weil Kassandra ihn besonders genau beobachtet.«

Ha! Fenja hatte es gewusst! Diese stocksteife Schnepfe konnte nicht die Augen von Ruben lassen.

Hephis legte ihr die Hand auf die Schulter. »Hab ein wenig Vertrauen zu mir. Ich weiß, wie man dafür sorgt, dass eine Frau ihren Liebeskummer vergisst.«

Ach ja? Mit Eiscreme, Smørrebrød und Filmen?

»Wir melden dich im himmlischen Datingportal an. Tote mit Toten zusammenzubringen ist viel einfacher, als eine Tote mit einem Lebenden zu verkuppeln.«

Klang großartig. So großartig, dass Fenja in der Hoffnung auf einen weiteren Genickbruch am liebsten mit dem Kopf voran von den Wolken stürzten wollte. Dann könnte sie am nächsten Tag wieder in ihrem Bett aufwachen. Neben Ruben.

Ihr Herz sehnte sich so schmerzlich nach ihm.

»Nein, danke«, presste Fenja heraus.

Hephis runzelte die Stirn. »Tut mir leid, aber du hast keine Wahl. Unvermittelbar zu sein ist keine Option.«

»Unvermittelbar?«

Hephis verzog das Gesicht. »Nicht so laut. Du siehst doch ein, dass du ein schwieriger Fall bist? Ich meine, ja, du bist hübsch und alles. Aber für die große Liebe braucht es schon ein bisschen mehr als ein liebliches Gesicht und eine schlanke Figur.«

»Ach ja?«, knurrte Fenja lauernd.

Hephis nickte. »Männer wollen umgarnt und geliebt werden. Nicke, wenn sie dir etwas erzählen, und sei um Gottes willen nicht so schrill. Wer will schon mit einer Sirene die Ewigkeit verbringen?«

War der Kerl lebensmüde oder was stimmte nicht mit ihm?

»Wie gut bist du im Bett?«, fragte Hephis. »Das ist auch ein wichtiger Punkt.«

Jetzt war es amtlich, dieser Coach war der beschissenste, arroganteste Pisser …

»Kannst du blasen? Ich meine, als Übungsobjekt könnte ich mich zur Verfügung stellen. Dagegen werden nicht mal die himmlischen Richter was einwenden können.«

»Ist das ein Witz?«, fragte Fenja.

Hephis verschränkte die Arme vor der Brust. »Natürlich. Obwohl ich verstehen kann, dass Ruben für einen Stich mit dir fünfhundert Jahre Aktenablage auf sich nimmt. Manche Dinge lohnen sich einf—«

Mit aller Kraft, die sie aufwenden konnte, schlug Fenja ihm ins Gesicht. »Du bist widerlich!«

Ihn sollte man ins Archiv stecken! Sie würde jetzt zurückgehen und dieser Idiotenversammlung die Meinung geigen. Warum hatte sie das nicht gleich getan?

»Wo willst du hin?«, schnaubte Hephis.

Fenja wirbelte herum und schlug seine Hand weg, die erneut nach ihr greifen wollte. »Ich gehe zu Salomon und zu dieser untervögelten Kassandra und dann sage ich ihnen, was ich von ihnen, von Ruben und vor allem von dir halte!«

»Du gehst nicht zurück«, erwiderte Hephis barsch. »Wir werden dich jetzt verkuppeln.«

»Ich will aber nicht verkuppelt werden!«

»Das interessiert hier niemanden«, brüllte Hephis und raufte sich die Haare. »Ich wünschte, du wärst eine Lesbe. Die Weiber würden sich um dich schlagen. Wenn ihr eure Periode habt, könnt ihr mit Meteoriten schleudern!«

Fenja hatte keine Ahnung, ob Tote noch ihre Menstruation bekamen, aber sie wusste: Dieser Kerl war misogyn, völlig bescheuert, und wenn sie sein ach so symmetrisches Gesicht auch nur eine Sekunde länger ertragen musste, würde sie das nächste Flugzeug abfangen und auf ihn schleudern!

Während sich Hephis immer noch die Haare raufte, gab Fenja Fersengeld. Sie sprang über kleine Schäfchenwolken hinweg und stürzte sich in eine bauschige Wolke. Für einen Moment sah sie nur grauen Nebel. Kälte stach in ihre Haut, wie unzählige Nadeln. Nässe legte sich über ihren Körper und durchweichte ihre Kleidung.

»Fenja!«, brüllte Hephis. »So ein verfluchter Mist. Die Hölle soll dieses penetrante, renitente, aufsässige Weibsbild holen.«

Je tiefer Fenja in den grauen Nebel eindrang, umso gedämpfter klangen Hephis Worte. Konnte er sie hier drin nicht sehen? Fenja blieb stehen und hielt die Luft an. Nur zur Sicherheit. Nicht, dass sie versehentlich die Wolke wegpustete.

Hephis Schimpfen (»Diese Frau hat nicht der Storch, sondern der Waschbär gebracht!«) entfernte sich immer weiter. »Fenja«, rief er erneut, er klang bereits ziemlich weit weg. Zur Sicherheit wartete sie noch eine Weile, dann tastete sie sich mit den Händen voran durch den düsteren Nebel.

Der graue Schleier verzog sich, wich wieder gleißendem Sonnenschein. Fenja kniff die Augen zusammen. Sie hatte das Gefühl, plötzlich in einer Wüste zu stehen. Wohin ihr

Auge auch reichte, sah sie nur einen Teppich aus strahlend weißen Wölkchen. Cumulus humilis, wie eine Herde grasender Schafe. Selbst die graue Schlechtwetterwolke, aus der sie gestolpert war, löste sich vor ihren Augen auf. Ein letzter Tropfen traf Fenja an der Nase.

Schön, Hephis war sie anscheinend entkommen. Und jetzt? In welche Richtung sollte sie gehen? Aus welcher Richtung war sie gekommen? Wohin sie auch sah, überall sah es gleich aus. Fenja ging nach links. Die Sonne war für ihren Geschmack viel zu warm und es war unglaublich still. Keine singenden Vögel, nicht mal das Rascheln von Flügeln. Jetzt wäre sie sogar froh, wenn sie Kassandras Gekeife hören könnte. Diese Frau war schrill, nicht Fenja. Sie war gegen diese Furie ein Waisenknabe – äh, -mädchen.

Sie wusste nicht, wie lange sie über die Wolkenwüste irrte, da sah sie plötzlich eine Tür. Mitten auf dem weiten Wolkenfeld. Eine rot gebeizte Tür.

Zögernd näherte sich Fenja dem einsamen Gebilde. Es gab keine Mauern und keine Wände, die ihren Sinn erklärten. Der Knauf schimmerte in der Sonne.

Aber was sollte ihr schon geschehen? Sie hatte ihr Leben bereits verloren. Und ihr Totendasein war sowieso die Hölle. Ruben belog sie. Alle lachten über sie und ihr neuer Coachengel konnte sie auch nicht ausstehen. Aber das beruhte zumindest auf Gegenseitigkeit.

Im schlimmsten Fall fiel sie durch diese Tür auf die Erde und wachte in ihrem Bett mit Hephis an ihrer Seite auf. Fenja drehte den Knauf, drückte gegen das Holz und steckte den Kopf durch den Spalt.

Dunkle, graue Mauern erhoben sich ringsum und an den Wänden flackerten Fackeln. Es gab keinen Boden, statt ihm klaffte ein riesiges, tiefes Loch. Obwohl es beleuchtet war, konnte sie das Ende nicht ausmachen. Noch ehe Fenja diesen seltsamen Ort durch die Tür wieder verlassen konnte, wurde sie von unsichtbaren Händen gepackt und über das Loch gezerrt. Fenja verlor den Halt, schrie auf und fiel ungebremst in die Tiefe.

»Sie ist weg«, brüllte Hephis und erschreckte damit nicht nur Ruben, sondern auch Asklepios, der ihm gerade Blut abnahm.

»Was?«, blaffte Ruben.

»Das verfluchte Frauenzimmer ist abgehauen. Erst schlägt sie mir ins Gesicht, dann …«, donnerte Hephis und fixierte Ruben finster. »Hör auf zu grinsen!«

Ruben versuchte wirklich, sich das hämische Grinsen zu verkneifen, aber die Ohrfeige gönnte er diesem himmlischen Schönling! Fenja war Rubens Fall. Sein Schützling, seine Liebe … Ach, wenn sie es nur wäre.

»Was willst du hier?«, keifte Asklepios. Sein Monokel verrutschte vor Empörung. »Sag, was du zu sagen hast, oder hau ab. Ich habe hier einen Patienten.«

»Patient? Du nimmst doch nur Blut ab«, protestierte Ruben.

»Fenja ist weg. Also richtig weg. Ich kann sie nirgends finden«, lamentierte Hephis. »Eben keift sie mich noch nach, im nächsten Moment rennt sie weg und verschwindet in den Wolken. Ich habe mir die Füße wund gelaufen. Sie könnte überall sein! Überall auf dieser verdammten Wolkendecke. Vielleicht ist sie auch zum Mond ausgewandert! Würde ich dem Weib zutrauen. Wie hast du es nur mit ihr ausgehalten?«

»Wenn man sie nicht erschreckt, ist sie lieb«, gab Ruben zurück. Seine süße Fenja … »Kassandra kann uns gewiss sagen, wo sie ist«

Ruben stieß Asklepios zur Seite, zerrte die Nadel aus seinem Arm und sprang auf. Heiliger Bimbam, für einen Moment kam die Wolkendecke ordentlich ins Trudeln. Ruben krallte sich an Hephis' Schulter fest, während Asklepios unwillig schnalzte. Aber der Arzt hielt weder Hephis noch Ruben auf. Sie stürzten zum Gericht zurück, vorbei an den herumstehenden Engeln, die gerade nichts Besseres zu tun hatten, als sich diese verdammte Soap reinzuziehen, die sich Rubens Liebesleben nannte!

»Kassandra!«, brüllte Ruben über die Menge hinweg. Wo war seine verflixte Chefin, wenn man sie brauchte?

»Ich kann nicht fassen, dass du dich tatsächlich noch erdreistest, meinen Namen in den Mund zu nehmen«, keifte sie hinter ihm.

Ruben wirbelte herum. »Wo ist Fenja?«

»Was interessiert mich das? Ich finde übrigens, mit fünfhundert Jahren Aktenabstauben kommst du viel zu gut w—«

»Halt die Klappe«, brüllte Ruben. »Beim Allmächtigen. Halt einmal die Klappe und sag mir, was ich wissen muss.«

Kassandras Lippen kräuselten sich verächtlich. »Der Meister des wirren Redens, der billigen Ausreden und des sinnlosen Gequassels möchte eine klare Auskunft?«

»Ja!«

»Tja, Pech für dich, mein Lieber« höhnte Kassandra und drehte ihm den Rücken zu.

Ruben tat etwas, was ihm in den letzten achthundert Jahren nicht im Traum eingefallen wäre. Er packte Kassandra am Arm, zerrte sie zurück und bremste ihren drohenden

Sturz mit seiner Brust. Sie ächzte auf Höhe seines Halses, versteifte sich und hielt sich mit besorgniserregender Kraft an ihm fest. Nicht auszudenken, was geschah, wenn sie mal saftig ausholte.

»Bitte«, flehte Ruben. »Sag es mir und ich bin dir auf ewig etwas schuldig. Ich gehe sogar mit dir aus, wenn du willst. Du bekommst meinen Nektar, mein Ambrosia, alles, was du willst. Ich diene dir meinetwegen auf Knien, bis sie abgeschabt sind. Aber sag mir, wo Fenja ist. Damit wir sie zurück auf die Erde bringen und ...« Ruben brach es schier das Herz. »... mit der Liebe ihres Lebens zusammenbringen können.«

»Ihr wollt sie wirklich mit einem Menschen verkuppeln?«, knurrte Kassandra misstrauisch an seinem Hals. Sie wirkte ein wenig abgelenkt. Versuchte sie, sich aus seinem Griff zu winden oder warum befummelte sie sein Kinn?

»Ja«, presste Ruben heraus.

»Also gut. Sie ist durch ein temporäres Portal in die Hölle gefallen.«

»Was?« Ruben ließ Kassandra los und sie fiel mit einem Aufschrei zu Boden. Ruben stieg über sie hinweg. »Ich heb dich nachher auf!«

»Schön wär's«, schnaubte Kassandra.

Das war es – ihr endgültig letztes Stündlein. Hoffentlich diesmal für immer. Fenja hasste es, immer wieder aufs Neue zu sterben. Ein dumpfer Knall ertönte, als sie auf dem Boden aufschlug. Jeder Knochen in ihr stöhnte auf, im Gleichklang mit seiner Besitzerin.

Fenja wälzte sich auf den Rücken und blieb einfach liegen. War sie jetzt gestorben und gleich wieder aufgewacht, oder was war passiert? Sie starrte den schwarzen Tunnel empor, dessen Ende im Dunkel verschwand. Die Tür war nicht zu sehen, auch kein Himmel, nur endlose Schwärze. Es war wärmer hier als oben im Himmel. Genau genommen war es brütend heiß. So stellte sie sich Südamerika vor. Schwül und drückend. Nur fehlten ihr die Pflanzen, die drückende Sonne und die Geräusche wilder Tiere. Die Fackeln warfen tanzende Schatten an die Wände. Fenja setzte sich auf und rieb sich die malträtierten Gliedmaßen.

»Da ist sie ja endlich«, zischelte eine unheimliche Stimme aus dem Dunkel. »Die Hure, die Verführerin, die sogar den Teufel den Mann ausspannt.«

Hä? Fenja schob sich auf die Knie und drehte den Kopf. Die Stimme schien aus jeder Richtung zu kommen. Sie zitterte, klang wie das Säuseln eines giftigen Cocktails, in dem Blasen platzten. Ein Schaudern schüttelte Fenja, als sich aus dem Schatten der Höhle eine bullige, aber eindeutig weibliche Gestalt schob. Rotes Haar stand wie Stacheln von ihrem Kopf ab, die dunklen Augen lagen über feisten Wangen. Das war Kaspers Frau!

»Freust du dich, mich wiederzusehen?«, säuselte sie.

Fassungslos starrte Fenja sie an. Ihr fehlten jegliche Worte. Sie träumte das doch nur, oder? Bitte, sie wollte das nur träumen!

»Warum so still mein Täubchen?«, höhnte Kaspers tote Gattin. »Noch nie eine Dämonin gesehen?«

Dämonin? Sie wollte eine Dämonin sein?

»Kippt gerade dein Weltbild?«, spottete die Ausgeburt er Hässlichkeit. »Ich weiß, was du denkst. Die Sünde, die

Verführung pur – sollte sie nicht anders aussehen? Dem heutigen Ideal entsprechend? Schlank, groß, mit festen Beinen, großen Brüsten und … blond? So wie du?«

»Nein«, behauptete Fenja. Worauf das hinauslief, gefiel ihr überhaupt nicht!

»Och, komm schon. Betörerin der Dämonensklaven«, spottete die Höllenbrut. »Ich muss zugeben, ich war wütend, als ich deine Affäre mit diesem Hohlkopf herausfand. Da lässt man sich auf der Erde nieder, um einen Trottel zu terrorisieren und das Leben zu genießen, und dann geht dieser Schwachkopf fremd. Das konnte ich doch nicht auf mir sitzen lassen.«

Fenjas Kopf war wie leer gefegt. Sie starrte auf die wulstigen Lippen der Frau. Die Worte hörte sie, aber sie kamen nicht so recht bei ihr an. Oder halt …

»Hast *du* ihm gesagt, dass er mich töten soll?«, fragte sie leise. Machte das etwas besser? Nicht im Geringsten. Dennoch musste Fenja es wissen.

Die Dämonin nickte. »Aber ich habe nicht damit gerechnet, dass du dir magische Hilfe holst.«

War da etwa Anerkennung in ihrer Stimme? Kaspers Frau verschwand für einen Moment im Schatten, und als sie wieder zurückkehrte, hielt sie eine Kette in der Hand wie eine Hundeleine. An deren Ende hing niemand Geringerer als …

»K… K… Kasper«, stotterte Fenja. »Aber du bist doch im Gefängnis.«

»Auf mein Geheiß hin hat er sich dort erhängt.« Die Dämonin seufzte. »Ich wollte ihn behalten. Er fickt so gut. Aber das muss ich dir ja nicht erzählen.«

Okay, jetzt war ein guter Zeitpunkt, durchzudrehen, zu schreien und nach Beruhigungstabletten zu kreischen. Fenja wünschte, sie wäre in der Irrenanstalt. Die hatten so schöne unscheinbare Tabletten, die dafür sorgten, dass ihr alles egal war. Ihr einziges Problem wäre dann ein wenig Müdigkeit, aber auf einer bequemen Matratze war das auszuhalten.

Vielleicht würde dann auch dieses hässliche Weib verschwinden, samt Kasper. Das Ende der Kette lag eng um seinen Hals. Seine Haut wurde gequetscht und er blutete aus kleineren Wunden. Sein sonst stets makelloser Anzug war zerrissen und mit Staub bedeckt. Er kniete auf allen Vieren. Den Kopf gesenkt, spähte er durch die Strähnen seiner Haare zu Fenja. Sie konnte seinen Blick nicht deuten. Angst, Abscheu, Wut, aber da war auch noch etwas anderes – Wildes, Unberechenbares, Höllisches.

Passte ja hervorragend. Wenn sie in der Tinte saß, dann richtig. Wie kam sie hier nur wieder heraus?

»Nur eins enttäuscht mich«, seufzte die Dämonin. »Es war ziemlich einfach, dich hierherzulocken. Ich dachte, wirklich, ich könnte den Pennern da oben noch ein paar Kumulonimbus hochjagen. Aber Kasper sagte ja schon, dass du nicht die hellste Leuchte im Kopenhagener Hafen bist.«

Dieser Mistkerl!

»Kasper«, gurrte das Weib. »Zeig ihr, welchen Platz sie hier einnehmen wird.«

Zu Fenjas Erstaunen erhob sich Kasper. Ohne auch nur einmal zu taumeln, stellte er sich auf die Füße. Die Dämonin ließ seine Kette los, sie klirrte zu Boden und er schleifte sie hinter sich her. Schritt für Schritt kam er näher, das Gesicht zu einem hässlichen Lächeln verzerrt. Fenja wich vor ihm zurück. Bis die Mauer sie stoppte. Kasper packte sie an den Haaren, zerrte sie hoch und wirbelte sie herum, bis sie in seinen Arm lag. Sein Atem strich heiß über ihre Haut. Sie würgte. Er roch nach Schwefel. Das war so widerlich. Sie versuchte, sich aus seiner Umarmung zu winden, doch er packte ihr Kinn. Sie konnte ihren eigenen Kiefer knirschen hören. Schmerz schoss durch ihre Zähne. Kasper erstickte ihr Stöhnen mit einem brachialen Kuss. Er biss auf ihre Lippen und leckte das Blut ab.

»Ich ernenne dich zu einer Dämonenanwärterin, oh süße, liebliche, dumme Fenja«, höhnte die Ausgeburt der Hölle. »Aber bevor wir mit deiner Ausbildung beginnen, werden wir uns köstlich amüsieren.«

Thor holte schnaufend auf. Sein Hammer hüpfte bei jedem Schritt auf seiner Schulter.

»Ruben«, keuchte Thor. »Wie hast du es geschafft, sie zu belügen?«

»Sie war abgelenkt«, gab Ruben zurück.

»Ja, ja, von deiner breiten, männlichen Brust«, gluckste Thor. »Wir können alle noch was von dir lernen. Zum Beispiel, dass man in ihrer Gegenwart lieber nüchtern bleibt.«

Jetzt waren sie hoffentlich schneller als Kassandra seine Lüge aufdecken und reagieren konnte. Fenja, ausgerechnet Fenja hatte ihm die Waffe in die Hand gedrückt. Sie hatte ihm die Augen geöffnet, was Kassandras zweifelhafte Sympathien für ihn betraf.

»Wir haben jetzt die einmalige Chance, Kassandra auszubooten. Ihren Intrigen muss ein für alle Mal das Handwerk gelegt werden«, sagte Thor erfreut.

»Ja, sie hat auf Wolke sechseinhalb nichts zu suchen.«

Aber erst einmal müssen wir dafür sorgen, dass Fenja nichts Schlimmes passiert«, erklärte Ruben. Zusammen bestiegen sie Thors goldenen Streitwagen. Die temperamentvollen Rösser, die den Wagen zogen, machten einen Satz, bevor sie losgaloppierten. Laut rumpelnd setzte sich der Wagen in Bewegung.

»Wird schon nicht. Mit dem Weibsbild legen sich nicht mal Dämonen an. Die werden ihr den Thron freiwillig freiräumen. Wollte sie nicht sogar mit dir in die Hölle durchbrennen? Sie wird dort unten bestimmt auf dich warten«, schrie Thor gegen den Fahrtwind an.

Doch der ließ sich nicht so leicht trösten. »Sie hat schon genug durchgemacht. Nur der Teufel weiß, was die Dämonen mit ihr anstellen«, erwiderte er und rieb sich besorgt die Augen.

Rumpelnd fuhren sie über das Himmelsgewölbe und Ruben fragte sich, ob die Menschen auf der Erde den Weltuntergang auf sich zukommen sahen. So viele Unwetter wie in letzter Zeit hatte es seit den verheerenden Götterkriegen auf der Erde nicht mehr gegeben.

Der himmlische Raser schien viel Vergnügen an der schnellen Fahrt zu haben, während Ruben zunehmend übler wurde. Die Bremsen quietschten, als der Wagen an der Höllenpforte zum Stehen kam. Sowohl Thor als auch Ruben wurden nach von geschleudert.

»Anhalten ist nicht gerade deine Spezialität«, bemerkte Ruben würgend.

Thor lachte schallend, aber selbst er klang verunsichert. Ruben konnte es ihm nicht verübeln. Die Grenze zwischen Himmel und Hölle bestand aus einer lodernden Feuerwand. Ein Tor, so winzig, dass gerade mal ein Gnom hindurchpasste, bildete den einzigen Übergang.

Sengende Hitze schlug ihnen entgegen. Es war so heiß, dass selbst der Wettergott anfing zu schwitzen. »Kann mal einer die Heizung ausmachen?«, donnerte Thor.

»Durch das Türchen passe ich niemals«, stöhnte Ruben verzweifelt. »Und du erst recht nicht.«

»Nicht einmal die Miniaturausführung meines Hammers würde da hindurchpassen«, erwiderte Thor.

Ruben war den Tränen nah. Was sollte er jetzt tun? Er konnte Fenja doch nicht dort unten lassen? Er musste da durch. Mit zitternden Knien sprang Ruben vom Streitwagen und näherte sich der lodernden Wand. Er wollte sich bücken, sich durch den winzigen Durchlass schieben, aber kaum streckte er die Hand danach aus, schossen ihm die Flammen entgegen, leckten an seiner Haut und verbrannten das Hemd. Blasen traten unter dem Stoff zum Vorschein. Au, verflucht!

Das Feuer ließ ihn nicht durch das Tor. Es war nicht nur Dekoration, sondern dazu da, die zu verhöhnen, die Einlass begehrten, obwohl sie nicht hierher gehörten.

»Unwürdiger«, grollte es aus den Flammen.

Im Ernst? Die *Hölle* entschied, wer würdig und wer unwürdig war?

»Ich steck dir gleich was in deinen unwürdigen Hintern!«, brüllte Ruben. Das würde zumindest Fenja sagen. Seine unerschrockene Fenja. Er bildete sich ein, sie hinter der Feuerwand zu sehen, wie durch eine transparente Scheibe. Nackt. Mit einer Kette um den Hals und Entsetzen in den Augen. Die Gestalten um sie herum waren verschwommen. Sie hob schützend die Hände, zuckte zusammen und schrie auf wie unter einem Schlag.

»Wenn ihr sie anrührt, lass ich die Sintflut auf euch niederregnen«, donnerte Ruben. Mit einem Aufschrei der

Verzweiflung stürzte er sich in die Flammen. Sollten sie ihn doch verzehren. Sollten sie doch seine himmlische Existenz beenden und ihn ins Fegefeuer holen. Niemand sollte sagen, er hätte es nicht versucht!

Ruben erwartete zwar Schmerzen, aber dass sie so heftig wären, damit hatte er nicht gerechnet. Sie züngelten über seinen Körper, fraßen ihn auf, umschlossen seine Eingeweide und rissen sie heraus. Unwillkürlich legte Ruben die Hände über sein Herz. Niemand konnte ihm Fenja nehmen.

»Zurück« schrie Thor so laut, dass Ruben vor Schreck folgte. Dann schlug er seinen Hammer mit aller Macht auf den Boden. Ein riesiger Blitz entfuhr und züngelte über den Boden, verbrannte alles Pech und Schwefel auf seinem Weg. Eine schmale Schneise entstand. Offensichtlich hatte das Fegefeuer keine Nahrung mehr und ein Weg breitete sich vor ihnen aus.

Ruben taumelte nach vorn, den Blick auf seine Geliebte gerichtet, und plötzlich waren die Schmerzen fort. Es war noch immer warm, aber die Flammen umschlossen ihn nicht mehr, sondern befanden sich hinter ihm. Der Geruch von verbrannten Federn lag in der Luft. Ruben spähte über seine Schulter und stöhnte. Seine einstmals stolzen weißen Flügel waren nur noch kümmerliche verrußte Reste. Aber wo war Fenja? Er sah seinen geliebten Schützling nirgends.

»Fenja!« Ruben formte die Hände zu einem Trichter. »Feeenjaaa!«, rief er in alle Richtungen.

»Hier! Hilfe!«, antwortete es plötzlich leise.

Da war sie! Sie hockte an eine Wand gekauert, Kasper hatte seine schmierige Hand in ihren Haaren vergraben. Neben ihnen stand seine … *Frau*! Das Weib war tatsächlich eine Ausgeburt der Hölle?

Ruben schwang seine angekohlten Flügel und flatterte

über die höllischen Feuersbrünste zu seiner Liebe. An einigen Stellen sackte er gefährlich ab, denn die Temperaturunterschiede des ungleichmäßig flackernden Feuers, verursachten Turbulenzen, die er mit seinen kümmerlichen Flügelresten kaum ausgleichen konnte.

Fenja boxte Kasper mit voller Kraft in den Bauch. In keinem Moment bisher war Ruben stolzer auf seine Schlägerlilly gewesen wie in diesem. Sie zerrte sich die Kette über den Kopf, duckte sich unter Kasper weg und eilte Ruben entgegen. Kaum fanden seine Füße Halt auf dem vulkanischen Boden, warf sie sich ihm in die Arme.

»Du bist da«, flüsterte sie heiser. »Du bist da.« Ihr Gesicht war voller Tränen und Höllendreck. Sie war völlig aufgelöst, aber glücklich.

Die Dämonin legte den Kopf in den Stiernacken und brach in dröhnendes Gelächter aus. »Allerliebst. Und jetzt? Jetzt seid ihr alle beide in der Hölle. Ihr werdet hier nie wieder wegkommen!«

»Doch!«, blaffte Ruben.

Die Erde, die Wände, die gesamte Höhle erzitterten unter dröhnenden Hammerschlägen. Thor! Dreck segelte auf sie herab, Steine prasselten hernieder. Einer traf Ruben an der Schulter.

Die Dämonin maß Ruben mit höhnischem Blick. »Uuuooooh! Da hab ich aber Angst«, spottete sie. »Wie willst du mich angreifen? Etwa mit deinen albernen Gadgets? Die dürften bei der Hitze hier nicht funktionieren.«

Ruben antwortete mit einem triumphierenden Lächeln. »Mein wirkungsvollstes Gadget funktioniert immer, ich habe es stets dabei. NIMM DIES!«

»Halt dir die Ohren zu!«, wies er Fenja an. Sie tat wie geheißen und auch Ruben hielt sich die Ohren zu.

Er holte so tief Luft, wie die Hölle zuließ. Dann erhob er seine Stimme und sang so laut und schräg wie noch nie in seinem Leben. Sein Gesang hallte in der gesamten Höhle wider.

Die Luft in der Hölle vibrierte wie aufgeladen. Selbst durch die geschützten Ohren war der Lärm unerträglich. Ruben wunderte sich, dass er so laut singen konnte. Spielend leicht übertönte er mit seiner sonoren Stimme den Lärm der Hölle.

Kasper brüllte, drückte die Hände auf die Ohren und schlug den Kopf gegen die Wand. Immer wieder. Seine Stirn riss auf und schwarzes Blut trat aus der Wunde, rann ihm in die vor Wahnsinn starren Augen. Selbst die Dämonin wankte unter Rubens unbarmherzigen Gesang.

Ein Riss entstand in der Decke. Ruben bildete sich ein, Thors Hammer aufblitzen zu sehen. Er packte Fenja, nahm sie blitzschnell in die Arme und mobilisierte seine letzten Kraftreserven. Er breitete die Schwingen aus, stieg mit ihr in die Höhe und visierte Thor an, der unermüdlich den Hammer schwang.

Der Mut der Verzweiflung verlieh ihm neue Flügel. Oder waren es ihm wohlgesonnene, himmlische Mächte?

Ruben schwebte hinaus. Raus aus dem Mief der Höllendämpfe. Mit jedem Meter, den er höher stieg, fühlte er sich Fenja leichter. Er erreichte Thor, aber – beim Allmächtigen – er war nicht allein. Salomon, eine sichtlich unzufriedene Kassandra, unzählige Engel und sogar die himmlischen Heerscharen waren hier versammelt. Vielleicht halluzinierte er von den Dämpfen, aber Ruben bildete sich ein, lieblichen Gesang zu hören. Also *richtige* Musik, nicht sein Gekrächze.

Strahlend wie ein Sieger landete Ruben neben Thor, Fenja auf dem Arm.

Er küsste sie und tosender Applaus erklang. Ruben und Fenja hörten gar nicht hin, sie küssten sich, küssten sich, küssten sich, und küssten ...

Zwischen Himmel und Liebe

»Könntet ihr aufhören, ehe wir die himmlische Notfallambulanz holen müssen? Die ersten Zuschauer fallen bereits vor Entzücken in Ohnmacht«, erklang die sanfte Stimme Salomons mit einem leisen Tadel. Und doch mochte sich Fenja nicht von Ruben lösen. Sie schmiegte sich an ihren Engel, ein letztes Mal verstärkten sie den Druck ihrer Lippen, dann legte sie seufzend die Stirn gegen sein Kinn. Sie war reif für die Klapsmühle, aber gleichzeitig fühlte sie sich so wohl wie nie. Ruben liebte sie, egal, was ihr irgendjemand einzureden versuchte.

Die Menge wich. Wolken türmten sich auf, bildeten Bänke, Tische und das Richterpult. Eine Brise wehte sie fort und massives Holz kam zum Vorschein.

»Ein Glück, dass Umziehen im Himmel so furchtbar einfach ist«, murmelte Salomon und drehte den Hammer zwischen den Fingern.

Neben ihm stand eine Frau. Aufrecht und schön. Ihre Augen waren zwar verbunden, aber sie strahlte eine Autorität aus, die Fenja faszinierte.

»Wer ist das?«, flüsterte Fenja.

Ruben schluckte schwer. »Justitia. Sie kommt nur zu Verfahren, die außergewöhnlich sind. Außergewöhnlich schwerwiegend …«

Unweigerlich verkrampften sich Fenjas Hände. Sie drehte sich in Rubens Armen herum. »Ihr werdet ihn für überhaupt nichts bestrafen. Ich schwöre euch, wenn ihr es wagt, ihm Unrecht zu tun, rupfe ich euch jede Feder einzeln aus und mach daraus Daunenkissen. Und aus euren Knochen mache ich Hühnerbrühe.«

Amor riss entsetzt den Mund auf, der Richter kicherte und selbst Justitias Lippen verzogen sich zu einem schmalen Lächeln.

»Außergewöhnlich ...«, wehte ihre Stimme sanft und doch durchdringend über die Menge hinweg. »Setzt euch. Alles wird vor dem himmlischen Gericht seine Ordnung finden.«

»Es ist überhaupt kein Gericht nötig«, erwiderte Fenja gereizt. Hatte sie nicht zugehört? War sie bescheuert? So küsste man sich nicht, wenn es illegal war. Das würde doch sämtlichen romantischen Naturgesetzen widersprechen!

»Setzt euch, bitte«, ertönte wieder Justitias Stimme, und auch wenn sich alles in Fenja dagegen sträubte, ihre Füße trugen sie zu dem Platz neben Kassandra. Als sie sich an Kassandra vorbei schob, zog sie sie (rein versehentlich, natürlich) an den Haaren.

»Willst du gleich *noch* einen Abstecher in die Hölle machen?«, fauchte Kassandra.

»Neidisch, dass Ruben mich von dort gerettet hat?!«

»Bitte Ruhe«, forderte Justitia.

Ruben saß wieder neben Amor und diesem winkte Justitia nun. »Amor, nimm im Zeugenstand Platz. Die Verteidigung übernehmen Erzengel Chamuel und Michael.«

Aus der dichten Wolkenwand lösten sich zwei hohe Gestalten. Gute Güte, das waren keine Männer, das waren wandelnde Felsbrocken. An Armen und Beinen zeichneten sich dicke Muskelstränge unter der Haut ab. Ihre Gesichter waren ebenmäßig, schön, aber für Fenjas Geschmack viel zu charakterlos. Da sah sie lieber Ruben an. Der starrte seine neue Verteidigung mit erstaunter Miene an. Als ihm der Größere die Hand auf die Schulter hieb, lächelte er schief.

»Chamuel und ich bringen dich schon raus. Wir könnten

selbst den Teufel in den Himmel bringen.«

Na hoffentlich. Fenja setzte sich auf ihre Finger und starrte nervös über die Bank hinweg zu Amor.

Justitia nahm auf dem Richterstuhl Platz, den Salomon rasch für sie räumte. »Hast du Rubens Blutwerte inzwischen ausgewertet, Amor?«

Auf der kahlen Stirn bildeten sich Schweißtropfen. »Ja …«

»Und?«, fragte Justitia geduldig.

Amor kramte aus seinem Stapel Zettel einen hervor, der blau leuchtete. Die ersten Zuschauer schnappten nach Luft. »Er ist negativ. Ruben ist nicht mit BLR angesteckt worden. Seine Gefühle sind echt.«

Während vereinzelt Zuschauer in Ohnmacht fielen (und sich niemand darum scherte), konnte Fenja das glückselige Grinsen nicht unterdrücken.

Kassandra beugte sich nach vorn. »Das ändert nichts an der Anklage«, zischte sie. »Im Gegenteil. Jetzt kann er nicht mehr behaupten, er wäre unzurechnungsfähig. Er hat sich nicht an Paragraf 38364 Absatz 492 der Coachengel-verordnung gehalten.«

»Was besagt die denn?«, fragte Fenja. »Dass man seine Untergegebenen nach Gutdünken terrorisieren darf? Und die restlichen Bewohner des Himmels gleich noch mit? Ich bin keinem Einzigen begegnet, der gut über dich gesprochen hat!«

Ruben presste die Faust auf die Lippen und begann zu glucksen. Justitia wandte ihm mit einem tadelnden «Na na» die verbundenen Augen zu.

»Du Miststück«, fauchte Kassandra, warf sich auf ihrem Sitz herum, packte Fenjas Haare und schlug sie mit der Stirn auf die Tischplatte. »Du Flittchen vögelst alles, was dir in den Weg kommt. Aber Ruben bekommst du nicht.«

Noch einmal schlug sie Fenjas Stirn gegen das Holz. Au, Fuck, das tat weh. Fenja rutschte abwärts und trat mit beiden Beinen gegen Kassandras Oberschenkel.

Keiner ... wirklich keiner der Anwesenden schien auch nur daran zu denken, in die himmlische Schlammschlacht der beiden Frauen einzugreifen.

»Paragraf 38364 Absatz 492 der Coachengelverordnung sagt, dass man sich nicht mit seinen Schützlingen vereinigen darf«, brüllte Kassandra und schleuderte Fenja einen Blitz entgegen. Au, Mist, der brannte wie die Hölle. Doch das war kein Grund für Fenja, den Mund zu halten!

»Aber du darfst deine Mitarbeiter vögeln, oder was?«, fauchte Fenja. »Gib's zu, du stehst auf Ruben. Ich weiß ganz genau, wann eine Frau einen Mann liebt.«

»Deine praktischen Erfahrungen sind keine Referenz«, höhnte Kassandra. Sie holte aus, aber Fenja duckte sich unter ihrem Schlag weg. Kassandra holte ein weiteres Mal aus.

»Hör auf damit«, brüllte Ruben und schwang ein Bein über den Tisch, um Fenja zur Hilfe zu eilen, aber Michael packte ihn am Kragen und zerrte ihn zurück. Fenja wich einem weiteren Schlag von Kassandra aus. Da tauchte in ihrem Augenwinkel etwas Großes, Schweres auf. Ohne darüber nachzudenken, griff Fenja danach und knallte es mit voller Wucht in Kassandras Gesicht.

Rubens Vorgesetzte stöhnte, kippte nach hinten und hielt sich die Nase.

Vorsichtshalber wich Fenja ein ganzes Stück zurück und hatte sie endlich Zeit, zu registrieren, womit sie Kassandra geschlagen hatte. Mit einem massiven Buch von mindestens zweitausend Seiten.

»Couchengelverordnung« stand in goldenen Lettern auf

dem ledernen Einband. Na, da wollte sie doch gleich mal nachsehen. Fenja presste sich mit dem Rücken gegen die Richterbank und schlug das Buch auf. Paragraf eins. Sie las nicht, was da stand, sondern blätterte die Seiten durch. Paragraf 15 458, 20 785 … sie hatte fast die letzte Seite erreicht, aber der richtige Paragraf erschien immer noch nicht. Auf der letzten Seite, ganz unten, stand Paragraf 38363 – Anwendung in Verdachtsfällen von Drogenkonsum. Fenja blätterte die Seite um. Da war er: Paragraf 38364! Aber darunter stand nur ein Wort: Entfällt.

Unsicher wanderte Fenjas Blick zu Justitia, die ihr mit einem feinen Lächeln zunickte.

»Es gibt keinen Paragrafen 38364 «, sagte Fenja.

Kassandra rappelte sich auf und hielt sich die Nase. Blut tropfte auf ihr weißes Gewand. Sie öffnete den Mund, doch es war Amor, der der sich räusperte.

»Ähm, ich habe noch ein Geständnis zu machen.«

Plötzlich herrschte Stille im Saal. Selbst die Engel neben Ruben sahen verdutzt aus.

Kassandra wirbelte zu Amor herum. »Du Schwächling. Halt die Klappe.«

Aber Amor straffte die Schultern und schob das Kinn vor. »Mir war klar, dass Ruben nicht mit BLR infiziert sein konnte, weil er zur besagten Zeit, als mir die Vieren entwichen sind, gar nicht in der Nähe war«, sagte er mit fester Stimme. »Und ich nehme die volle Verantwortung für diese Täuschung auf mich. Aber ich wurde erpresst. Von ihr« Sein Finger deutete zitternd auf Kassandra. »Ich hatte ihr dummerweise auf der letzten Weihnachtsfeier von meinem Missgeschick erzählt und sie drohte damit, den Sicherheitsdienst auf mich zu hetzen. Was sollte ich machen? Wer will schon endlos Papiere ausfüllen, nur um seine Pfeilspitzen zu kontaminieren? Und das bei diesem Personalmangel! Mir war nicht klar, was ich damit anrichte. Kassandra wollte Ruben für sich. Sie hätte alle anderen haben können, Thor, Apollon, aber ihn bekam sie nicht.« Amor senkte schuldbewusst den Kopf.

»Ich wusste es«, rief Fenja und wollte das Buch auf Kassandra schleudern, aber Justitia beugte sich über die Richterbank und krümmte auffordernd ihren Zeigefinger. »Zeigt mal die Verordnung.« Fenja brachte ihr das Buch. Salomon sah sich die letzte Seite an und raunte Justitia etwas ins Ohr.

Die Göttin wandte sich mit ernster Miene wieder an den Saal. »Der Allmächtige hat mich noch gebeten, eine Sprachnachricht von ihm zu verbreiten. Ihr wisst ja, dass niemand erfahren darf, wie er aussieht. Gerichtsdiener«, verkündete sie und winkte dem Gerichtsdiener.

»Wie Sie wünschen«, meinte der Diener. »Allmexa! Spiele die Botschaft vom Allmächtigen.«

Es knackte und rauschte, bis schließlich eine Stimme erklang, die Fenjas Innerstes zum Vibrieren brachte und mit Hingabe, Wärme und Liebe erfüllte. Es brauchte die Worte gar nicht, um die Liebe des Gottes zu spüren, der über diesen chaotischen Haufen wachte. Ihr ganzes Engelsdasein würde Fenja diese Worte nicht mehr vergessen.

»Brauchen wir wirklich moderne Geräte, um die wahre Liebe zu finden oder zu coachen?

Brauchen wir Schminke und Schönheits-Op's?

Das lenkt uns doch alles nur ab.

Selbst Amors Pfeile sind schon grenzwertige Manipulation.

Liebe gab es immer, lange vor alldem.

Ohne Liebe wären wir alle hier bald arbeitslos.

Die Liebe ist alles.

Die Liebe ist ewig.

Sie ist der Anfang und das Ende.

Reine Liebe ist das Höchste.

Eine Macht, manchmal sogar mächtiger als ich.

Das Samenkorn, aus dem alles Leben entsteht.

Die Kraft, die das Leben erhält.

Deshalb hat sie immer Vorrang.

Vor allem Anderen.«

»Wer hat dieses Höllengerät bestellt?«, fragte Justitia.

»Wer schon? Kassandra«, meinte Amor. »Wir haben doch alle so ein Ding. Damit kann man übrigens auch Lauschattacken fahren.«

»Tatsächlich alle? Ich nicht. Hat sich der Datenschutz das mal angesehen?«, fragte Justizia.

Plötzlich erhob sich Salomon mit überraschender Leichtigkeit und verschaffte sich Gehör, indem er kräftig mit seinem Stock aufschlug. »Hört mal, liebe Leute, merkt ihr überhaupt noch was? Gott hat gerade zu uns gesprochen! Wo bleiben Ehrfurcht und Demut? Wer hier nimmt seine Worte eigentlich noch ernst? Hat überhaupt jemand zugehört? Ihr verliert euch im Kleinklein von Datenschutz und Kompetenzgerangel. Ist das alles, was ihr dazu zu sagen habt? Hat überhaupt einer von euch irgendetwas kapiert? Vom Größten? Vom Wesen der Dinge? Wie sollen die Menschen etwas begreifen, wenn selbst ihr keinerlei Ehrfurcht mehr vor ihm habt? Soll ich euch was sagen? Ich schäme mich für die himmlischen Heerscharen. Jawohl, ich schäme mich für euch.« Salomons Stimme überschlug sich, sein sonst so blasses Gesicht war hochrot.

Die Menge im Gerichtssaal schwieg betreten. Man hätte eine Feder zu Boden fallen hören können.

Justitia hob mit sichtlich schlechtem Gewissen die Hand. »Nun, jede Seite wurde gehört. Jede Intrige aufgedeckt. Geht und lasst mich mein Urteil finden. Morgen sehen wir uns wieder.«

»Ich glaube, es ist Zeit. Wir müssen, ihr Turteltäubchen. Michael wird uns zur Urteilsverkündung geleiten«, sagte Erzengel Chamuel zu Fenja und Ruben. Der Liebesengel stellte seinen Becher Ambrosia auf den Tisch und beendete damit das Frühstück.

»Ja gleich. Nur noch ein kleines Küsschen, ja?«, antwortete Fenja zwischen zwei Küssen.

»Ihr beide seid beneidenswert. Ach, könnte ich doch auch von Luft und Liebe leben«, schwärmte Chamuel.

»Du meinst, du wirst nicht in den Siebten Himmel kommen?«, fragte Fenja und sah den Engel mitleidig an.

»Mädel, das ist doch meine Institution. Ich könnte das Liebesglück dort ohnehin nie genießen, weil es immer etwas zu organisieren gibt«, seufzte er. »Lasst uns gehen.«

Der Gerichtssaal war gerammelt voll, Ruben schaute sich staunend um. Waren die Bänke gestern schon hoffnungslos überbelegt gewesen, hockten nun mindestens dreimal so viele Engel auf den Bänken, saßen einander auf den Schößen, hockten auf Rückenlehnen und verteilt auf dem Boden. Es schien, als wartete der gesamte Himmel auf die Urteilsverkündung. Und die meisten der Zuschauer schienen die intrigante Kassandra zu gerne verurteilt sehen zu wollen.

Das Blech von Justitias Waage klapperte, als sie in den

Saal schwebte.

»Bitte erhebt euch zur Urteilsverkündung«, bat sie die Prozessbeteiligten, nachdem sie ihren Platz eingenommen hatte.

Amor, Thor, Ruben und Fenja folgten sofort, während sich Kassandra nur langsam und mit genervtem Gesichtsausdruck aufrichtete.

»Die Sachlage ist ja allen klar, deshalb kommen wir jetzt zügig zur Urteilsverkündung. Fangen wir mit den kleineren Vergehen an. Thor wird wegen einer Ordnungswidrigkeit zu sechs Wochen schönes Wetter verurteilt. Strafmildernd hat sich hier die verminderte Schuldfähigkeit aufgrund des Alkohols ausgewirkt.«

Ein Raunen ging durchs Publikum, doch Thor lächelte zufrieden. Das hätte für ihn auch schlimmer ausgehen können.

»Bei Amor sieht die Sache schon anders aus«, fuhr Justitia fort. »Er hat sich im nüchternen Zustand erpressen lassen und wird daher zu Mehrarbeit verurteilt. Er wird zusätzlich zu seiner Arbeit Kassandras Abteilung übernehmen, während die ihre Strafe ableistet.«

Diesmal war der Tumult im Publikum schon heftiger, offensichtlich löste das Urteil Diskussionen aus.

»Nun zu Kassandra. Sie hat die himmlische Ordnung durch wiederholte Intrigen und Manipulation nachhaltig gestört. Deshalb wird sie hiermit zu achthundert Jahren Aktenabstauben verurteilt.«

Kassandra klappte die Kinnlade herunter. Die Anwesenden im Gerichtssaal wirkten durch die Bank erfreut über das Urteil. Einige klatschten sogar schadenfroh.

»Ich habe mich immer für meinen Job aufgeopfert! Und wer dankt es einem? KEINER! Was ich nach so langen

Dienstjahren fordere, ist ein Platz im Siebten Himmel. Aber bei diesem Job ist das absolut unmöglich – vor allem für eine Frau«, knurrte sie, als sie sich wieder gefangen hatte. War da vielleicht sogar ein kleiner Blitz in ihrem Mund zu sehen? »Ich fühle mich diskriminiert!«

»Du weißt schon, dass wir Götter keinen Anspruch auf den Siebten Himmel haben? Wir müssen auf alle Ewigkeit die Geschicke der Menschen auf der Erde lenken«, antwortete Justitia ungerührt.

»Undank ist der Welten Lohn«, keifte Kassandra.

»Dann lege ich doch gleich noch einmal hundert Jahre auf die Strafe drauf – wegen Missachtung des Gerichts.«

»Danke! Danke für die Undankbarkeit!«

»Dem schließe ich mich voll und ganz an«, krächzte Apollon. »Was habe ich mir für Mühe mit dir gegeben – und du? Du hast Glück, dass mein Fall bereits verjährt ist, sonst hätte ich mich der Klage prompt angeschlossen.«

»Dass du mich beschenkt hast, ist dein Problem. Da ist doch keiner zu Schaden gekommen«, gab ihm Kassandra wütend zurück. »Dass einem auch die kleinsten Fehler noch Jahrhunderte später nachgetragen werden … Ich dachte, das wäre eine weibische Eigenschaft. Unterstellt ihr uns doch immer. Und jetzt möchtest du als Mann damit punkten? Wie erbärmlich!«

»Wir diskutieren hier nicht die himmlische Gleichberechtigung«, warf Justitia ein. »Dafür gibt es andere Verfahren.«

Der Lärm im Saal wurde ohrenbetäubend.

»Ruhe bitte!«, schrie Justitia und kraft ihrer natürlichen Autorität waren alle sofort still.

»Zuletzt zu den Angeklagten. Beide werden in allen Punkten freigesprochen, weil kein Vergehen vorliegt. Sie werden mit sofortiger Wirkung in den Siebten Himmel überführt.«

Ruben und Fenja sahen sich tief in die Augen, umarmten sich und begannen unter dem Applaus des Publikums, sich leidenschaftlich zu küssen.

Der Prozess war vorbei.

Der ganze Horror war vorbei.

Ruben konnte nicht glücklicher sein. Obwohl er sich noch im Gerichtssaal befand, fühlte er sich, als wäre er bereits im Siebten Himmel.

»Sag mal, Amor, weißt du eigentlich, warum Kassandra Apollon damals zurückgewiesen hat?«, fragte Fenja den Liebesgott.

»Das würde mich auch interessieren. Immerhin hat er intensiv um sie geworben«, warf Ruben ein.

»Ich kann über die Gründe nur spekulieren«, antwortete Amor und kratzte sich am Kopf.

»Was vermutest du denn? Verrätst du es uns?«, bettelte Fenja.

Amor schüttelte heftig den Kopf.

»Sag schon. Wir werden es auch nicht weitererzählen«, versprach Ruben.

»Alsooo«, begann Amor. »Ihr kennt Apollon ja nur in seinem Gewand, aber habt ihr schon mal eine irdische Statue von ihm gesehen?«

»Nein, wieso?«, antwortete Ruben ungeduldig. »Ist es wichtig, wie Apollon unter seinem Gewand aussieht?«

»Für manche Frauen schon. Man sagt, du hättest in dieser Hinsicht keinerlei Probleme«, antwortete Amor kryptisch.

»Du sprichst in Rätseln. Kannst du auch mal Klartext reden?«

»Ich dachte, du bist ein Weiberheld? Ich meine sein

Gemächt! Das ist mehr als bescheiden.«

Ruben grinste süffisant. Fenja kicherte.

»Wisst ihr, eines habe ich in den letzten Tagen gelernt«, sinnierte seine Geliebte. »Es kommt eigentlich nicht auf die Größe des Gemächts oder des Geldbeutels an, sondern darauf, dass man Mut hat, man selbst zu sein. Und natürlich auf ein großes Herz. Mehr braucht man nicht, um in den Siebten Himmel zu gelangen. Okay, vielleicht noch ein paar Grundkenntnisse in Selbstverteidigung. So viel, wie in den letzten Tagen, habe ich mich mein ganzes Leben nicht geprügelt.« Sie hob die Schultern, grinste frech und warf Ruben einen Luftkuss zu. »Aber es hat sich in jeder Hinsicht gelohnt.«

ENDE

Danke

Vielen Dank an unsere Testleserinnen Maria, Lucy, Harper, Elvira, Regina, Nicole und Heike, nicht zu vergessen unsere Lektorin Kooky Rooster für ihre engagierte Arbeit.

Und natürlich Michaela Feitsch, für das tolle Cover.

An dieser Stelle möchten wir euch auch auf die neue Gay Romantasy von Kooky Rooster aufmerksam machen, denn (kaum zu glauben) sie handelt von Amor, der ja – wie ihr jetzt wisst – für die Schwulen zuständig ist:

Drei Pfeile für die Liebe - Amors Nemesis
Gott hätte ihm wenigstens anständige Schwingen geben können. Oder ein fetziges Superheldenkostüm. Stattdessen muss Amor in einem Nachthemd und mit peinlich winzigen Flügelchen seinen Dienst verrichten. Lässt es sich damit langbeinige, kettenrauchende Kellnerinnen bezirzen? Nun, dafür hat er eigentlich eh keine Zeit, denn sein neuerster Auftrag droht katastrophal zu scheitern: Er muss den sonnigen Grafikdesigner Sascha mit dem stillen Copyshopmitarbeiter Nick verkuppeln. Während Sascha nach dem ersten amourösen Schuss auch sofort für Nick entflammt, zerbricht der Liebespfeil an Nicks Brust. Drei Mal. Zeit, ein paar göttliche Mitstreiter – Freunde möchte Amor diese schräge Truppe nicht nennen – um Hilfe zu bitten.